NF文庫
ノンフィクション

最後の雷撃機

生き残った艦上攻撃機操縦員の証言

大澤昇次

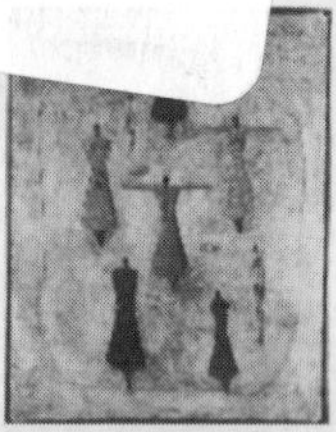

潮書房光人社

はじめに

「特攻に行く若い神鷲の先頭に立って、敵撃滅の矢面に立つ、この感激を貴女様も感じ取って下さい」

これは私の操縦教官だった佐藤清大尉の遺書の一部だ。また戦友の鈴木善六飛曹長は、「長い間お世話になりましたが今日は生きて帰れないのでこれを食べ、ゆっくり休んでください」と整備員に自分の飛行機に積んである非常食を差し出し、死の攻撃となった第三次ブーゲンビル島沖航空戦に出撃して行かれた。

二年間ペアだった田邊武雄飛曹長はじめ多くの戦友が妻子と別れ、生きたい本能を殺して特攻隊員となり、人間として最も大切な命を国に捧げて飛び立って行かれた。

戦争は無惨だった。

フィリピンの戦いが激しくなった昭和十九年十月下旬のある日、私たちはフィリピンのクラーク基地で基地航空部隊司令長官・福留繁中将の訓示を受けたが、その要旨は「日本海軍はかく戦ったという歴史を、百年後の人たちに残したい。このため、特攻という制度を実施する」というような内容だったと記憶している。

当時の新聞は「特攻隊員は国のため、欣然として出撃して行った」と報じていた。確かに戦局は悪化していた。しかし、だからと言って多くの軍人がすぐさま命を捨てる気になれるだろうか。死……、命……、最も大切な命。私の知る多くの友は親や妻子を思う私情と、死を恐れる本能に苦しめられながらも国を思い、国と国民を守るため、死を決し出撃して行かれたのだ。

ところが今、旧日本軍の真実を知らない人たちによって、旧日本軍の軍人全てが悪で、不良軍隊であったとでも思わせるような、事実をねじ曲げた発言、報道ばかりが多く、太平洋戦争以前アジア・アフリカのほとんどの国々が欧米の植民地だったことや、日本がなぜ開戦し、どのように戦ったのか等については、教育も報道もなされていない。

当時の日本の全国民が国を愛し、軍人は日本の国と家族のためよく戦い、歴史を作ったことを今の人たちに正しく知ってもらい、誇りを持ってもらうことが極めて大切なことであり、国のために尊い命を投げ出された方々の強い願いでもあったと思う。

戦争中、「敵艦に三度雷撃した人はいない」という言葉があった。私はその雷撃機操縦員として太平洋戦争に参戦し、ソロモン群島のブーゲンビル島では一斉射撃を受けて撃墜され、サメの泳ぐ海を漂流した。また台湾沖ではＶＴ信管という新兵器の攻撃を受けて十二発も被弾したが幸運に恵まれ、生還することが出来た。そしてもう七十年近くの時が流れてしまったのだが、あの衝撃的な戦闘場面や、死の恐怖に直面しながら錯乱状態で飛んだ時のことなどは忘れられるものではなく、今でもその情景が目に焼き付いている。

戦争や国に関する考えは人によって違う。このため私は子供たちにも軍隊の話や戦争の話はあまりしたくなかった。しかし、私も九十歳を過ぎた。私の過ごした軍隊と今報道されている軍隊があまりにも違うので、当時の軍隊生活、教育訓練などのことや、私の歩いた道や特攻に行かれた戦友のこと、そして死を決した時の戦場心理などを書いておこうと思う。

なお、私は戦後の養子縁組で「大澤」に改姓したが、それ以前の姓は「町谷」だった。したがって本文中では、私の姓名は当時の「町谷昇次」でそろえてある。

著　者

攻撃二五二飛行隊時代の著者・町谷昇次飛曹長（現姓・大澤）

最後の雷撃機——目次

写真提供／杉山弘一・著者・雑誌「丸」編集部
機体塗装図作成／斎藤久夫
編集協力／加藤　浩

最後の雷撃機

生き残った艦上攻撃機操縦員の証言

第一章　憧れの海軍航空隊へ

少年電信兵志願

新潟県新発田町（現在の新発田市）で、大正九年（一九二〇年）に町谷家の四人兄弟の末っ子（次男）として生まれた私は昭和十年二月、内弁慶で西も東もわからぬ十四歳の子供であったが、「今は軍人の時代」と思い、将来を親兄弟に相談することなく自分一人で決めて海軍志願兵の試験を受けた。

当時、新発田町は歩兵十六連隊の駐屯地であり、軍都であって陸軍町だった。町の人たちは自分たちの町を誇りに思い、町の子供たちは軍人を身近に見ることによって軍人に憧れるようになっていった。私の家はその町で小さな商店を営んでいた。

当時の国際関係は、その四年前（昭和六年）に満州事変が起こり、翌年には満州国が建国され翌々年昭和八年には日本が国際連盟を脱退した。世情は軍事外交に関心が集まり、日増しに慌ただしくなっていくようであった。私はこれから電波の時代となり飛行機も無線操縦で飛ぶ時代が来るだろうと思い、海軍の大無線技師を夢に抱き第一志望を少年電信兵に、第二志望を少年航空兵として志願した。

試験のあった当日は、宮様であり海軍の大御所であらせられる海軍軍令部総長伏見宮博恭《ふしみのみやひろやす》王《おう》殿下が横須賀鎮守府司令長官末次信正大将とともに試験場視察のため、新発田町においでになられた。

ちなみに軍令部総長とは海軍の作戦行動を命令する大元締め（作戦行動以外の金銭のことや施設、福祉等のことは他の省庁と同じように海軍大臣、海軍省が行なっていた）で、陸軍の参謀総長閑院宮載仁親王《かんいんのみやことひとしんのう》とともにその重要性から皇族が就かれていた。また当時日本海軍は東部に横須賀、中部に呉、西部に佐世保と三つの軍港を持ち、港の整備、乗員の人事等の仕事をする鎮守府という役所がおかれていた。

町は初めて来られる殿下を歓迎するため大騒ぎとなり、小中学校は授業を休み、町民は町をあげてお出迎えをした。一方、試験場の方は殿下、長官、県知事、第二師団長、そして多くの参謀方（司令官の下で作戦を練る人）が来られ、まるで偉い人たちの社交場のようだった。私は答案を書きながらも、ちらちらと殿下やこの人たちの行動を見て、海軍とは鼻髭の人が多く、眼は鋭く怖そうな人が多いようだが、好きになれそうだと思った。

試験は学科試験、身体検査、面接の順に行なわれ、夕刻終了した。家に帰り、何ごともなかったように振舞っていたが、その日の夕方近所の奥さんが、「昇次さんが載っているよ」と言いながら驚きと大きな喜びを添えて夕刊を持って来て見せてくれた。その夕刊には殿下御来場の記事とともに、一面の下の方に試験の合格者名が記載されてあり、そこに私の名前が載っていたのだ。

当時、新聞は高価なものであり私の家ではとっていなかったので、新聞を読むというようなことはなかったのだが、そこに自分の名前が載っていたので、どきどきしながら合格者名の所だけを何回も何回も見た。父もその新聞を何も言わず繰り返し見ていた。

少年電信兵合格――その頃は軍国主義の時代で少年電信兵や少年航空兵の志願者が多く十倍、二十倍の難関だったのだ。その難関を突破したのだ。嬉しかった。海軍軍人の夢に向かって、前途は明るく喜びでいっぱいだった。

〝祝入団〟の幟に送られて

四月に入って採用の通知を受けた。当時、世界はどの国も国民皆兵で、義務兵役制度によってすべての男性が兵役についていた。日本も同様で、青年が軍隊に入る時は町内の人たちが駅頭で万歳を三唱し、見送るのが通例だった。

五月二十八日、十五歳になったばかりの私は「祝入團」の幟旗を先頭にし、新発田駅まで二キロ程の道のりを歩き、見送ってくださった町内会長以下二十余名の方々に、「国のため立派な軍人になります」と駅頭で挨拶し、意気揚々と一路横須賀に向かった。

男児志を立て郷関を出ず……。

昭和十年六月一日、横須賀海兵団入団。九月一日、海軍通信学校入校。翌十一年八月、同

校を卒業し、東京海軍通信隊の無線交信員となり一人前の海軍軍人として勤務し始めた。十六歳四ヵ月だった。

ちなみに海兵団とは、初めて海軍に入ってきた青年に船乗りとして、また海軍軍人として必要な事項、即ち短艇（ボート）の漕ぎ方、手旗信号、艦内生活、海軍の戦闘、教練および陸上の戦闘や各科（兵科、機関科、主計科等）毎の専門事項を座学と実習で教育する所である。

私は十五歳で海兵団に入団し、十六歳で海軍軍人として勤務したが、当時の青少年の多くは皆十四、五歳で独り立ちした。そのことについて友人の大口十四雄氏が老人会の「思いで文集」にご自分の少年時代のことを書いておられたので、それを引用させて頂く。

「長野県の太田小学校（高学科）を卒業と同時に親の反対を振り切って満蒙開拓青少年義勇軍に志願し、昭和十五年四月五日、満州へ向け日本を発った。十四歳だった。もちろん治安は悪く、到着後第一の仕事は土匪（匪族）馬賊の襲撃を防ぐための土濠掘りだった」と記載しておられる。

当時、満州に匪族・馬賊が多く出没していたことは新聞で知らされていた。また匪族を恐れず日本人の誇りを守った人を歌った流行歌『日本人ここに在り』がヒットしたことでも分かるように、満州の治安は本当に悪かったのだ。

この歌は、満蒙開拓の日本人が匪賊に襲われ、そこに日本軍が救援にかけつけて日本人を捜し始めた。匪賊は開拓民を人質としてトウモロコシ畑に隠れ、「声を出すと撃つぞ」と言

〔上〕昭和11年１月、海軍通信学校の冬期の休暇で帰省した著者（後列右）と家族の写真。前列は両親と姉、後列左は陸軍に行った兄。
〔左〕電信術練習生の同年兵とともに。右が著者。

って銃口を突きつけて脅したが、開拓者は撃たれることを覚悟して「日本人がここにいる」と大声を出し、自分たちと匪賊がいることを救援隊に教えたという筋書きを歌った歌である。映画の主題歌だったように思う。

そのように危険な地ではあったが、大口少年は開拓の意気に燃えて十四歳で満州へ渡ったとのことだった。当時の少年は皆十四、五歳で自分の進むべき道を自分で決め突き進んでいったのだ。そしてある人は家庭に送金までし、十四、五歳で親の生活を支援したものだった。男は男らしく強くたくましく、女は女らしく優しくしとやかにと社会全般から教育された時代だった。

霞ヶ浦海軍航空隊での試験

無線電信員としての勤務を始めて一年後の昭和十二年七月、北京郊外の盧溝橋で日本軍と中国軍が衝突し、支那事変（日中戦争）が始まった。この頃海軍は軍備の重点をそれまでの大艦巨砲主義（大きな軍艦、大きな大砲）から飛行機中心の軍備に変更し、昭和十三年には航空母艦蒼龍、水上機母艦千歳、千代田を竣工させ、鹿島、筑波や台湾の高雄等五つの航空隊を作った。また翌昭和十四年には航空母艦飛龍が竣工し、九州の宇佐、北海道の千歳等六つの航空隊を開隊するなど航空部隊の拡張に乗り出していた。

私は無線通信員として勤務しながらもこの時流に乗り、翌十三年三月に操縦練習生の一次試験を受けて合格し、茨城県の霞ヶ浦海軍航空隊に転勤した。そこには海軍のすべての部隊で実施した一次試験の合格者約百名が集まっていた。そして一週間にわたる二次試験を受けた。この各部隊で実施された一次試験の問題はこの章の終わりに参考として掲げるが、この頃海軍の軍人が良く勉強したことも述べてみたい。

明治元年当時の日本人の学力は寺子屋で学んだ人だけが漢文とそろばんによる計算が出来る程度だったが、七十年後の昭和十三年には一般の軍人（兵）が先程述べた操縦練習生一次試験の国語、数学の問題が出来るまでになっていた。

明治初年、海軍の兵器は刀、大筒《おおづつ》と言われた小さな砲だったが、その後航空機、電波兵器、光学兵器等は急速な進歩を遂げた。これらの兵器を駆使し、その職務を全うするためには高度な知識が必要であり、職種ごとに通信学校、砲術学校、水雷学校等専門の学校があった。

この各種学校に入るためには試験があり、この高い程度の試験を突破するため軍人は皆良く勉強をした。また戦前、春秋に行なわれた進級試験（階級が上がるための試験。太平洋戦争中は行なわれなかった）のためにも一生懸命勉強をした。

次に操縦練習生二次試験だが、これはまず五十メートルを走らせる。片足で十秒間立たせる。十メートルを目隠ししたまま歩かせる。回転いすに座らせ十秒ほど回して目が回らないかどうか。リンクトレーナーという訓練装置に乗せバランス感覚を試す等、操縦適性の有無を調べられた。

リンクトレーナーとは飛行機の操縦を地上で覚えさせるためのもので、操縦桿（機体を前後左右に傾ける舵棒）、足踏桿（飛行機を左右へ回す時のペダル）を備え飛行機の形をした訓練装置で、飛行機と同様に操縦桿を右に傾けるとその装置自体が右に傾きまた前に倒すと装置自体が前に傾く、即ち機首を下げる。また足でペダルを踏むとその方向に踏んだ強さに応じて機首がぐるぐる回り出すという機械で、操縦感覚を体感できるようになっていた。

そして最後には実際の飛行機（三式初歩練習機）の後部座席に乗せ、上空に上がってから一分間真っ直ぐ飛ぶことが出来るかどうか実際に操縦をさせてみるという試験だった。この試験の前にリンクトレーナーで練習はしていたが、実際の操縦はそう簡単にできるものではなかった。

あっ！地面が右に傾く！舵を、舵を！と思っているうちに飛行機は左に回り出す。手と足を同時に働かせねばならない。しかもその手足の力は、それぞれの傾斜角度と機首の回る速さに合わせなければならない。そのうちに今度は機首が上がってくる。どうしよう、どうしようと気は焦るが飛行機は真っ直ぐ正しい姿勢になってくれない。蛇行が止まらない。私は夢中になって舵を切り操作した。

数分が過ぎ、「よし」と試験官に言われて我に返る。試験は終わった。着陸し、飛行機から降りる時、何か言われるかと思い姿勢を正して大きな声で

「同乗終わりました」

と言ってみたが、教官は何も言わずスタスタと歩いて行ってしまった。ダメだったのかと暗い気持になった。

初めて飛行機に乗って、初めて操縦したのだ。空を飛べたのだ。普通ならその感激で興奮するだろう。しかし私は、合格するようにと一生懸命だったので、初めて乗った嬉しさも、自分で操縦出来た喜びも実感することはなかった。また反面、恐ろしさも感ずることはなかった。ただただ、一生懸命だったのだ。この実際の飛行機による操縦試験が第二次試験の本命だった。

また、変わったところでは手相と骨相を見られた。当時は航空事故も多かったので、科学的な軍隊ではあったが、易学も研究してみようかと思ったのだろうか。とにかくいろいろな検査が実施された。

自動車の舵はハンドルによる左右の方向だけだが、飛行機は左右の方向を変える方向舵、機首を上下する昇降舵、そして左右の傾きを変える補助翼と三つの舵があり、これをバランス良く操作しなければならない。自動車なら運転中いつでも止めて教えたり、やり直したりすることができる。しかし、飛行機は空中では不安定で一瞬も止めることができず、やり直しも出来ない。そして風の影響を受けて滑ったり傾いたりして常に動いているので、瞬時の判断で舵を切っていかなければならない。二次試験では知識・技術とともにこの判断力が重視され、相当数の人が不合格となって原隊に帰されていった。

私はいつ不合格を宣告されるのかと、びくびくしながらの一週間だったが、無事二次試験を通過し、清水君、福田君とともに三人で新名善清教員（乙飛二期）のもとで訓練を受けることになった。
嬉しかったが祝杯を上げている暇はなかった。即教育が始まった。しかし、

今日も飛ぶ　飛ぶ　霞ヶ浦にゃ
でかい希望の　雲が湧く
（「若鷲の歌」作詩・西條八十／作曲・古関裕而）

と、飛行隊員になった嬉しさが夏雲の様に湧きあがってきた。また隊内の桜が満開で、今まで硬く閉ざされていた私たちの心を一気に咲かせてくれたのだった。

三式初歩練習機での訓練

二次試験に合格し、第四十三期操縦練習生となって最初に習ったのが三式初歩練習機を使っての離着陸方法だった。三式とは昭和三年の制式採用を表わす。この飛行機は風房がなく、私たちは吹きさらしだったが、憧れの飛行帽をかぶり、飛行眼鏡をかけ、張り切って訓練に励んだ。
今の子供ならアントラーズとか巨人のユニフォームを着てグランドに立つ夢を見るのだろうが、当時の我々が憧れていたのは少年雑誌の表紙や口絵によく出ていた飛行服姿だった。そして風にマフラーをなびかせながら大空を自由に飛びまわっている自分の雄姿を想像し、

ただでさえ夢多き少年の夢を、さらに大きく膨らませていたのだった。

三式初歩練習機は第一次世界大戦当時、英国で使っていたアブロ504練習機を改修し昭和三年、日本海軍に正式採用され、日本で国産したものである。エンジンは百三十馬力で今の自動車並だ。練習生は初めから前席に乗り操縦するが、教員の乗る後部席にも操縦装置がついていて、危険な時は教員が操縦できるようになっていた。

この練習機は空では「宙返り」「錐揉《きりも》み」といった特殊な飛行も出来た。また、通常速力も時速九十キロメートルと初歩練習機としてはまあまあだったが、地上での走行が難しかった。

自動車の方向変換はハンドルを回して前車輪の向きを変えるが飛行機はそうはいかない。飛行機の脚は着陸するときは大きな衝撃を受けるため、造りがしっかりしていなければならず車輪の向きは固定され車輪の向きで方向を変えることは出来ない。そのため地上を走っている時の方向転換は片側のブレーキを踏んで行なうのだが、この三式初歩練習機にはそのブレーキがない。そのため向きを変えるには方向舵にエンジンの風を当ててお尻を振り、そして向きを変えるのだが、それが難しく、ちょうど駄々をこねた馬のようだった。

それで私たち練習生は地上に待機している時はいつも、同僚が離陸するたびに離陸地点まで手助けして送り出し、着陸した時はその着陸した地点まで迎えに行き、飛行機の翼端につかまってブレーキの役や舵取りの補助をしながら駐機場へ行くのを手伝ったのだった。ブレーキのない自動車のような頑固もので、地上にいる練習生はとにかく走らされた。

操縦している人は一生懸命なのだが、時にはうまくいかず飛行場の一番端に着陸し、同僚がその端まで数百メートルも迎えに走らねばならないようなことがよくあった。そんな時は親しい同僚でもつい、「おかげでマラソンも強くなったよ」などと冗談めかして、うっぷんを晴らしていた。

空から見れば狭く小さな飛行場だが、走らされた私たちは「どうしてこんなに広いのだろう。もう少し狭い飛行場を造ってくれればよいのに」と、その広さが恨めしかった。

単独飛行

初歩練習機の格納庫は飛行場の西端で、常磐線の荒川沖駅近くにあったツェッペリン格納庫だった。この格納庫は、ドイツの大型飛行船ツェッペリン号が世界一周の途中で日本に立ち寄った時（一九二九年、昭和四年）に使用された格納庫で、天井の高さが二十メートルあった。

海軍機の着陸操作は広い飛行場とは違い、狭い母艦に着艦するのが基本のため、高度二十メートルで着陸操作に入るのだが、この二十メートルの高さから地上がどのように見えるか感覚をつかむために、何回も何回もこの格納庫の天井へ登り、草の見え具合などを研究したものだった。

習い始めて三週間程もたつと一人で離着陸が出来るようになり、単独飛行の許可が出た。初めて一人で飛ぶ……それは嬉しかった。自動車の運転が出来た時も嬉しかったが、飛行機の時はそんなものではない。それこそ跳び上がりたいようだった。

しかし、艦上機の着陸操作は地上一メートルの高度で飛ぶ力を無くし落下（失速）させるのだが、堅固に造られているようでも軽く華奢な練習機だ。二メートル以上の高所から落下させれば壊れてしまうので、飛行機を壊しはしないか、命は大丈夫かそれが心配だった。嬉しいが勇気も必要だった。

整備員が初心者を意味する赤い旗を上翼と下翼の間の支柱にしっかりと縛りつけてくれた。私は「よろしくお願いします」と飛行機にお辞儀をして乗り、整備員が付けてくれた赤い旗をひらひらとなびかせながら飛び上がった。夢中で操縦した。ただただ夢中で飛んだ。気が付くと十五分の周回コースを周って着陸していた。

終わった……。無事だ、生きている……。

訓練指揮官に報告して休憩に入った時、嬉しさのあまり「父ちゃん、俺も一人で飛んだよ！」と思わず叫んだ。周りの友が笑っていた。まだ十七歳だった。

我が憧れは空を征く、

若く雄々しき荒鷲よ……　（「憧れの荒鷲」作詩・西條八十／作曲・古関裕而）

と古い唄を口ずさんでいた。

一人で飛べるようになると、次は宙返りや、横転（たとえば筑波山などを一定の目標と定めて同じ方向に向いたまま横にごろごろと転がりながら飛ぶ特殊飛行）等々の訓練だった。私たちの飛行機は闘う飛行機なので、ただ真っ直ぐ飛ぶだけではない。敵に勝つためにはサーカスのような飛行をしなければならないのだ。

初めのうちは宙返りをすると急に目の前の山が動き出し、大地がどんどん下へ沈んで行き、そして山が、地球が消えてなくなり、「あっ」と思っていると、今度はその大きな山が、地球が真上から降ってくる。即ち初めは山の頂上が逆さまになって上の方に現われ、その山の頂上が下へ沈み、そして麓が見えてくるのだ。そこで一回転したことを知る。生まれて初めての感覚である。天地がぐるぐる回る。「危ない！　ぶつかる！」恐ろしさで何がなんだか分からなかった。

垂直旋回といって、急に方向を変える時なども、自分の飛行機が動くのではなく、大地が回りだしたような錯覚に襲われ、驚き本当に恐ろしかった。

飛行機が何かの原因で浮く力がなくなって墜落する時、飛行機は木の葉が落葉する時の様にぐるぐる回りながら落下するのだが、この状態を錐揉み状態と言い、この状態から脱出する操縦法も訓練した。飛行機がぐるぐる回り出す前に目が回りそうだった。

しかし、それでも二週間程夢中で訓練をしていると、地球が動くのではなく自分の飛行機が回っているのだということが身体でも分かってきた。そして三週間目には教員がいなくて

〔上〕操練43期の十志（昭和10年に志願で海軍に入った）同年兵たち。前列右から２人目が著者。
〔左〕初歩練習機での飛行訓練を担当した新名善清教員（手前右）と、練習生清水、福田と著者（後列左）。昭和13年３月の撮影。いずれも機体は三式初歩練習機。

も宙返り、錐揉み等皆一人で出来るようになり、単独飛行が許された。この時も嬉しかった。一人で飛び、筑波山に向かって宙返りをした。誰もいないので「出来たぞー」と、あらん限りの大声を出して叫んでみたくなったが、声は出なかった。

このような操縦の実習は午前中で、午後はもっぱら座学だった。航空力学、飛行機のエンジンや機体の構造、そして自分が飛んでいる高度や速力はどうやって分かるのか、その計器の理論と分解・組み立て等の実技実習をした。

また航空気象や、海軍の航空戦術等、搭乗員として、軍人としての必要事項も当然のことながらこの座学で教育された。座学は午前中の疲れで眠たかったが、皆真剣なのであくびなどする者は一人もいない。

しかし、朝昼の飛行場往復や訓練中の諸作業はすべて駆け足が規定なので、いつも二千から三千メートルは走っている。この過酷な運動のためどうしても居眠りが出る。これはいかんと思い座席から立って講義を聴く。立つと眼もさめるのでまた腰を掛ける。腰をおろして四、五分もすればまた眠くなる。こんなことを繰り返して授業が終わってしまうことも時々あったが、私たちは飛び上がれば空の上のことであり、戦時はもちろん、平時でもすべて自分で判断しなければならない。自分の命に関わることであり、上空で上官の指示を受けたり聞いたりすることなどは出来ないので、友のノートを借りるなどして一生懸命だった。

しかし、正直なところその将来起きる身の危険性よりも、ほとんど毎週のように行なわれる試験に落ちては大変と思い頑張ったのだった。

九三式中間練習機課程

六月、私たちは初歩練習機の教程を終わり、第二段の九三式中間練習機による教育課程に入った。

三式初歩練習機は胴体に比べて主翼が大きく、いかにも古い飛行機といった感じだったが、九三式中間練習機は形も性能も良く立派な飛行機だったので、自分も一人前の飛行機乗りになったのだと嬉しくなり一段と張り切って訓練に臨んだ。

私たちが教わる操縦実技、また座学による色々な空の知識、精神教育等の教育の中で最も力点が置かれたのは、やはり操縦実技だった。中間練習機では前述の離着陸、宙返り等の特殊飛行に加え、計器飛行、編隊飛行、航法等の訓練を受けた。

計器飛行とは夜や雲の中を飛ぶ時のことを想定し、後部座席を幌で覆った飛行機に乗り、外を見ずに計器だけによる操縦だ。もちろん、幌で覆うのは後席だけで前席は教員が乗り、操縦するので危険はない。

地上では暗い密室に入れられても地球の重力があるので上下は分かる。しかし、飛行機の場合はその飛行機の運動による重力が掛かり、地球の重力が分からなくなる。水の入ったバケツを勢いよく回すと、水はバケツの底に押しつけられて下にこぼれないのと同じだ。この状態で夜や雲の中を飛ぶと、どちらが天でどちらが地面なのか分からなくなってしまい、操縦不能となって墜落する事故が多くあったとの話だ。

霞ヶ浦航空隊の九三式中間練習機による編隊飛行。背景は筑波山。

霞ヶ浦航空隊の九三式中間練習機と操練43期の練習生たち。

〔左〕練習生時代の著者。
〔下〕昭和13年11月、８ヵ月にわたる厳しい訓練を乗り越え、卒業の日を迎えた操練43期生の記念写真。

また航法とは次のようなことだ。自動車は道を走るので道から外れることはないが、空では道がないので出発地から目的地までの方位・距離を地図上で測り、磁石を使ってその方向に飛ぶ。しかし飛行機は風に流される。風がある日に雲を見ていると十分も経たないうちに雲はどこかへいってしまうが、空を飛んでいる飛行機はいつも自分と同じ高さにある雲と同じように風に流されているわけで、ただ地図上の方向と距離だけを目安として飛んでいたのでは、どこへたどり着くか分からない。

流れがある川で対岸へ向かって泳ぐと水流分だけ川下に泳ぎ着く。これと同じことで、陸地や島のある所を飛ぶ時は海岸線や街を見て自分の位置を知ることが出来るが、海の上ばかりを飛ぶ時には目印にするものがないので母艦や目的地が分からず飛び過ぎてしまうことがある。これを防ぐため、随時風向・風速を測り、地図上の方向と距離に対しそれを加味して目的地まで飛ぶ技術なのだ。

このように風に流されながら飛ぶ飛行機に乗って風向・風速を測ることは理論の説明もまた技法も本当に難しいことで、出来れば目的地から電波を出してもらいその電波に乗って飛びたい。しかし、戦争になると敵もこの電波を利用して飛んでくる危険があるので、軍艦も基地も電波を出さない。やむを得ず搭乗員は自分で風(風向・風速)を測り、味方の基地または母艦まで飛ばなくてはならないのだ。これが航法だ。

また教育課程の中に、上空に行くとどうなるかを学ぶ高高度飛行訓練があった。高度をとるに従って空気は薄くなる。今の大型民間機は客や乗務員の乗る部屋を気密にして、高度をとっても室内は地上に近い気圧にしておくことが出来る。しかし、当時の小型機は室を気密にすることが出来ないので、高空に行く時には酸素マスクが必要なのだ。

確か八月の終わり頃だったと思う。酸素マスクなしで飛べるという限界の高度五千メートルを五分くらい飛ぶという訓練があった。上空は寒いので着られるだけの下着を着て、冬服にオーバーという完全冬支度で飛び上がったのだが、暖房装置はなく、しかも風房のない練習機なので寒さが身にしみた。

高度五千メートルでは気圧が地上の半分、気温はマイナス十度位だったように覚えている。その五分間は長く、訓練を終えて地上に降りてもすぐには体温が戻らず、しばらくの間震えていた。真夏のことであり、この飛行訓練前の友は隣の席で汗を流していたのだが……。

これらの訓練を終了する十一月の卒業までには毎月数名の学科試験不合格者、操縦不適格者が出て、霞ヶ浦航空隊へ来る前の原隊へ帰されていったので、卒業出来たのは三月に集合した一次試験合格者百名のうち五十六名だった。一緒だった清水君も初歩練習機の教程中に不合格となり原隊復帰となった。

太平洋戦争開戦前は操縦者の必要数が少なかったので試験は厳しく、卒業出来たのは各クラスとも一次試験合格者の半数くらいだったようだ。

時はライト兄弟が地上約三メートルの高度を一分足らず飛んだ時——即ち人類が初めてエンジン付き飛行機で空を飛んだ時（一九〇三年）——からわずか三十五年しか経ていない。飛行機の揺らん期だった。

〈参考〉第四十三期操縦練習生採用試験問題（昭和十三年三月実施）

一次試験は身長体重、肺活量、握力等それぞれの身体検査と、次に掲げる学科試験があった。

国語問題

一、左ノ□内に漢字ヲイレヨ（略字ヲ許サズ）

（イ）海軍ノ作戦行動ハ□□《ジンソク》ナル移動性ヲ第一義トシテ居リ、従ッテ海軍ノ□□《ドウセイ》ハ之ヲ極メテ秘密ニ保ツ必要アリテ、常ニソノ所在、行動ヲ秘シ、機至ルヤ□□□□《シップウジンライ》的ニ行動ヲ起スヲ□□《ホンシ》トス。

（ロ）旧来ノ□□《ロウシユウ》。□□《ウチユウ》ノ真理。国際□□《レンメイ》。□□《ユダン》大敵。臨機□□《オウヘン》。

二、左ノ文中ニ不適当ナ漢字アラバ正セ。

（イ）汽船ノ椎進源動力ハ蒸汽力ナリ。

（ロ）大名小名板藉ヲ奉還ス。

（ハ）衆議院ノ開散ヲ令セラル。

（ニ）驅遂艦　（ホ）低抗　（ヘ）晩回

三、左ノ語句ノ意義ヲ問ウ。

（イ）新陳代謝　（ロ）肝膽ヲ砕ク　（ハ）轍ヲ踏ム　（ニ）濫觴

(ホ)古稀　(ヘ)逡巡　(チ)等閑　(チ)涵養　(リ)侮慢
(ヌ)恪守

四、左ノ語句ニ振假名ヲ附セ。
(イ)天恩優渥　(ロ)背水ノ陣　(ハ)軫念　(ニ)劈頭
(ホ)錯誤　(ヘ)翕然　(ト)鞭撻　(チ)危懼
(リ)執拗　(ヌ)未曽有

《国語解答》

一、(イ)迅速《ジンソク》　動勢《ドウセイ》　疾風迅雷《シップウジンライ》　本旨《ホンシ》
(ロ)陋習《ロウシユウ》　宇宙《ウチユウ》　聯盟《レンメイ》　油斷《ユダン》　應變《オウヘン》

二、(イ)椎進(推)　蒸汽(気)　(ロ)板藉(版籍)
(ハ)開散(解)　令セ(命)　(ニ)驅遂(逐)
(ホ)低抗(抵)　(ヘ)晩回(挽)

三、(イ)新陳代謝(古きものが去って新しきものに変わること。または生物体内における生活物質の摂取排泄せらるる状態)
(ロ)肝膽ヲ砕ク(心を砕く事。即ち苦心する事)
(ハ)轍ヲ踏ム(前の轍を踏む事。即ち一度行ったことを繰り返して行う事)
(ニ)濫觴(ものの始まり)　(ホ)古稀(七十歳の稱)
(ヘ)逡巡(しりごみすること)　(ト)等閑(なほざり)
(チ)涵養(養成する事)　(リ)侮慢(あなどって見下す事)
(ヌ)恪守(固く守る事)

四、(イ)天恩優渥《テンオンユウアク》　(ロ)背水《ハイスイ》ノ陣《ジン》　(ハ)軫念《シンネン》
(ニ)劈頭《ヘキトウ》
(ホ)錯誤《サクゴ》　(ヘ)翕然《キユウゼン》　(ト)鞭撻《ベンタツ》
(チ)危懼《キク》
(リ)執拗《シツヨウ》　(ヌ)未曽有《ミゾウ》

数学問題

1 (イ) $[\{64\div8-2\times2\}\times2+42\times1/7]-\{(1.8-0.8)^5+24-11\}$

(ロ) $5-\cfrac{1}{1-\cfrac{1}{1+\cfrac{1}{3}}}$

2 5419584ノ平方根ヲ求メヨ。

3 二数ノ最大公約数ハ７ニシテ最少公約数ハ84ナリ。コノ　二数ヲ求メヨ。但シ二数ハ何レモ７ヨリ大ナリ。

4 縦１尺２寸６分、横９寸８分ノ紙ヨリ　全ク切屑ヲ出サザルヨウニ同ジ大キサノ正方形ヲ切リ取リ、且ツソノ正方形ハ出来ルダケ大ナルモノニセントス。ソノ正方形ノ一片ヲ　幾許ニスベキカ。

5 某艦両港間ヲ航海スルニソノ前半ノ距離ハ速力20ノット、後半ノ距離ハ速力12ノットニテ　合計計36時間ヲ費セリ。両港間ノ距離ヲ問ウ。

6 数年前甲国ノ有ウスル飛行機ハ乙国ノ有スル飛行機数ノ５倍ナリシガ、ソノ後甲国ハ210台ヲ増シ、乙国ハ128台ヲ増加シタル結果、現在ニテハ甲国ノ所有数ハ乙国ノ所有数ノ３倍ニナレリト　云う。両国ノ現在所有スル飛行機数各幾台ナルカ。

《数学解答》

1 (イ) 0　　(ロ) 1

2 2328　　3 21.28

4 1寸4分　　5 540浬（かいり）

6 甲国645台　　乙国215台

第二章　雷撃機操縦員

館山航空隊の八九式艦上攻撃機

海軍の飛行機には陸上から発着する陸上機の他に、戦艦や巡洋艦等の大きな軍艦からカタパルトという橇のような射出機で飛び出し、水面に着水する水上偵察機（俗にいう下駄履き機）と、航空母艦から発着する艦上機とがある。

艦上機の中には、二人乗りで急降下し中型の爆弾を落とす艦上爆撃機（略して艦爆という）、操縦員、偵察員、電信員の三人乗りで上空から大型の爆弾を落としたり、魚雷を発射したりして敵艦を撃沈する艦上攻撃機（略して艦攻という）、そして敵の爆撃機・攻撃機を撃ち落とす役目の一人乗りの艦上戦闘機（略して艦戦）がある。

海軍の戦いはまず制空権を取るため、身軽な、そして機銃をたくさん搭載している戦闘機同士が闘う。制空権を取り、一定範囲の空域を支配できる状態にして、次に艦上爆撃機（艦爆）が急降下爆撃で敵の対空砲火等を破壊し、最後に艦上攻撃機（艦攻）が大型爆弾または魚雷で攻撃して、敵艦を沈めるというのが海軍の航空戦の戦い方であった。

次に、魚雷について説明しておこう。

戦艦、航空母艦等大きな軍艦は、一番上の甲板から艦の底までは七、八階もあり、外壁は厚い鉄板で覆われ丈夫に造られているので、爆弾では多少の損害があっても沈むことはない。しかし、艦底に穴があけば海水が入るので沈む率が高い。そこで水面下七、八メートルの海中を走って行き敵艦の底の方で爆発するようにしたのが魚雷である。魚雷を投下することを発射、魚雷で攻撃することを雷撃という。

昭和十三年十一月、私は八ヵ月にわたる四十三期操縦練習生の教程を卒業し、艦上攻撃機、即ち雷撃機の操縦員となって千葉県の館山海軍航空隊に転勤した。

当時、館山航空隊の飛行機は英国の航空機会社が設計した八九式の艦上攻撃機であった。八九式とは昭和四年、即ち皇紀二千五百八十九年（日本書紀に記された神武天皇が即位したと伝えられる年を元年とした歴年）の下二桁《けた》をとり八九年に海軍の飛行機と正式に決まったことを表わす。エンジンはフランスのイスパノスイザーという水冷式、すなわち自動車のエンジンと同じように水で冷やすエンジンで、起動は総てパチンコ方式だった。

パチンコ方式とは、一人がプロペラの先端を持って抑え、もう一方の先端に太いゴム紐を掛けて十人がかりで引っ張り、「せーの」でプロペラを回すと同時に操縦席にいる人がスイッチを入れてエンジンを起動する方法だ。

このエンジンは回転抵抗が大きくて回り難く、どんなに頑張っても半回転ぐらいしか回らないので惰性がつかず、起動が極めて困難だった。ことに冬期の寒い朝は専用のカバーをかけて暖房し、エンジンを温めてから起動操作に掛からねばならなかった。寒いとエンジンがかからず、急な戦には間に合わない飛行機だった。

また、この飛行機の翼は二枚羽根（複葉）で翼も胴体も木や鋼材の骨組に羽布（麻布）を張ったものだった。操縦席の外側には浮き袋が付いていたが人間用ではなく、不時着水した時飛行機を浮かべるためのものだった。「人間は一銭五厘（採用通知を出すための郵便葉書の料金）で補充できるので浮き袋はいらないが、飛行機はなかなか出来てこない……」と言われた時代で、人間以上に大事な機体だったのだ。

計器では燃料タンクの残りを示す燃料計がなく、そのタンクからエンジンにつながるパイプの途中にガラス張りになった部分があり、燃料が流れていくのが見えるようになっていた。ちょうど家庭用石油ストーブのタンクの目盛のようなもので、燃料がなくなるとこの窓が白くなるのだ。私達はこの窓を「目玉」と呼び「目玉が白くなったら訓練を止め、すぐ飛行場に帰るように」とよく言われた。

プロペラは木製だった。館山航空隊の飛行場にはよくカラスがカアカア鳴きながら飛んでいたが、そのカラスが木製プロペラに当たると、その衝撃でプロペラは粉々に砕けてしまうのだそうだ。

館山に赴任した昭和十三年の十二月の半ば頃だったと思う。ある日その事故がおき、木製のプロペラの弱さ、カラスの恐ろしさをまざまざと見せ付けてくれた。八九式艦上攻撃機が一羽のカラスに体当たりされ、海へ落ちてしまったのだ。敵にも弱く、カラスにも弱い飛行機だった。

私たちは爆撃訓練をよくやった。当時は支那事変の最中でアメリカの軍艦よりも中国軍に対する水平爆撃、即ち一定の高度を保ちながら爆弾を投下する爆撃が重視されていた。爆撃は、照準器で目標を狙う爆撃手（中間席にいる偵察員）と操縦者の息がぴったり一致しなければならないので、操縦員も爆撃照準器を使い、航空隊の近くにあった布良の爆撃標的に一キロの訓練爆弾を投下する訓練をした。

私の訓練爆弾は標的の近くには落ちるのだが、命中したことは一度もなかった。同期の中には訓練爆弾を海上に落とし、「魚を殺さないように」などと冗談を言われていた友もいた。爆撃は高度が高いほど、敵からの地上砲火による被害は少ないが爆弾の命中率は悪くなる。当時は命中率を重視し、爆撃高度は千メートルと決めていたが、その後照準器の性能と練度の向上で、わずか六年後の昭和十九年には八千メートルから一万メートルの高度から爆撃するようになった。いかに航空技術の進歩が早かったかが分かる。

太平洋戦争の始まる三年前の昭和十三年末までは日本はまだこのような飛行機が主力攻撃機だったのだが、翌十四年に入り九七式という一枚羽根（単葉）でジュラルミン製の新鋭機が各航空隊に配属されたので、私たちも改めてこの飛行機の訓練を受けた。

鈴鹿航空隊へ転勤

昭和十四年三月、私は三重県白子町の鈴鹿航空隊に転勤した。鈴鹿航空隊は私たちが赴任する五ヵ月前に飛行場の完成とともに開隊したばかりで、町の人は「海軍さん」と珍しがり、皆親切に接してくれた。

たとえばこんなことだ。私は三浦勝男君（同期の操練四十三期）、関君（一期先輩の操練四十二期）と三人で館山航空隊から転勤してきたのだが、隊門に入る前にちょっとコーヒーでもと思い、三人で小さな喫茶店に入った。するとその時、店にいた常連客のような感じの男性客二人が私たちの隣席に移って来て、敬意を表しながら色々と話しかけてくれた。そして私たちの分の払いも済ませてくれたのだ。このことがあってこの白子町の第一印象は非常に良かった。

この鈴鹿航空隊は飛行機の航法や、飛行機同士が撃ち合う射撃、水平爆撃等、偵察員の初歩技術を教育する所で、私は九〇式機上作業練習機という木箱に翼とエンジンを着けたような形の悪い飛行機を操縦して練習生の教育にあたった。わずか半年前の昭和十三年十一月に操縦練習生の教程を卒業したばかりの私たちは、早くも指導員としての任務に就いたのだった。

鈴鹿航空隊で思い出されるのは分隊対抗のマラソン大会があったことだ。六月の暑い時だった。コースは飛行場周辺の一般道路で七、八千メートルあったと思う。ルールは各分隊二十名宛の選手が出て走り、その選手の中で最も遅い人のタイムをその分隊のタイムとするという面白いルールだった。服装は作業服、軍靴に脚半（ゲートル）だったので汗びっしょりだった。

最も遅い人のタイムが問題なので、分隊の中に落伍者が出たら引っ張るか、担いで走らなければならない。弱い人は倒れてもなお歯を食いしばって頑張った。私の分隊は優勝こそ出来なかったが、非常に良い成績でゴールし、また私個人も越後人の頑張りを示したので皆から誉められたのを覚えている。海軍ではこのような分隊対抗競技がよくあった。このため組織に対する所属意識と責任感が養われていった。

海軍の競技にはまだまだ面白いルールの競技があった。霞ヶ浦航空隊に勤務していた頃はよく相撲をとったが、その時のルールは「負け残り」だった。普通は勝った方が残り、五人抜き、六人抜きといってその強さを表わすが、霞ヶ浦では負けず魂を養成するため、勝つまで土俵から降りることが出来ないというルールだった。

今は小学校の運動会で一位、二位の順位をつけてはいけない、差をつけてはいけないという不甲斐ない時代となってしまったが、当時の子供は小学校の二、三年生にもなると雪合戦だ、騎馬戦だと戦うこと、競争に勝つことを教えられていたので、負けてもいじめられてもそのまま引き下がるようなことはなく、泣きながらでもそれに立ち向かって行く気概根性は養われていた。従って「負け残り」といわれてもそれほど違和感をもったわけではなかったが、私はあまり相撲が強いほうではなかったので指名されないように、その時は小さくなっ

編隊飛行する鈴鹿航空隊の九〇式機上作業練習機。著者は、この「木箱に翼とエンジンを付けたような」機体を操縦し、偵察練習生を指導した。

鈴鹿航空隊で偵察練習生を指導した教官・教員と練習生の記念写真（2列目右端が著者）。九〇式機上作業練習機の前で。

ていた。

また海軍で鍛えられるというと漕艇と呼んだボート漕ぎがある。海軍の兵隊さんで「おしりの皮をむかなかったという人は一人もいない」と言われたぐらい、皆短艇では鍛えられたのだ。それで初めて「海の男」になれたのだ。

軍隊における競技、それは唯のスポーツではない。殺すか殺されるかの争いに勝つための闘志を養う教育であり訓練であって、負けた時には理屈なしで小銃射撃訓練場を一周させられるなどの罰が飛んでくることがよくあった。

また粋な教育もあった。通信学校でのことだが、通信学校では日曜日毎に近くの名所旧跡への行軍、すなわち遠足があった。そしてその昼食後には演芸会があったが、芸達者な人がやるのではない。「軍人といっても武一点張りでは駄目。人間には趣味風情というものが必要で、酒席に出たら芸の一つや二つは出来るようにしておかねばならない」と、名簿順に全員が教育の一環として芸をさせられたのだ。

十五歳の私は何も出来なかったので、同期で広島出身の上安喜久夫君から故郷新潟の『佐渡おけさ』でなく『広島風（？）佐渡おけさ』を教わって、なんとかこれを乗り切ったのだ。確か順番の回ってくる行軍の前に、兵舎の裏で三、四回習ったのを記憶している。もちろん卒業成績に関係するようなものではなかったのだが……。

鈴鹿航空隊時代に私は、小説を読み始めた。一冊目は火野葦平のベストセラー『麦と兵隊』で、百万部の出版は今では珍しくないが当時の出版では大ヒットだった。中国軍が南京から西へ西へと逃げていく途中で、民家に入り悪事を働いていく状況や、便衣隊といって民間人の服を着て民間人に隠れて闘うという、武士の風上にも置けぬずるい戦い方をする中国軍のことなどが書かれていたように思う。今ではずるさをあまり非難しなくなったが、当時の日本人はこのずる賢い行為を非常に嫌い、「俺は武士だ」「武士は……」の精神を大切に持っていたので多くの人に共感をもって読まれたようだ。

今、日本軍ばかりが残虐行為をしたように言われているが、勝った方の軍隊がしたことは何一つ言わず、負けた方の軍隊（日本軍）のしたことばかりを取り沙汰するのが歴史なのだろう。

海軍に入った直後の二年間は、通信学校、霞ヶ浦航空隊と教育部隊の生活が多く小説など読める状況ではなかったが、鈴鹿航空隊では難しい科学的兵器の勉強等で忙しかった中でも、小説を読むことが出来、小説を通し初めて大人の世界へ入れたような気持になった。

ついでに記すと、海軍の多くの学校では夕食後から就寝までの約二時間は「温習時間」といって全練習生が自分の教室に入り自習する規定だった。練習生は皆自ら進んでよく勉強した。試験の前の日曜日などは、多くの人が外出しても映画等遊びにも行かず、下宿先で勉強していた。

これは兵器すべてが最も進んだ技術を応用したものであり、高度な知識を必要としたこと、また当時の通信機器や飛行機は今の機器と違いよく故障していたが、出港後に故障した兵器は製造会社に送り返すことができず、洋上で修理しなければならなかった。そしてこの整備修理は皆、兵・下士官の任務であり、自分たちに専門の知識が求められていたことも背景にある。

また海軍は徴募兵もいたが、志願兵が主力だった。志願兵は皆出世し、士官になることを望んでいた。このため先に書いたように練習航空隊や砲術学校、水雷学校等の諸学校の練習生となって科学兵器の知識を得る必要があり、この学校を受験するために国語・数学等の普通学の実力も必要だった。

今ではあまり知られていないが、海軍の軍人とはこのようによく勉強させられまた自らも進んで勉強したものだったことを改めて伝えておこう。この練習生の教程は各職種とも兵の間に普通科の教程を受け、概ね下士官になった頃試験を受けて高等科に入るのが通例で、期間は普通科高等科とも一年位だったようだ。

宇佐航空隊での友の殉職

昭和十四年の暮れ近くなった十一月、大分県の宇佐八幡宮脇にある宇佐海軍航空隊に転勤した。

宇佐海軍航空隊は練習機による基礎教育を修了した操縦員や偵察員に対し実用機（実際に戦に使用する飛行機）で急降下爆撃、即ち四千メートル、五千メートルという高い高度で敵艦に接近し、そこから真っ直ぐ下に向かって降下しながら照準し爆弾を投下する急降下爆撃、また先に説明したような水平爆撃、または敵艦の艦底を狙って魚雷で攻撃する雷撃といった戦闘技術を教育する部隊である。私が着任する一ヵ月前の十月に開隊したばかりで、鈴鹿航空隊と同様、町の人たちは皆好意を持って接してくれた。

宇佐航空隊に勤め始めて三ヵ月した十五年二月二十九日の夜、仲の良かった杉山薫君（乙飛六期）が殉職する事故がおきた。

その日は雲が多く、なんとなく気の重い日だった。しかし戦となれば悪天候でも飛ぶ必要があり、訓練は強行された。確か、三機ずつの三個小隊（合計九機）で夜間の航法訓練に出たように思う。

宇佐空時代の著者。三等航空兵曹。

出たときはまだ日が暮れたばかりであり、雨も降っていなかったのだが、夜更けになって曇りから雪に変わり、飛行場に帰って来た時は吹雪になっていた。雪がプロペラに反射して前方が見えず、私の機はようよう着陸することが出来た。しかし、第二小隊三番機として飛んでいた杉山機は遂に雪雲にやられ、大分県中津市の山中に墜落、操縦員、偵察員、ともに殉職してしまった。

夜十時を少し過ぎたころになって若い隊員が、「遺体の引き取りが終わり、今医務室に安置しました」と知らせてきた。兵舎を飛び出したが外は吹雪、町も隊内も総て停電していて真っ暗闇、転勤してきたばかりで医務室の場所もよく分からず、やむなく兵舎に戻った。今なら町中が停電しても道が見えなくなることはないが、当時は懐中電灯が今日のように普及しておらず、真っ暗闇の世界で、友を弔うことも出来なかった。

杉山君は私と同じ下宿だった。事故の前日「寒いから一緒に寝よう」と日頃言わないようなことを言い出し、私と一つ布団にくるまって寝たのだが、こういうのを虫の知らせというのだろう。親しい友の死だっただけに大きな衝撃をうけた。

杉山君は私と一緒に鈴鹿航空隊からこの宇佐航空隊に転勤して来たのだが、転入して最初の日曜日に先輩の森永隆義さん（乙飛四期で戦後千葉県船橋市に居られ、平成十五年にお尋ねし懐旧談を語り合ったのだが、平成十六年三月、逝去された）の下宿を訪ね、そこの奥さんの紹介で二人とも港仙太郎さんという人の家に下宿させてもらっていたのだ。

葬儀の翌日、下宿に帰り港さんに事故の話をした。港さんは泣いていた。親身になって悲しまれた。常に我々のことを思っていて下さったのだ。話は尽きなかったがいつしか夜も更けたので、自室に戻り、一人静かに杉山君のぬくもりを確かめながら布団に入った。彼の体温がまだ残っているように感じながら眠りについた。

訓練はすぐその翌日から、以前と変わらぬ厳しさで続けられていった。軍隊とは平時から任務の前では、友の死は小さなものと考えなければならないところだったのだ。情に流されてはならないところだったのだ。親しい友の死だったが多くの同僚も誰一人として涙を流さず、また悲しさ恐ろしさを表に出している者はいなかった。淡々と行事をこなし、訓練に従事していた。

大先輩の死

その年の夏のある日、練習生の航法訓練に出た。一時間程して帰ってきた時には基地は大雨で視界が悪く、着陸困難な状況になっていた。

やむを得ず宇佐基地の近くにある姫島の上空でしばらく天候の回復を待ったが、雲は増すばかり。時間もたったので宇佐基地着陸を断念して山口県まで飛び、岩国基地に着陸した。宿泊と宇佐基地への連絡を依頼するため、基地の当直室に向かったが、時刻はすでに訓練終了の午後五時を過ぎていた。

海軍では夜間の事件や事務などは当直将校の指示に基づいて副直将校が処理するのだが、その日は幸運にも私の霞ヶ浦時代の教員だった伊藤進飛曹長が副直将校として居られた。私より四、五歳上の苦労人で、天気予報の難しさを教育されるのではないかと覚悟していたが、

「せっかく岩国に来たのだから錦帯橋を見て来なさい」と、伊藤飛曹長。

「宇佐を飛び立つ時は暑かったので、飛行服の下はパンツだけで外出出来ません」と私。

「よい、主計科に話しておくから」と伊藤飛曹長。

早速下着のシャツから軍服、靴、帽子と一式用意してもらい、錦帯橋を見に行った。宇佐は雨だったが岩国は雲一つない月夜だった。月を見、錦帯橋を見、先輩の親切と有難さを感じながら宵待草の咲く川原をしばし散策した。食事は酒こそないが来客用を用意して頂いた。

まだ太平洋戦争開戦前で「軍律厳しい中なれど……」などと言われていた時代だったが、海軍には融通の利く人が多くいるのだと思った。

そして秋になって、また事故が起きた。

私は霞ヶ浦航空隊時代の教員だった今津哲夫兵曹の二番機として夜間の航法訓練に出た。霧がかかり、月も星もなく暗い夜だった。基地近くにある姫島の北側だった。機影が全く見えず、私は彼の編隊灯（後ろに飛んでいる飛行機に、自分の位置を知らせるための灯）だけを頼りに飛んでいたのだが、突然一番機が変な運動をして海に突っ込んでしまったのだ。私の機からは一番機の編隊灯が生き物の様に急に暴れ出したかに見えた。

私は危険を感じたのですぐ一番機から離れ難を逃れたが、まだあまり暗夜の訓練を積んでいないので、「さあどうしよう。墜落しないように」とはらはらしながら一心不乱に飛び続け、基地に帰って報告した。大先輩がなぜこんなことに……。

事故の原因が搭乗員の名誉にかかわることとなのか、あるいは計器類が原因だったのか、それとも夜間訓練はまだ緒についたばかりで訓練計画に無理があったのか、その事故の調査結果を私たちが知ることは出来なかった。事故原因の調査は調査官がするのであり、私たちはこの調査に関係なく、また彼らの死に関係なく、休まず訓練を続けた。

一方この昭和十五年は、前年欧州で始まった第二次世界大戦でドイツ軍がパリを占領するなど華々しい戦果を上げたのに伴い、世界中があわただしくなってきた。

日本の政界では政友会、民政党に代わり近衛文麿公の大政翼賛会が発足し、挙国一致の政治に走り出した。そして女性のパーマ廃止運動から「贅沢は敵だ」の流行語が生まれるなど、国民運動が大きく動き出した。

またこの年は皇紀二千六百年に当たり、これを祝う「皇紀二千六百年祭」では日本各地で提灯行列、旗行列が行なわれるなど、民も官も軍も大きな流れに従い、足並みをそろえて走り出した。一世を風靡した映画『愛染かつら』に酔いしれていた国民が一変して大国意識を強め、非常事態体制に立ち上がった年だった。一般の人たちが好んで歌った流行歌も『人生劇場』『旅の夜風』『湖畔の宿』等から勇ましい戦時歌謡、軍歌に代わり、挙国一致の気風が盛り上がっていった。

紀元は二千六百年
ああ一億の胸は鳴る
（「紀元二千六百年」作詩・増田好生／作曲・森義八郎）

赤城での着艦講習会

その昭和十五年の秋、伊豆大島の沖で艦上機の操縦を二、三年経験した人を対象とした着艦講習会があったので参加した。

陸上の飛行場は千五百メートル以上もあるが、航空母艦の飛行甲板の長さは二百メートルくらいしかない。そこで甲板上に約十メートル間隔で、高さ二十センチのところに十本程のワイヤーロープ（制動索）を張り、これに対し飛行機は着艦時に鉤状のフックを出してこのワイヤーロープに引っ掛け、強制的に行き足を止めるのだが、そのときの大きな衝撃を少しでも和らげるためには、飛行機は最も遅い速力で、即ち浮く力がなくなって墜落する寸前の速力で母艦に近づき、艦尾から五十メートル程前方の甲板上に描かれた丸印のところで飛ぶ力がなくなり車輪がつくように操縦しなければならない。

二メートル左にずれると艦橋にぶつかる。また右にずれると甲板の端から海に落ちるのだ。

その上、母艦は波によって前後左右に傾き、揺れたりお尻を振ったりするので、飛行機を正しく進入させても、軸線がずれたり、また両車輪が一緒に着かず大きく跳んだりすることがある。

さらに、着艦には時間の問題もあった。母艦は先に着艦した飛行機をまずエレベーターに乗せて飛行甲板（一番上の甲板で、飛行機が発着するところ）の下の格納庫に降ろし、再びエレベーターを上げて飛行甲板を元どおりにして次の飛行機を着艦させるのだが、この一機毎の時間が問題なのだ。

操縦員は前の飛行機との間合いに神経を使う。前の飛行機と近づき過ぎて母艦への到着が早すぎると、エレベーターが上がってなく、着艦が出来ない。また離れ過ぎて遅くなれば無駄時間が出る。その一機の無駄時間を仮に一分としても、八十機編隊で同時に返って来た場合一時間二十分も無駄な時間となり、最後に着艦する飛行機は、着艦待ちの間に燃料がなくなってしまうことになる。

また母艦は高速で走るので、艦尾には上から流れ込む大きな下降気流が生じる。このため着艦時の降下角度が規定より低いと、この下降気流に巻き込まれて落下し、艦尾に激突するという危険がある。

このように難しい訓練だったので、失敗もたくさんあったようだ。私が講習を受けた母艦赤城でも、飛行機の発着する飛行甲板の後端には飛行機が激突した生々しい傷跡があった。激突は死であり殉職である。傷はその殉職事故の跡だったのだ。

昭和十六年夏の初め頃だったように思う。新発田の両親が遠い九州まで汽車を乗り継ぎ宇佐の航空隊に訪ねてきた。

その時、父母は二人とも下駄履き和服姿だった。父母は案内されるまま板張りの指揮所（公共飛行場の管制塔に当たる）へ上がり、後ろの方で飛行機の離陸や急降下爆撃の訓練を見ていたらしい。すると小林正松分隊長が両親のところに来られ、「今着陸するあの飛行機が息子さんの操縦している飛行機です」と他にも訓練状況等いろいろと教えてくださったそうだ。

当時は秘密、秘密で宇佐航空隊の近くでは豊前善光寺駅と豊前長洲駅間を走る汽車は南側、即ち航空隊側の窓に黒いカーテンが付けてあり、訓練をしていない時でも閉めるよう指示されていた。飛んでいる飛行機の形状や性能を隠そうとしたのか、時局意識を植え付けるためだったのか、とにかく防諜が叫ばれた時代だったのだ。

そのような時代であるのに指揮所におられた指揮官たちは同志同僚の両親を大切にするとの思いから民間人の父母を指揮所に入れ、ゆっくりと飛行場を見せてくれたのだ。規律違反や秘密保護上支障はなかったのか……お陰で父母は飛行隊の勇ましい訓練風景を存分に見るという思わぬ収穫で喜んで帰って行った。

旧軍隊は部下に対する思いやりや気配り等はなかったと言われがちだが、そうばかりではない。少なくとも海軍は命をともにするという戦友意識があり、仲間意識があったのだ。父はその後私と飲むとよくこの話をしていた。特等席のような軍の指揮所へ案内されたことがよほど嬉しかったのだろう。

太平洋戦争開戦

太平洋戦争の始まるほぼ一ヵ月前の十一月十三日、岩国基地で連合艦隊の全司令官や参謀方が参集し、戦争が始まった時のその初戦の行動について協議されたとのことであるが、その日のことだった。

夏の終わりに第五航空戦隊の空母瑞鶴へ転勤して行った石原久君（乙飛六期）が宇佐航空隊に来て、見てきたばかりの岩国基地の雰囲気を「今に戦争でも始まるのでは？」と熱を込めて話したのだが、私たちはただ漠然と彼の話を聞くだけで真剣に受け止めることは出来なかった。

そのようなことがあってわずか一ヵ月足らずの十二月七日、私たちは日曜日で外出していたが、昼過ぎに「すぐ帰隊せよ」という非常呼集隊のラッパの音が聞こえたので急いで帰隊した。そしてその翌八日、戦争の始まったことを知らされた。

戦争の匂いは新聞雑誌には出ていたが、私たちは日米が本当に戦うなど、そんな危険なことは政治や外交が何とかするだろうという漠然とした安易な気持から、現実的に戦争が起こるとは考えてもいなかった。

日米が戦い、あの広い米国を日本が占領する……それは絶対に不可能なことだ。日本は今予備役まで召集して、ようようシナ大陸の平野部を占領しただけなのだ。アメリカ大陸に兵力を送り攻撃するなど絶対に出来ない。それでは終わりのない戦争に入るのか?

戦争に対する漠然とした不安がある一方で、一部の人、いや相当数の人たちは新聞雑誌の報道から「日清日露の戦に勝ったのだ。日本は強いのだ。アメリカ人やイギリス人は文明と個人主義が進み過ぎて命を惜しみ、最後まで戦うという意思に乏しい」と彼らの戦意をなめてかかり、また開戦しても太平洋上で日米の艦隊同士の決戦が行なわれ、負けた方が講和を申し出て講和会議となるだろうと、漠然とした今までの終戦方式を潜在意識として持っていたようだった。

しかし、考えてみれば日支事変によって中国における日米の権益の衝突が生じ、日独伊三国同盟の締結によって米英連合国側とは対立状態となってしまっていたのだから、日米どちらかが百八十度の方向転換をしなければ収まらない事態になっていたのだ。

さらに日本とアメリカ・イギリス・中華民国・オランダとの関係は一層冷え込み、これらの国の経済封鎖（ABCD包囲網）によって日本には石油や鉄が入ってこなくなったのだから、戦車も軍艦もそのうちに動けなくなり造れなくなる。戦いは当然の帰結だったのかもしれないが私たち国民は皆、政府任せで、石油がなくなった場合のことや戦争が始まった時のことを考えていた人はいなかったと思う。

私自身も長引いた日支事変で戦時という状態に慣れてしまったのか、戦について恐ろしいと思ったことはなく、また考えたこともなかった。そして太平洋戦争の開戦劈頭のハワイでの米戦艦四隻撃沈、三隻大破、またマレー半島沖での英戦艦二隻撃沈等のラジオ放送を聞き、ただ早く艦隊に転勤し、戦争に参加してみたいという焦りのようなものを強く感じていたのだった。

筑波空で「赤トンボ」の教員に

戦争が始まって二ヵ月後の昭和十七年二月、私は「赤トンボ」と愛称された九三式中間練習機を使用して新しい操縦員を養成していた茨城県の筑波海軍航空隊へ転勤した。

筑波は寒いところだった。朝六時起床。〝筑波おろし〟で霜柱が立ち、雪と間違うほど地面が白くなる日もあった。

しかし、若い練習生は士気を鼓舞する新聞雑誌に励まされ、大空に憧れて海軍に入り、しかも今、時代の寵児であるその飛行機を我がものにしようとする情熱に燃えた青年ばかりで、皆気合が入っていた。

バリバリと霜柱を踏みながら駆け足で中央広場に集合し、朝礼、体操。体操を終え、格納庫から飛行機を出し起動、エンジンを温め、試運転と寒い中で飛行訓練の準備をした。準備を終えて、七時朝食。八時飛行訓練開始だった。

霜柱で私は通信学校（神奈川県横須賀市）時代の洗濯を思い出した。通信学校では朝礼が終わると総員が裸になって十分間ほど乾布摩擦をし、その後掃除、朝食準備等に当たる当番者を除き、一般の練習生は七時までの約一時間、主として自習等に当てる「朝別課」という課外授業があった。冬季は寒稽古で武道をよくやった。

また月に一回「洗濯日」というのがあって、この時間に洗濯をした。もちろん自由時間にやる各自の自由な洗濯とは別に、躾《しつけ》として行なわれていたのだ。

洗濯場は二十坪位あっただろうか、露天で軍艦の甲板を思わせるコンクリート敷きで、中央に水道栓が三本建っていた。通信学校があった三浦半島も冬は寒く霜が降りていることがよくあった。

朝六時、野外はまだ寒く冷たい。手がかじかんでよく利かないが靴下を脱ぐ。裸足となって洗濯場に入り、中央の水栓から水を流して霜を溶かし、その上に洗濯物を置き石鹸水をかけて手揉みするのだ。

冬の間は地上のコンクリートより水道水の方が温かいとはいうものの、冬の水だ。手揉み洗いをするうちに手も足もしびれてくる。汚れが落ちても落ちなくてもよい。とにかく課外授業だから、我慢してやるが、その冷たさで手足が無感覚になった。もちろん学校側は北海の戦を考えてではなく、耐える訓練をさせていたのだろうが、よく凍傷にもならずやり遂げたものだ。

明治大正時代の軍人の苦労話はよく聞かされた。苦に耐えることを教えられた。しかし、訓話よりこの洗濯のように体で覚え、鍛えられたことが我が身のためにはなったと思っている。

私たちは学校の規定にも、海軍の規則にも絶対服従だった。今なら明らかに不合理とも思える洗濯訓練でも批判する気など毛頭起きなかった。

私たち軍人はもちろん、当時の日本の男たちは皆、軍隊は人間を鍛えるところと思っていた。そして辛い所と知りながらも青少年は軍隊に入ることを誇りに思い、軍人を志願した。海軍はその志願兵が主力となって維持されていた。

習うほうより教えるほうがぐったり

太平洋戦争はほとんどが飛行機の戦いとなっていたので、操縦員の養成は急務中の急務だった。このため筑波航空隊における教育期間は短縮され、私たち教員の受け持ち練習生は三人から四人となったが、張り切って教育に従事した。

軍用機の操縦は先にも書いたようにただ飛ぶだけではない。離着陸の操縦が出来るようになると次は敵戦闘機と戦うための「宙返り」「錐揉み」等の特殊飛行の訓練だ。この特殊飛行は重力がかかり、血が頭に行ったり、足に行ったりと体中を駆け回るので非常に疲労する。

うのだ。特に後部席のほうに遠心力が多くかかるので、前席の練習生より、後席の教員が参ってしま

また一人の練習生が三十分でも、四人を受け持つ教員は二時間もこの重力のかかる飛行に耐えなければならないのだ。また練習生は下手なので非常に危険な状態になることがある。しかし、危険だからといってすぐ自分が操縦したのでは教育にならない。我慢して事故の一歩手前まで練習生に任せて操縦させるのだが、その我慢で気持がいらいらする。そして疲労する。午前の飛行訓練を終了した時は、習うほうより教えるほうがぐったりしていた。

しかし、教員と受け持ち練習生とはペアなのだ。卒業まで兄弟であり、親子なのだ。ヒナの巣立ちを見守る親鳥のような気になり、隣のペアより早く単独飛行をさせたい。上手な練習生に仕上げたいと教育に熱が入るのだ。

練習生の午後は座学である。座学は飛行機の整備、気象等各専門の教官が担当するので、私たち操縦教員は専ら休養である。休養時間中、私は副長の玉井浅一《せんいち》中佐について弓道を習った。土曜、日曜を除き、ほとんど毎日練習したので、その年の暮れには三段に昇進した。

弓の矢を遠くまで飛ばすため、弦は強く張ってある。初めはこの弦が引けないのだ。大の男が精いっぱい力を込めても引けないのだ。ところが女子でも初段、二段を取っている子は易々と引く。弓は力で引くのではなく、肚で引くのだ。また、なれない人の矢はお尻を振りながら飛んでゆくが、有段者の矢はまっすぐ飛ぶことを教わった。

筑波時代のエピソード

筑波海軍航空隊の思い出としては次のようなことがあった。昭和十七年四月十八日、日本は初めて米軍機の空襲を受けた。航空母艦ホーネットから飛び立ったB25陸上爆撃機十六機が日本を空襲したのだ。指揮官の名前を取って「ドウリットル空襲」といわれている。陸上爆撃機を航空母艦から飛び立たせ、日本の都市を爆撃し中国の飛行場に行くという予想もしなかった作戦で、まったくの不意打ちだったが、とにかく東京・横須賀・名古屋・神戸と主要都市が爆撃された。空襲はその後も予想されたので日本各地で防空演習をやるようになった。

夏頃、筑波航空隊でもこの演習があった。私は午前の飛行訓練を終わり、午後は休憩の時間だったので、友と教員室で碁を打っていた。ところが熱が入り過ぎ、演習開始の放送を聞き洩らしてしまった。演習は兵舎と兵舎の間に爆弾が落ち、私たちが碁を打っていた建物が燃え始めたという想定で、気が付くと各分隊の破壊隊、消防ポンプ隊と多くの隊員が建物を取り囲んでしまった。そしてまごまごしているうちに一斉に放水を始めたのだ。

「どうしよう」「いや終わるまで隠れていよう」

今さら恥ずかしくて出るに出られなくなってしまった。教員室のドアに鍵を掛け、クローゼットに並べて掛けてある飛行服の間にこっそり隠れ、息を殺して終わるのを待ったのだが、残念、結局演習の途中で宮尾暎大尉（海兵六十二期　宮尾大尉は翌十八年十一月十日、私がブーゲンビル島のタロキナ攻撃に行った時の指揮官だったが、遂にその日、未帰還となられた）

筑波航空隊の教官教員と練習生。前列右から２人目が著者。昭和17年撮影。

という分隊長に見つかってしまい、一時間近く懇々と説教をされた。演習が終わった時は同僚からも笑われた。軍隊生活十年のうち、こんなに長い説教を受けたのはこの時だけだ。しかし凝り性なので、碁と将棋は止められなかった。

また同じ昭和十七年のある日のこと、操縦練習生四十三期で私と同班だった角田久継君が、練習生に特殊飛行の操縦法を教えていたのだが、ちょっとした悪戯心から、筑波山の男体山と女体山の間を背面飛行で数回通り抜けをした。

背面飛行とは飛行機を裏返しにして、即ち飛行機の腹を上にし、乗っている人間が下になったまま飛び続ける飛行だ。もちろん、人の身体はベルトで縛っておくので落ちることはないが、遠心力の働く宙返りと違い、血は逆流し、肩のベルトをしっかりしておかないと操縦者の体が重力でぶら下がる危険な飛行方法なのだ。しかも、男体山と女体山の間のくぼみを山すれすれに飛んだのだ。

筑波山頂で背面飛行をした著者の同期生・角田久継兵曹。

めったにないことだが、その日は筑波航空隊の司令が来客を案内して筑波山に登っておられ、この危険な悪戯を見られてしまった。翼の上下面には大きく機番号が書かれているので操縦者名はすぐ分かり、角田君はひどく叱られたのだが、操縦員不足の時代で軍規問題にせず、内々に済ませてもらったとのことだった。

また次のような思い出もある。私は昭和十一年の秋から十三年二月まで東京海軍通信隊に勤務したのだが、これが勤務の性格上、日支事変従軍ということになり勲八等瑞宝章と従軍記章が送られてきた。

勲章――それは今の人には分からないだろうが、当時の私たちにとってはこの上ない名誉だったのだ。階級が一つ上がるよりも、勲章・記章を吊って歩けるほうが嬉しかった。その勲章を吊った写真を撮りたかったのだがなかなかその機会がなく、またわざわざ写真屋へ行って撮るのは気恥ずかしくて、残念ながらその機を逃してしまった。今なら皆、何時でも写真を撮ることができるが、当時はカメラもフィルムも闇ルートでないと手に入らない時代だった。

また、その副賞として多額の国債が送られて来たのだが、現金化することが出来なかったのでそのまま駅前の郵便局に預け入れた。その国債はそのままにしていたが、「ポツダム宣言」の受諾に伴い制定された法律により、軍人および軍属に交付された賜金国庫債券は無効になってしまった。

搭乗員の休日

次に当時の私たちの隊外における生活の一端を紹介しておこう。海軍の一般の乗組員は半舷上陸といって乗組員を半分に分け、二日のうち一日が外泊だったが、私たち教員は三日のうち二日は外泊という決まりだった。

独り者の私たちは外泊といっても下宿でただ寝るだけであるが、男ばかりの隊内生活なので街の風が恋しく、外泊の日は少々の雨でも外出し下宿に帰った。外出のための自転車はどこの部隊でも転出して行く人が置いて行くので買う必要がなかった。また当時町の人は、「兵隊さんは自分たち国民の代表で国に尽くしているのだ」との認識から軍人・軍隊に対する奉仕の心があり、離れ座敷または二階を解放し、快く下宿をさせてくれる人が多くいた。

私は土曜日曜の休日は名所旧跡廻りのほか、弓道・尺八が趣味だったので、友と笠間町の弓道場に行って練習したり、水戸の千波湖脇にあった尺八教室に行って尺八を習ったりと、よく飛び歩いたものだった。

下宿では、まだ二十一歳の子供だったが家庭の雰囲気を味わってみたくなり、自分の部屋らしくするため、まず買ったのがラジオだった。当時ラジオはそれまでの鉱石ラジオから真空管ラジオに代わって間もない頃で、まだ一般家庭には少なく、下宿の人たちには大いに喜ばれた。また机を買ったり、衣料品が切符として配給制になっていたので、その衣料切符を下宿の人からもらって布団を買ったりなどして、平凡ながら「戦争どこ吹く風」と独身貴族の生活を楽しんでいた。

また、私たちはよく転勤した。しかし、衣食住はすべて軍隊で用意するので個人の私物がない。このため転勤命令が来ると友に「お世話になられました」等、冗談を言いながら軽い気持で転勤したものだった。また、転勤先でも知人の先輩や同僚がおり、「悪い奴が来たものだ」などの言葉で温かく迎えてくれるのが普通だった。航空隊では転勤は、見知らぬ人たちのところへ行くのではなく、到るところに友ありで気は楽なものだった。

第三章　空母翔鶴艦攻隊

憧れの母艦搭乗員に

戦争が始まった昭和十六年十二月八日、日本陸軍部隊がイギリス領マレー半島のコタバルに上陸した。同日、日本海軍は米艦隊に対する真珠湾攻撃と、二日後のイギリス艦隊の二戦艦を沈めたマレー沖海戦などで大勝利を収めた。

その後も日本軍は、連合国の植民地であったシンガポールやマレー半島全域、香港、フィリピンの主要拠点を占領するなど華々しいラジオ放送がつづいたので、私たちは早く戦地に行き戦功をあげて一人前の顔がしたくて、皆転勤の希望を出していた。私個人も海軍という大きな組織で一人一人の希望を考慮してもらうのは無理と思っていたが、人事担当分隊士にはときどき希望を出しておいた。

昭和十八年に入って、私にもようよう転勤命令が来た。ラバウルか、航空母艦への配属かと希望に燃えながら、筑波の山々に別れを告げ、戦地パイロットの補充部隊であった鹿児島県の鹿屋航空隊に赴任した。

しかし、鹿屋に赴任する半年前の十七年秋には南の戦線が前進から膠着に変わり、戦いが順調でないことがどこからともなく伝わって来ていた。ミッドウェイ海戦では日本に六隻しかない正規航空母艦のうち、虎の子の赤城・加賀・飛龍・蒼龍という四大空母が撃沈されたこと、また日本海軍の象徴だった戦艦陸奥が瀬戸内海の柱島沖で爆沈したことなども伝わって来た。

これらは同じ海軍部内でも軍極秘事項として取り扱われており、事実より少し遅れて、また柔らかく伝わってくるのでさほど大きな衝撃はなかったし、このことから前線と死、敗戦など悲観的になることもなかった。しかし、戦況が難しい局面に入ったことはうすうす感じていた。

昭和十八年五月、二十三歳になったばかりの私は、鹿屋海軍航空隊から航空母艦翔鶴《しょうかく》へ転勤となった。当時の日本は瑞鶴《ずいかく》・翔鶴の二大空母と、高崎という潜水母艦（潜水艦のための補給支援艦）を空母に改造した小型空母瑞鳳《ずいほう》の三隻で第一航空戦隊という部隊を編成し、米国機動部隊に対抗していた。

母艦搭乗員——それは私たち搭乗員にとっては「艦隊勤務」という言葉とともに憧れの言葉だった。第一線の部隊であり海軍航空部隊の中でも最も難しい訓練をしている人たちの代名詞でもあったからだ。私はその母艦搭乗員という自覚と、米艦隊と四つに組んで戦うのだという心構えを新たにし、赴任した。

狂乱怒濤の　飛沫浴び
海原低く　突っ込めば
雨霰降る　弾幕も
突撃肉迫　雷撃隊
（「雷撃隊の歌」：映画「雷撃隊出動」挿入歌）

航空母艦「翔鶴」

私は航空母艦翔鶴への転勤命令を受け、その母艦の飛行隊員が訓練をしていた笠ノ原基地（現在の鹿児島県鹿屋市で鹿屋基地と串良町との中間にあった）へ赴任した。

飛行機が発着するためには千メートル近い飛行場が必要だが、そのように大きな母艦は造れない。そこで母艦は風に向かって走り、風を利用し飛行機を発着させるのだ。

母艦が入港して走れない間、飛行機は母艦からは飛べないので飛行機隊は陸上の飛行場に移動し、そこで待機しながら訓練をしていた。着任した日、笠ノ原基地では宇佐航空隊で一緒に勤務していた有吉恒男飛曹長（乙飛五期）が副直将校として勤務しておられ、着任の手続きはすべて処置して頂いた。海軍の航空部隊とは案外と狭い所なのだ。どこへ行っても知人がいて、層が薄いのだと思った。

編成は、航法や敵情偵察をする偵察員の渡辺譲《ゆずる》大尉（機長で海兵六十八期）と、搭載機銃の射撃や無線通信を担当する電信員の五ノ井進兵曹（偵練四十九期）と操縦員の私の三人でペアを組むこととなった。渡辺大尉はお父上が軍医中将と言っておられたように記憶しているが、なるほど人も育ちも良いといった感じの人だった。

五ノ井兵曹は体重が八十キログラムぐらいあった。走るのが苦手のようで、いつものそりのそりと行動していたが、お人好しで皆から可愛がられていた。彼は新婚ほやほやで、私たちが笠ノ原基地で訓練していた頃は、奥さんは近くに旅館住まいをされ、その一ヵ月後、私たちが母艦に収容され呉港に入港した時には、呉の旅館に来ておられた。基地が変わるたびに奥さんは先回りして新基地の近くの旅館に陣取りご主人を待っているという、仲の良いことをのろけながら話していた。

当時、翔鶴飛行隊は戦闘機、爆撃機とも三個中隊で、飛行機はそれぞれ二十七機、攻撃機は二個中隊で十八機の編成だった。私たちのペアはその攻撃機隊の第二中隊だった。

翔鶴は、艦の大きさが排水量三万トン、エンジンは十六万馬力、積んでいる飛行機は八十四機（編制数は七十二機であるが予備機を含めると八十四機）、乗組員千六百人、口径二十五ミリという大きく長い機銃が六十梃搭載、という実に堂々とした航空母艦だった。

この機銃一梃から毎分二百二十発が撃ちだされるので、翔鶴の六十梃がわずか十秒撃っただけでも二千二百発の弾丸が敵機に向かって飛んでゆくのだ。さらに遠い敵を撃てる高角砲が十六門もあった。このうちの一発でも敵機に当たればすぐ爆発し、敵機は海の藻屑となるのだ。

「さあ何機でも何十機でもかかってこい。これだけの機銃、高角砲を備えてあるのだ」と安心して乗っていた。

航空母艦の飛行機は狭い艦内に多く積めるよう、格納する時翼を折りたたむので、私たちの九七式艦上攻撃機の場合で翼端から翼端までの幅が十六メートルから七メートルと半分以下になる。この様にして翔鶴は第一線の飛行機を八十四機も搭載しているのだ。翔鶴の全長は二百五十七メートル、艦首から艦尾まで走ると疲れてしまうほど長い。しかし、空から見ると大海原に浮かぶ木の葉のように小さく見えた。

翔鶴艦攻隊で著者とペアを組んだ電信員・五ノ井上飛曹（トラック島にて）。

次にここで巻末の地図について説明しておこう。中央の点線の八角形の中にある島々は、第一次世界大戦の後に、日本が国際連盟から委任され、「南洋群島」と呼称して統治していた島々である。その中央にトラック島があり、そのトラック島の真直ぐ南にあるニューブリテン島のラバウルに日本軍が、その南東にあるガダルカナルに米軍が、それぞれ基地を置き対峙して戦っていた。

ガダルカナル島は昭和十七年夏、日本の設営隊が上陸して飛行場を作ったが、すぐ米軍に反攻占領さ

昭和18年に著者が着任した空母翔鶴。瑞鶴と共に空母部隊の主力だった。

れた。その後同年末まで日米の争奪戦で、一次・二次・三次のソロモン海戦や南太平洋海戦等の元となった因縁の島である。

私は五月、笠ノ原で訓練中に山本五十六連合艦隊司令長官がブーゲンビル島で戦死されたことを知った。山本長官は私が東京通信隊にいた時（東京通信隊は海軍省内にあったので）敷地内を歩いておられるのをお見かけしたことがあった。また長官は新潟県の長岡出身で、同じ越後人という親しみ、身近さを感じ、長官の死は連合艦隊司令長官の死であると同時に親しい人の死のように痛ましく感じたのだった。しかし、母艦部隊は第一線部隊なので、内地にいても訓練は激しく、いつまでも痛ましい思いを引きずることはなかった。

またこの頃、搭乗員の間では「ガダルカナル爆撃に行った中攻隊（中型陸上攻撃機の部隊）に対する敵の防御砲火が初弾から日本の爆撃隊の真ん中で爆発し、大きな被害を出している」「これは敵が電探射撃即ち地上の電波探信儀から電波を発射し、目標機から帰ってくる反射

昭和18年7月、参拝した厳島神社で著者が偶然出会った同郷の坂田清一兵曹（右、瑞鶴艦爆隊・偵察員）との記念写真。

波から目標の高度・速力・飛行方向・距離等を計算器で計算し、弾丸の発射角度を決め、弾丸の爆発高度を調定して射撃するようになったのではないか」「米軍は中国軍とは違う」等の話が出、戦局は今まで思っていた様な順調なものではないとその悪化傾向をヒシヒシと感ずるようになった。

「敵の射撃がよく当たるようになった」とは、戦訓として伝えられる場合は別として、一般には臆病者ととられることがあるので、日本軍人としては言い難い言葉だった。だが搭乗員の間では、それをやわらかくではあるが話し合われるようになっていた。

昭和十八年七月、瑞鶴と、翔鶴、瑞鳳の航空母艦を含む私たちの機動部隊（第一航空戦隊）は米国の母艦部隊と対峙するため、南洋群島のほぼ中央にあるトラック島に向け、日本を発つことになった。

七月に入ったある日、武運長久を祈るため、広島の厳島神社に参拝に行くと、偶然同郷でしかも近所の坂田清一君（乙飛九期）に会った。そこで鹿に煎餅を食べさせながら「日本よさらば」の記念写真を撮った。

彼は航空母艦瑞鶴《ずいかく》の艦上爆撃機の偵察員とのことだった。こんなところで、しかも日本を発つというこの時に彼に会うとは全く不思議だった。彼が搭乗員になったことは聞いていたが、僚艦の瑞鶴に乗っているなど夢にも思わなかった。これはきっと神様のお引き合わせと思い、お賽銭を弾み、参詣した。

トラック島への航海

そして七月九日、トラック島に向け呉港を出発した。出港したといっても艦は瀬戸内海から豊後水道を出たのであり、右は九州、左は四国、まだ日本の海である。昨日見た海と同じ海だ。部屋の空気は戦地とか戦争という悲壮感はなく、新兵さんが軍艦生活の実習にでも来ているような明るい雰囲気であった。

私は乗艦間もないためか落ち着かず、艦隊の航行状況を見たかったが、先ずは寛ごうと思い部屋のベッドに横になり、隣のベッドの大江道大君（乙飛七期）らとこれからのことなど語り合うことにした。大江君は肥厚性鼻炎の治療中だと言って、寝る時はいつも竹串を二本鼻孔に差していたので初めは驚いた。部屋は暑いが一人一人にクーラーが付いているので寝心地は良い。他の戦友たちも用がなくしかも遊び場もない艦内のことで、つい三々五々のグループに分かれ雑談をしているようだ。

大江君との話はこれから行くトラック島の海が綺麗だと小学校の教科書に書いてあったこ

と、うらしま太郎が過ごした竜宮城のこと、椰子の実や裸の土人が槍や盾を持って出てくるのではないか、また少年倶楽部に連載された冒険ダン吉のことなど、戦争のことより数日後に基地となる、気候風土が内地と全く異なる魅力的なトラック島の話に花が咲いたのだった。

二日目。青い空、濃紺の海。眩しい太陽が今日も照り続けている。日本の機動部隊――私たちの機動部隊は今静かに南に向かって進んでいる。私の乗っている翔鶴のすぐ右には巡洋艦が白波を蹴立てて勇ましく走っている。いよいよ日本を離れるのだ。男の門出、鹿島立ちだ。

今まで漠然と「日本は……我が国は……」と口では言っていたが、その国というもの、日本というものを意識したことはなかったような気がする。今こうして日本を離れ、日本近海では見られない濃紺の海を眺めていると改めて日本という国が意識されてくる。親兄弟のいる国だ。心が通った人たちのいる日本なのだ。自分が所属する国なのだ。自然と祖国を愛する気持になってゆくようだった。

行き先はトラック島。そして米艦隊と闘うのだ。敵航空母艦は九隻。日本は三隻。九対三でどうやって闘うのだろう。陸上の方はラバウルとガダルカナルで日米対峙の膠着状態が続いている。

次はどうしても母艦対母艦の戦いになりそうだ。色々作戦を聞いたが本当にそれで勝てるのか。日本の雷撃隊はこの翔鶴と瑞鶴の三十六機だが、敵の九隻に対しては四機で一隻に当たらなければならない。四機が皆弾幕をかいくぐって全機敵の母艦に到達し、爆弾や魚雷を命中させなければ敵空母は沈まない。俺も日本にとって重要な身になったものだ。身の引き締まる思いだ。ではどうしたらよいのか？　どうしたらそれが出来るのか？　分からない……。後はなるようになるだろう。俺はただ隊長らの指示に従っていけばよいのだ。日本を出て三日目。今日もまた見えるのは青い空と、さらに青い海だけ。空気が透きとおっていて、大きな声を出したらハワイまで届きそうな気がする。艦隊はその青い海を南へ南へと航海を続けている。日本を出たばかりの頃は、ウミネコやトビウオが友だちのように現われ、ついて来たが、今日はもういない。我々を慰めてくれるのは波ばかり。致し方ないので、また用もないので居室に入って寝る。

母艦での艦内生活

ここでもう少し翔鶴の艦内の様子を書いてみよう。飛行機の格納庫は二つあり、飛行機の発着する甲板のすぐ下は上部飛行機格納庫で艦上戦闘機、艦上爆撃機の格納庫、その下は下部飛行機格納庫で私たち艦上攻撃機の格納庫だった。これら格納庫の外側には階段や通路があり、下にいる人は格納庫を通らず、その外側の通路や階段を通って上甲板へ出るようになっている。

飛行機の格納庫は天井が高く、一般乗組員が居住する居住甲板の二倍で、上部下部の格納庫を合わせると、その高さは一般居住甲板の四階分に相当した。

私たち艦上攻撃機隊の居住区は下部格納庫のさらに下だったので、飛行甲板へ出るまでには六つも階段を上り、また数多くの小さなハッチ（隣の区画への出入り口）を潜り抜けていかなければならないという不便な所だった。さらに悪いことに私たちの居住区のすぐ下は機関室、即ち缶室（ボイラー室）で暑かった。十六万馬力、千六百人も乗る大艦の機関だ。ゴーゴーと燃え盛る缶室の上の居住区は、ちょっと誇張して言えばサウナ風呂のようだった。

飛行機の搭乗員は皆、冷房装置の付いたベッドで寝起きしていたが、他の一般の艦艇乗組員は、通路兼用の居住区でハンモックを釣り、そこで寝るように決められていた。だが艦内の通路は狭く天井は低いので、昼間は作業の邪魔になりハンモックを吊ってはおけない。そのため船酔いがひどくて休みたい時や、作業で疲れて休みたい時でも、夜九時の就寝時まではハンモックが吊れず、横になることも出来なかった。戦う軍人は辛かった。「常在戦場」――常に戦場に在り――だった。

艦は出来るだけ軽くするため、あまり真水は積まない。必要な水は海水を蒸留して造るとのことだった。そこで乗組員は出港したら水節約のため入浴はおろか洗面も出来ないのだが、飛行機の整備や兵器の手入れ等で忙しく汗もかく。この汗を流すためにスコールが来ると雨のシャワーを浴びた。

スコール接近となるとタオルと石鹸を持って甲板への出口で待機する。そしてスコールが来ると一斉に甲板に出て水浴びや洗濯をして雨のありがたさを知る。スコールは雨量が多いのでシャワーには有難かった。しかし、艦はその辺りで潜っている敵潜水艦に自分の針路を悟られないよう常に針路を変えながら進むので、雨が近いと思って裸になって待機していても、その雲の下に入る直前に針路を変え、ありがたいスコールに逃げられてしまうこともあった。

出港したら入浴は出来ない——と書いたが、浴室はあるのだ。しかしその浴室は戦時、負傷者の治療室とするため、浴槽は作ってない。それで入港中は帆布を天井から吊り下げて湯を入れ、浴槽としているが、これにも入ることは出来ない。ただ体を洗い流すだけである。翔鶴は乗組員が千六百人もいるのだから週一回としても一日に二百二、三十名が入るのだ。そのため第○分隊は×時××分から××分までと、確か十五分ぐらいだったように思うが時間厳守だった。艦務や訓練の疲れを取るためにはのびのびと入浴したい。このため入港中は、入浴に上陸する人もたくさんいた。

出港四日目。太平洋の波は大きい。航空母艦、戦艦というのは大艦なのでゆっくり沈みゆっくり浮き上がる。また大波の時は隣を走っている巡洋艦等が波間に隠れて五秒、六秒見えなくなることがあり、沈んだのではないかと思うことがたびたびあった。風雨を伴う大時化《しけ》のときは十秒あまりも見えないことがあって、航海について全くの素人の私たちは本当にびっくりしたものだった。

以前に通信学校の実習で潜水艦に乗艦したことがあったが、その時聞いた話では潜水艦は大時化《しけ》でも潜っている間は揺れないので助かる。しかし、浮上するとひどく揺れるので鍋釜等の食器は天井から吊るし、茶碗等は手で持ったまま食事をするとのことだった。このトラック島行きの航海ではその様なことはなかった。私たちはそれでも船酔いを防ぐため、日中できるだけ上甲板に出て外気に当たった。船酔いで気分が悪くなった友もいたが、海上勤務には困ったことだろう。

搭乗員は夜暇なので波静かな時はよく宴会をやった。ところが居住区は先にも書いたように缶室の上なので暑い。飲み始めたら士官も一兵卒も皆裸になって飲んだ。軍人以外の人がおらず、皆同僚意識なので肩を組み、下手な唄を歌いながら無礼講で飲んだ。そして戦友意識も強くなり、士気はさらに旺盛になっていった。

忍び寄る影

航海五日目。太平洋は広い。今日もまた昨日と同じ隊形だ。僚艦が頼もしく走っている。近くに見えるのは大淀《おおよど》という巡洋艦か。後部砲塔がなくて、飛行機の格納庫になっている。その向こうは鮮やかな水平線だ。この辺に来ると内地の水平線と違い、線がはっきりしている。空の青さも混じりけがなく、天が高いようだ。この空はハワイからソロモンの空に繋がっているのだろう。

海の民なら男なら　みんな一度は憧れた
太平洋の黒潮を　共に勇んで行ける日が
来たぞ　歓喜の血が燃える

（「太平洋行進曲」作詩・横山正徳／作曲・布施元）

思わず口ずさみたくなるような大海原だった。

開戦からしばらくの間、破竹の勢いであった日本の連戦連勝は、すでに一年前の十七年半ば頃から影を潜めていた。

昭和十七年五月に行なわれた珊瑚海海戦で米軍の空母一隻を沈めたが、我が方もまた空母祥鳳《しょうほう》を失い、翔鶴も損傷した。その後六月にはミッドウェイ海戦に於いて大敗し、多くの戦力を失った。虎の子の空母四隻（赤城、加賀、蒼龍《そうりゅう》、飛龍《ひりゅう》）を一挙に失っただけでなく、多くの搭載機、熟練パイロットを失ったのだ。このため一時期、正規空母は瑞鶴と翔鶴の二隻になった。

その後日米でガダルカナル島の争奪戦が続き、日本海軍は一時的に優位に立ったこともあったが、それは束の間のことで、昭和十八年二月にはガダルカナル島から撤退。同年四月には先に書いたように、連合艦隊司令長官の山本五十六海軍大将がブーゲンビル島上空で撃墜され戦死。また五月にはアッツ島で日本軍守備隊は全滅と、戦いは厳しくなって来てはいたのだが、国内は新聞等の戦意高揚記事や国民運動に刺激され、より一層一致協力して頑張ろうという気運がみなぎっていた。瑞鶴、翔鶴、瑞鳳の母艦部隊がトラック島に向かったのはこうした時だった。

トラック島春島

トラック島を含むカロリン諸島（現在のミクロネシア連邦の一部）は第一次世界大戦（一九一四〜一九一八年）前の長い間「ドイツ領カロリン諸島」としてドイツに植民地支配されていたが、当時から日本との経済関係は深かった。独領カロリン諸島の経済は日本との貿易に依存していたほどだ。

一九二〇年、日本は国際連盟よりカロリン諸島を含むミクロネシアの統治を委任され、日本はこの地を「委任統治領南洋諸島」として統治していた。この頃の南洋諸島への日本人居留者は八万五千人を超え、多くの日本人事業家の努力もあってミクロネシアの経済を活発化させ、日本との結びつきは政治、経済とも強いものだった。

そして、太平洋戦争が始まり、トラック島は太平洋における重要な戦略拠点となっていた。また少年倶楽部に連載されていた「冒険ダン吉」は南の未開の島に漂着し、王となったダン吉が活躍する漫画で、南洋諸島は当時の日本にとって親しみ深い島だった。

出港六日後の昭和十八年七月十四日、明日はトラック島に入港というので、私たち飛行機隊は一足先に母艦翔鶴を飛び立ち、トラック島の中にある春島の基地に着陸した。トラック島にはこの春島の他、竹島にも飛行場があった。竹島は滑走路と軍の建物が建つ程度の小島で戦闘機が使用した。

私たちの春島での任務は米機動部隊と対峙して必要な行動をとることであり、いつ出動するようになるのか、またどこへ行くようになるのか全く分からないので、持参品は下着二枚と歯ブラシだけだった。

初めて見る常夏の島。空気はさらっとしていて椰子の葉を揺らす風は気持が良かった。海は青くどこまでも見渡せ、水平線が鮮やかだった。飛行場は片側が岩山でその岩山を崩して平地にしたような地形だったが、滑走路は砕かれた貝殻や珊瑚の混じった固く綺麗な砂地だった。一時間に数十ミリという激しいスコールが来ても、過ぎてしまえばサーッと水が沈み、何事もなかったかのようにからっとした大地に戻るのだった。

早速、島に一台しかないという自動車に乗って飛行場から宿舎へ向かう。しかし驚いた。日本とラバウルとの中継基地であり、太平洋における日本軍の最重要拠点と聞いていたトラック島、そのトラック島の基地の兵舎が牢獄のような建物なのだ。柱は削ってない丸太そのもの。天井板はなくトタンが丸見えで、山小屋の倉庫といった感じだった。そしてこのトタン屋根は、雨が降るとガンガン鳴って家の中では会話が出来なくなるのだった。

建物の周りの壁はなく、下見板だけだ。しかも材料は椰子だ。椰子の木は堅く、ちょっとした刃物では細工が出来ないため雑な造りだ。これが日本の最重要拠点か？　しかし、南洋では製材所がなく、また軍隊も基地建設にかかる時間と金がなかったのでこのような建物となったのだろう。入り口に戸はないが窓には板戸が付いていたので、雨の時の開け閉めは出来た。

驚いてばかりはいられないので、早速宿泊の準備をし、移動完了の祝宴を張る。終わって就寝。床は荒削りでカンナなどかけてない板張りだ。その板張りの上に毛布を二枚敷いて寝た。今思うとあれでよく眠れたものだ。若いから出来たのだろう。若さは強い。

春島の「水天宮様」

翌朝、宿舎の表に出てみて驚いた。屋根に降った雨水を貯めるタンク、その貯水タンクの中にはヤモリやネズミのような動物の死骸があった。昨夜は〝知らぬが仏〟酔い醒ましで本当に美味しい水と思って飲んだのだ。基地隊（基地を管理する隊）の隊員に聞くと、「ここは小島で川や池などはなく地下水も出ないので、総て雨水に頼っています。このタンクの雨水を沸かして飲んでください」とのこと。「水は雨水だけか?」「もし万が一、雨が降らず水が欠乏したらどうするのか」と心配したが「南洋は四季がなく、年中定期的にスコールが来るので心配はいりません」との答えだった。私たちが来るまで空き家だったので、ネズミの死骸も致し方なかったのだろう。

手洗いにも驚いた。もちろん今のような水洗設備のなかった時代である。島は小さく、しかも暑いので、伝染病予防のため手洗所は波打ち際から三十メートルくらい沖に作ってあった。そこに行く桟橋を渡り、涼しい海風を受け、しかも広い太平洋の沖を走る船を眺めながらゆっくり用のたせる手洗所は気持の良いものであった。私たちはこの手洗所を「水天宮様」と呼んでいた。

ここで島の印象を少し記してみよう。

島に来て二日目、訓練開始でまず飛んでみた。トラック島は上から見ると、赤いサンゴで出来た大きな環礁の中に、春島、夏島、秋島等の四季諸島や月曜島、火曜島、水曜島等の七曜諸島、その他大小数百の小島が寄り添って成り立っていた。その中で一番大きな島が私たちの春島だった。その春島から他の島々を見ると、それは波静かな海面に緑したたる小島が影を落とした見事な絵画のようだった。

島で少し生活してみて感じたのが、海の綺麗なことだ。数十メートルもある深い海底を大きな亀が手足をゆったりと動かしながら、静かに泳いでゆく様を見た時は、思わずお伽話に出てきた竜宮城がイメージされ、その澄んだ水、海底の綺麗さにびっくりした。日本内地の海水とは透明度が違うのだ。

空も内地と違い、靄《もや》や霞がかかるということが全くないので透き通っていて、どこまでも、どこまでも青く見えた。さらに一日が終わり、真っ赤な太陽が西に沈む時は、その美しさにうっとりとさせられた。

また夜、船を走らせると、船首の波が夜光虫で金色に輝き、金粉の海を走っているような見事な光景で、思わず「すごい」と声をあげてしまいそうだった。

降ってくるような星空、海を渡ってくる涼風、椰子の葉陰から漏れてくる月光、いずれも訓練に疲れた私たちを癒してくれた。

南洋の美人

著者が撮影したトラック島の風景。島の女性たちが浅瀬で網を使って魚を捕っているところ。

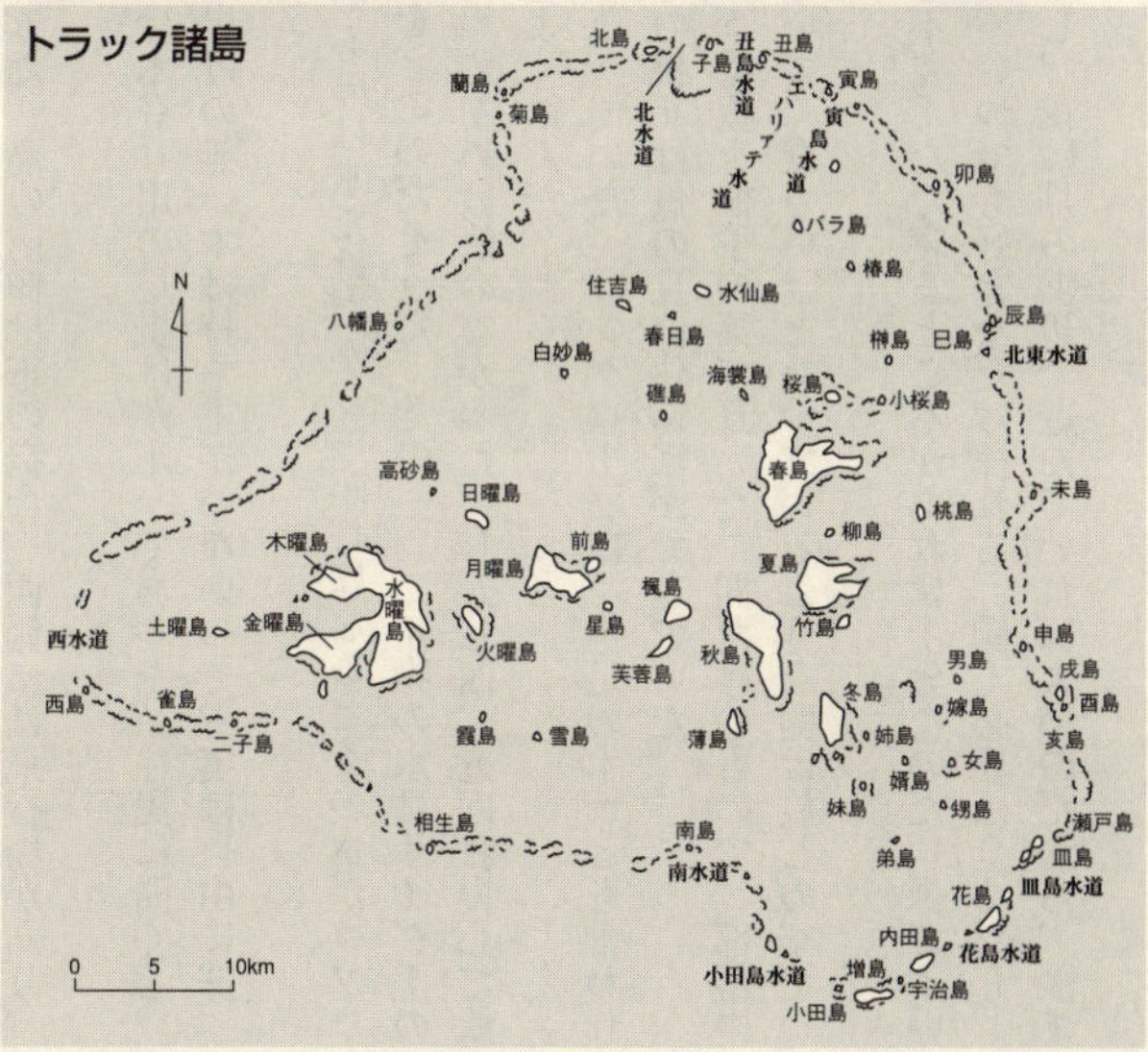

ある日、訓練の合間に島を一周してみた。島の南側は軍の宿舎、西側には飛行場があり、北側には島民の部落があった。

島民の部落にある椰子の木の一部には木登り用の足掛けが彫ってあった。住民に聞くと、「これは持ち主が決まっているが、足掛けの無い木は持ち主がいないので、実《み》は自由に採ってください」とのことだった。

椰子の実は、実が出来て一、二年のものは水だけだが、三年目になるとその水がコプラ(油の塊)となるのでしぼって椰子油をとるのだそうだ。その一、二年物の水はサイダーのようにさっぱりしていたが、臭みがあって初めは飲めなかった。しかし四、五回我慢して飲んでいると臭みに慣れ美味しくなり、よく飲んだ。

部落の波打ち際にはマングローブが茂っていた。マングローブは「蛸足《たこあし》の木」とも言われる木で、ジャングル程に生い茂り、その根元は魚の良い住み家ができていた。

島民の家は四方に柱を立て、屋根と下見板を椰子の葉で葺《ふ》いた一間だけのもので、部落中が皆親戚なのか、「どこからでものぞいてください」と言っているような開け放しの家だった。

持ち物がないからタンスも押入れも不要。ただ寝るところがあれば十分なのだ。裸でよいのだから衣類はいらない。主食は芋で、いつでも好きなだけ採れる。働く必要は全くなし。ただただ昼は海風を受けながら昼寝をし、夜は月の浜辺で遊んでいればよいのだから、羨ましい限りだ。

島民の結婚年齢は十歳くらいとの話だった。良い悪いは別とし、暖かいところなので〝おませ〟となり、それに生活力がなくとも食べることができるので早婚となったのだろう。トラック島の写真を数枚掲載したが、これらの写真は皆私が撮ったものである。当時、カメラは一部のマニアが持っている貴重品だった。多くの人はうっかり秘密区域や秘密物件を写しては大変と思ってカメラを持たなかったのか、翔鶴艦攻隊で持っていたのは私一人だった。

終戦時トラック島の写真はまだ十数枚あったのだが、水不足のため現像定着後の水洗いが不十分で、多くの写真が赤茶け、もったいなかったが戦後廃棄した。

その写真を撮るため集まってくれた十歳ぐらいの男の子に煙草をやると、美味そうに吸い、尻振りダンスをして見せてくれた。戦時中で布が手に入らないということで、女の人は椰子の葉で編んだスカートをはいている人もいた。

わたしのラバさん酋長の娘
色は黒いが南洋じゃ美人
赤道直下マーシャル群島
ヤシの木陰でテクテク踊る……

（「南洋土人の唄」作詩・作曲／石田一松）

著者がトラック島で撮影した島民の子供たち。煙草をやると、尻振りダンスを見せてくれた。当時、翔鶴艦攻隊でカメラを持っていたのは著者だけだった。

トラック島民との記念写真。後列右から油橋上飛曹、著者、五ノ井上飛曹。

マングローブの茂るトラック島の水辺にたたずむ著者。防暑服に飛行靴、飛行帽姿。

トラック島の翔鶴艦攻隊員。手前にすわる著者。後列は左から渡辺上飛曹、油橋上飛曹、沖村上飛曹。トラックではもっぱら雷撃訓練を行なっていた。

という歌があったので美人を撮ろうと思い、その〝美人〟に集まってもらった。男ばかりの生活をしていると女性であれば皆美人に見えるという話もあるが、しかし私が見た限りでは……。

面白いのは彼女たちの魚捕りである。両手に小さな手網を持った十人ぐらいの女たちが一組となり、一列になって小さな湾状になった四、五十坪ばかりの浅瀬をとりかこむ。そして一斉に陸地に向かって「ホイホイ」言いながら歩き出し、逃げ場を失った魚をすくい捕るのである。春島には半年いたが、漁に出る船など一回も見たことがないので、魚は女たちが約十分間、膝下を濡らす程度の漁で十分捕れたのだろう。

物欲を知らない楽園

部落のはずれに小学校があった。小高い丘の上に小さいが内地の田舎の小学校を思わせるような校舎があった。島民の家や私たちの牢獄のような兵舎とは違い立派な建物だった。「はな、はと、うみ、やま……」等日本語を習っていたのだろうが、戦時中なので先生は内地に帰っており休校中だった。

学校の敷地の境界線と思われるあたりにパイナップルが一列に行儀よく植えてあり、境界を教えているようだった。島民は「土地は誰のものでもない。砂は誰のものでもない」と思っているので、文明国では土地は皆誰かの所有物で、持ち主があり、無断で入ってはいけないのだということを教えていたようだった。小川もあったが水はない。ただ雨の降っている間は流れもあるとのことだった。

春島には軍人のほかに飛行場建設のため内地から青い服を着せられた囚人が来ていた。当時は殺人等罪の重い囚人は赤い服を着せられていたが、この島に来ていた囚人は皆青い服で、比較的罪の軽い人たちだった。戦友の一人が、

「島の子供たちに囚人の意味を説明しても、『盗る』ということさえ良く解らないようだ」

と言っていたが、島の暮らしは先に説明したように、みな裸で衣類はいらないし、食べ物は一年中好きなだけ採れるから、物を売る商店もない。持ち物という持ち物もないので、個人財産とか所有物という概念がなく、人の物を盗るということが解らなかったのだと思う。物欲のない人々、戸閉まりの必要がない国。内地しか知らない私たちにはちょっと考えられない楽園だった。

夏でも土の凍っているツンドラ（凍土）の北千島も日本、この欲のない人々の住む南洋も日本。日本も広いのだ。

しかし、現在では当時の春島飛行場を民間空港として使っているとのことなので、経済的にも発展し、ただ浜辺で遊んでいればよいという時代ではなくなっているのだろうか。物の所有権を知らない島民だったが、世知辛い経済競争の波に飲み込まれないよう願っている。

マラリアと蚊とヤモリ

小高い丘の上には陸戦隊（陸上戦を目的とした海軍の部隊）の陣地があって、日露戦争当

時活躍した主力艦「日進」の大砲があるとのことだった。南洋群島は国際連盟からの委任統治領であり、その委任統治の取り決めで、当初は軍事施設の構築ができなかったのだろう。また米軍が来ることはないと思っていたのだろう。明治時代の大砲だけで満足し、少人数でたいした訓練もなくのんびりと警備していたようだった。なんでも警備の傍らで栽培しているスイカは二週間で収穫できるとかいう羨ましい話は流れてきたが、私たちの部隊には話だけで、甘いスイカは回って来なかった。

春島はトラック群島の中で一番大きな島とのことだったが、一日で軽く一周できたのでトラック島全島を踏破したような気になった。

島には野生の動物などいないのだが。蚊は多い。それがマラリア、デング熱といった病原体を持っていたので閉口した。私と同室の田邊飛曹長がマラリアにかかり、暑い南洋だというのに一日中、「寒い、寒い」と言って毛布を二枚もかぶって寝ているのだ。彼の血を吸った蚊が今度は俺を刺しに来るのではないか？　戦で「死なばもろとも」は致し方ないが、マラリアの「もろとも」はいやだった。

軍医さんが「マラリアの特効薬キニーネは日本が占領した○○島にしかないのです。いずれ米軍は薬がなくなるので、マラリアが日本を勝たせてくれるでしょう」と、話していたように記憶しているのだが……。

天井には四足で尾が長いヤモリがたくさんおり、よく走っていた。それがこの蚊を食べてくれるので、姿形はいやだったがありがたい存在だった。いつか私が床屋で居眠り半分ひげを剃ってもらっている時、私の顔のすぐ側に落ちてきてびっくりしたことがあった。「猿も木から落ちる」という諺があるが、ヤモリも天井から落ちることがあるのだ。

雷撃訓練　私たちは米機動部隊の情勢を探りながら訓練を続けていたのだが、島に来て半月ぐらいした時だ。電信員が五ノ井兵曹から、その後長くペアを組むことになる田邊武雄飛曹長（偵練三十五期）に代わった。

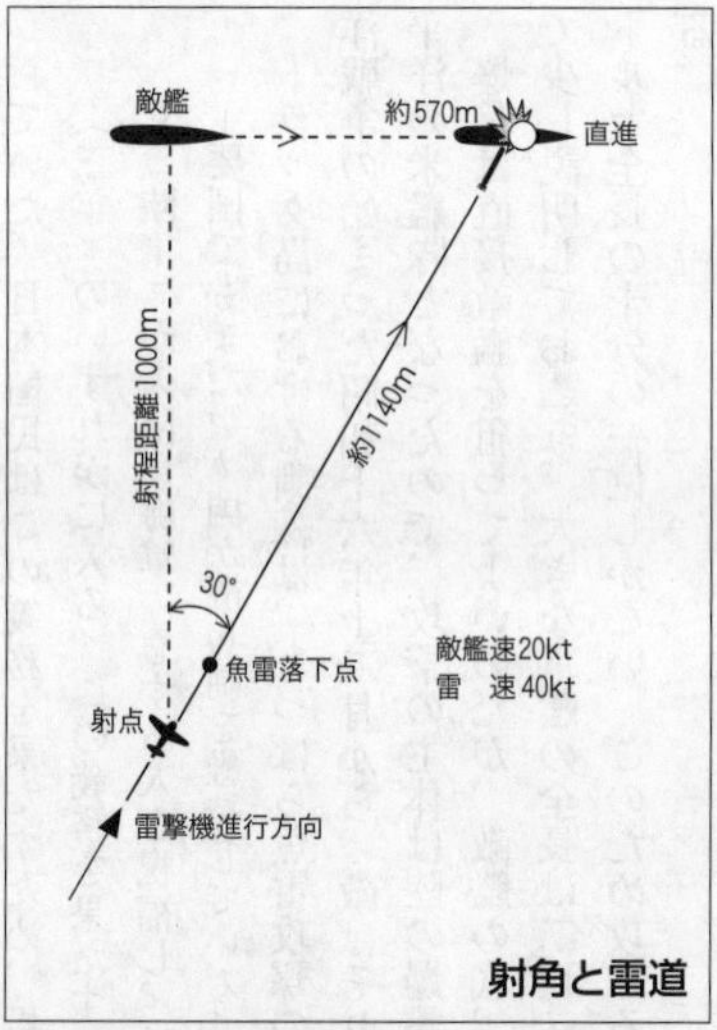

射角と雷道

田邊飛曹長は鹿児島県川辺町（現在の南九州市）の出身で、ご家族にはお母上と奥さん、そして幼い女のお子さんがおられた。彼は徴募兵として、私の海軍通信学校入校と同じ昭和十年に海軍に入隊されたが飛行機に魅せられ搭乗員となり、徴募兵の義務期間である三年を経過しても除隊せず、そのまま八年間も勤め続けているベテランの電信員だった。

＊徴募兵、徴兵制――当時は世界の総ての国が国民に兵役の義務を課し

ていた。日本国民はこの義務を果たすため、男子は二十歳になると陸軍（二年）か海軍（三年）のいずれかに入る。この義務を果たすことを美徳とした時代で、その町の人は入営（陸軍）か入団（海軍）をする人を祝福し、近くの駅まで歓送したものである。現在の主要国でもまだ数ヵ国が徴兵制を維持している。

トラック島における訓練は、もっぱら魚雷攻撃のための包囲隊形を作る訓練だった。太平洋戦争の始まった昭和十六年十二月から、敵はそれまでの支那（中国）大陸の支那軍から太平洋の米艦隊となったので、攻撃の主体は陸の爆撃から海の雷撃に変更されていた。爆撃は直接敵艦を狙ってよいのだが、敵艦の底、即ち海中を狙う雷撃は難しいので、ここで少し説明しておこう。大きな軍艦の全長は二百メートル位あるが、全幅は十五〜二十メートルと全長の十分の一位しかない。このため攻める飛行機は通常軍艦の横から魚雷攻撃をする。

魚雷は飛行機から発射されて海に落ちた時、その衝撃で爆発しないよう安全装置がついている。そして海中を四百メートルくらい走った時に、この安全装置が解除されるよう設計されている。

私たちは敵艦の八、九百メートルくらい手前で発射するのであるが、魚雷がその八、九百メートルを走り敵艦に達するまでには一分近くかかる。敵艦はこの間に魚雷を避けるため艦の進路を横向きから魚雷の来る縦向き方向に変針するので、私たち攻撃する飛行機の方は敵艦がどのように変針しても、何機かが横からの攻撃が出来るよう敵艦を包囲するようにした。

包囲隊形を作ることと、敵艦の針路、速力から一分後の位置を予測することは非常に難しいので、この攻撃方法は主として昼間攻撃に限られていた。しかし、米軍の戦闘機が強くなり零戦の援護に頼ることが出来なくなったので、十八年の九月の中頃だったと思うが、攻撃方法を昼の包囲攻撃から夜間の単機攻撃に変更した。夜、空から敵艦を見て、その針路、速力を推定し攻撃するというさらに難しい攻撃法ではあるが、しかし被害を少なくするため、やむを得ず変更し、昼間の訓練より夜間の訓練を主として行なうようになった。

日本と米国の基地どうしの戦いは昭和十八年十月末まで、日本軍は前年の初め占領したラバウルに、米軍はソロモン諸島南端のガダルカナルに陣取って対峙し、膠着していたので私たちは危機感もなく、ゆっくりとトラック島で訓練をしながら静かな島の生活を楽しんでいた。

第四章　ブーゲンビル島沖航空戦

キャビイン進出

昭和十八年十一月一日、米軍がラバウルの手前にあるブーゲンビル島の中部タロキナに上陸し、飛行場の建設を始めたので、私たち母艦の飛行機隊も急遽ラバウルに進出し、これを攻撃することになった。

いよいよ戦地へ。

「日米空の戦いとはどんな様相になるのだろう……」「敵の母艦は出てくるのだろうか」「空母対空母の戦となるかもしれない。まだ誰も経験していない戦なのだ。しかし三対九では勝てるだろうか」「夜間攻撃なのか、昼間の戦になるのか」「弾丸は激しく飛んでくるのだろうか」

こんな疑問や空想が湧いてきた。今までこのことを考えなかったのも少し変だったが、ここトラック島は風景こそ内地と違うが、日本の領土で〝戦場〟ではなかったからだ。訓練も九州の基地でしていた訓練と全く同じ訓練が続けられ、鹿屋基地の延長線上だった。しかしこれからは明日からは戦争なのだ。殺し合いなのだ。

十一月三日、瑞鶴・翔鶴・瑞鳳の各艦をトラック島に残し、飛行機隊のみで南の戦場へ行くこととなり、私たち第一航空戦隊の艦上攻撃機四十機は翼を連ねてニューアイルランド島のキャビイン（ケヴィアン、カビエン）に向かった。天候は快晴。飛行は順調だった。しばらく無言で飛んでいたが、後ろの渡辺譲大尉より「今、赤道上空」と連絡があり、南半球に入ったのかとある感情が走る。緊張でもなく、嬉しさでもない。だが未知の世界に入ってゆくようで落ち着かない。〝南半球イコール戦地〟のためか……。

そして赤道を越え一時間ほど経過した頃、キャビインが今空襲されているとの情報が入り、いよいよ戦地に来たのかと戦争を身近に感じ、身の引き締まる思いがした。戦勢は五分五分と思っていたが、キャビインまで爆撃されるようになったのか。敵が攻勢に出始めたのだろうが、ラバウル航空隊の戦闘機隊は何をしているのだろうか？　と少し不安を感ずる。

空襲を受けている最中にキャビイン基地に近づくと危険なので、私たちはしばらくの間コースの途中で情報を待ち、安全を確かめながらキャビインに向かった。

夕刻近く空襲が終わった頃になって、ニューアイルランド島に近づくと遠くにトラック島で見た自然林とは違い、梢が見事にそろった椰子の林（植林）が見えた。これは見事。きっと米英人が椰子油を取るために植林したのだろうと感心しながらも、しかし、その自然でなく揃っているのがよそよそしく感じられ、「ここは敵がいた南半球だ。戦地なのだ」と敵の

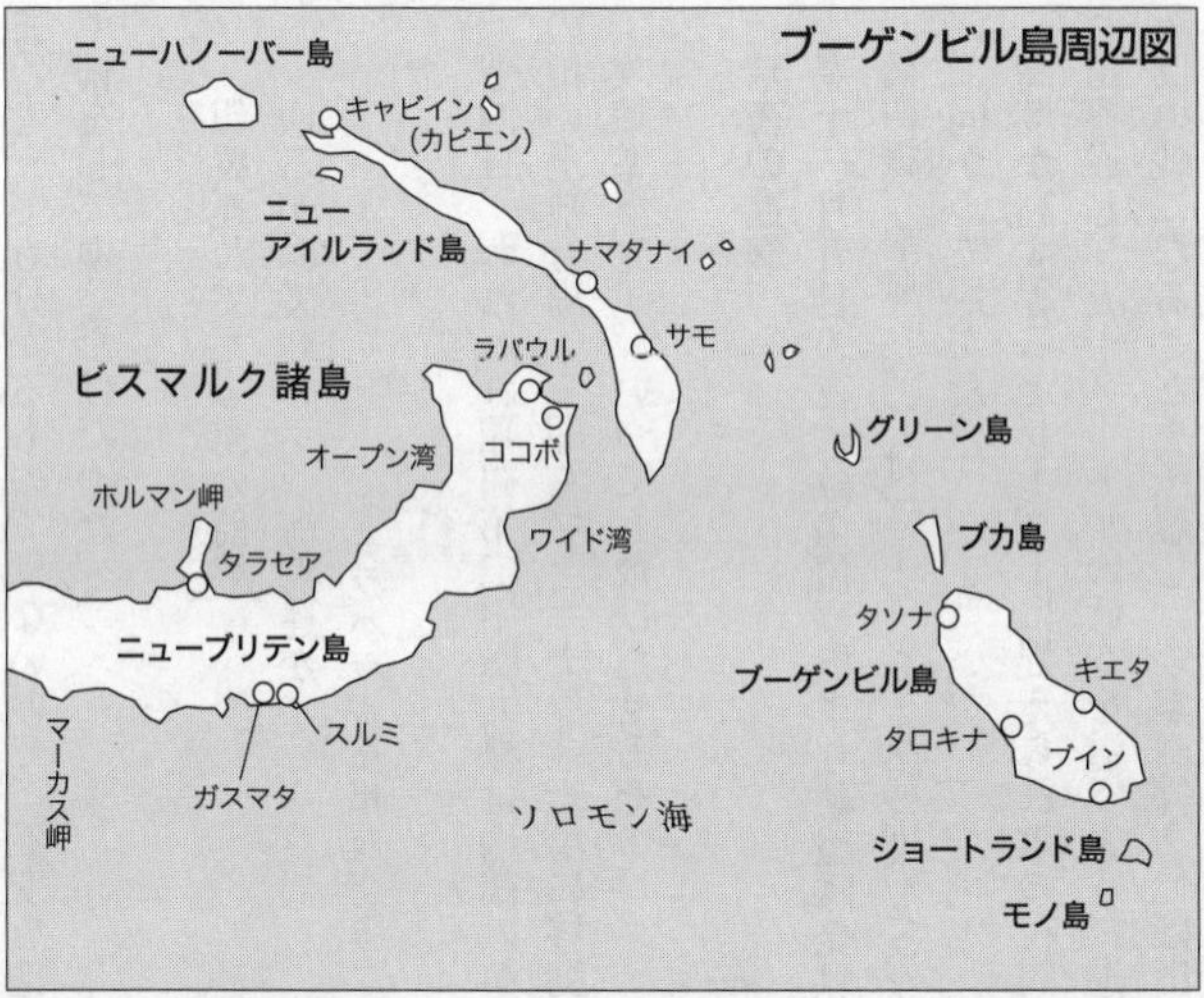

存在を感じた。

基地に近づくにつれ、椰子林の上に力強く日の丸がはためき、日本の基地であることを示してくれていた。日本から遠く離れ、敵に囲まれたこの地で今、勇ましく誇らしげにはためいている日の丸。頼もしかった。私たち日本の旗だ。旗だ、たかが旗だ。だがしかし、その旗がこんなにも人の心に感激を与えるものだったのか。この日の丸の感激は一生忘れられない。

着陸。新しい基地に着いたのだ。いよいよ戦だ。大勢だったので表面士気は旺盛だった。しかし敵弾、攻撃、戦果等色々なことが想像され、心の奥は複雑だった。戦とは恐ろしいものなのか、手柄を立てられて気分良くいられるものなのか。どのようなものなのか想像もできず、また考えても分かるものではないので、不安を抱きながらもただ指示に従って、次々と戦の準備をしてゆくだけだった。

銀翼連ねて　南の前線
ゆるがぬ護りの　海鷲達が
（「ラバウル海軍航空隊」作詩・佐伯孝夫／作曲・古関裕而）

翌四日、われわれ翔鶴第二中隊九機は瑞鶴の第一中隊九機と共にキャビインからラバウルの山の上飛行場——即ちブナカナウ飛行場に移動し、攻撃待機にはいった。

攻撃準儀完了。いつでも飛びだせるぞ！

暗夜の進撃

翌十一月五日の夜、敵情偵察機より敵艦隊発見の報告を受け、私たちの十四機（瑞鶴七機、翔鶴四機、瑞鳳三機）はブーゲンビル島沖のその米艦隊を攻撃するため、ラバウルから一路南に向かって飛んだ。

高度が高すぎるとレーダーに捉えられ敵の夜間戦闘機に攻撃される恐れがあったので、それを警戒し、五十メートルの低空を這うように進んだ。潮の香りが飛んでくるようだった。夜間の戦になることを予想し、攻撃訓練までは出来なかったが、唯飛ぶだけなら十分夜間訓練をしてきたので違和感はなく、むしろ昼の戦に比べ敵戦闘機に襲われる危険も少なく、落ち着いて飛ぶことが出来た。

しばらく飛び、あたりは真っ暗になった。月のない時の南洋の夜は本当に暗闇だ。日本内地では想像も出来ない暗さだった。

この暗闇に関しては、こんな話がある。

米国の第三十五代大統領のジョン・F・ケネディ氏は当時、海軍中尉として魚雷艇に乗り、このソロモン海で日本軍と戦っていたのだが、私たちが飛んだこの日の三ヵ月前の八月二日夜、日本の駆逐艦「天霧」と衝突し、魚雷艇が沈没した。

日本の軍艦を探しながら走っていて、その日本の軍艦と衝突するまで分からなかったことからみて、いかに月のない夜の海が暗いか分かると思う。

＊余談になるが、戦後の軍事雑誌によると「このときケネディ中尉は魚雷艇沈没後マクマホンという部下とともにプリン島という無人島に上陸した。そして椰子の実を積んだ現地人のカヌーを見つけ、その積んでいた椰子の実に『ケネディ他一名プリン島にいる』とナイフで記し、ツラギの米軍に渡すよう依頼した。そしてその七日後、米軍によって救出され、一躍勇敢な指揮官として報じられた。後日その時の名声が彼が政治家として活躍する上で大きく貢献することとなった」とのことである。人の運命には運・不運が大きく影響したように思う。上陸した島が無人島でなく、日本軍の駐留していた島だったらどうなっていたことだろう。

昭和18年11月4日ラバウル進出時編成

電信	階級	出身	備考
村上　則明	一飛曹	飛練25	村上一飛曹は瑞鶴飛行隊へ編入
金沢　洸	上飛曹	甲6	11/8第二次ブーゲンビル島沖航空戦で索敵中未帰還
倉橋　要	上飛曹	甲5	11/8第二次ブーゲンビル島沖航空戦で索敵中未帰還
大鷹　清	一飛曹	飛練25	11/8第二次ブーゲンビル島沖航空戦で未帰還
村上　克正	一飛曹	甲7	11/8第二次ブーゲンビル島沖航空戦で未帰還
高橋　信夫	一飛曹	普電練55	11/5第一次ブーゲンビル島沖航空戦で被弾、 高橋一飛曹機上戦死、平野飛兵長負傷
森本　敬司	上飛曹	偵練38	瑞鶴飛行隊へ編入
熊坂　誠	一飛曹	飛練25	瑞鶴飛行隊へ編入
五ノ井　進	上飛曹	偵練49	瑞鶴飛行隊へ編入
田邊　武雄	飛曹長	偵練40	11/10タロキナ沖敵艦船攻撃で被弾不時着 ムッピナ角付近で陸軍部隊に収容される
渡辺　鈴雄	上飛曹	甲5	11/10タロキナ沖敵艦船攻撃で未帰還
春原　宗治	上飛曹	乙10	11/10タロキナ沖敵艦船攻撃で被弾不時着
森田　裕三	上飛曹	甲5	11/11第三次ブーゲンビル島沖航空戦で未帰還
白石　國男	一飛曹	甲7	11/10タロキナ沖敵艦船攻撃で未帰還
吉田　出	一飛曹	普電練55	11/11第三次ブーゲンビル島沖航空戦で未帰還
岡田　饒次郎	一飛曹	甲7	11/11第三次ブーゲンビル島沖航空戦で未帰還
栗本　士郎	一飛曹	甲7	11/11第三次ブーゲンビル島沖航空戦で未帰還
白鷺　勉	一飛曹	甲7	11/11第三次ブーゲンビル島沖航空戦で未帰還

小隊編成内訳は不詳。第一中隊の編成は一部推定　（作成・加藤浩）

閑話休題。

その暗闇の中で、私たちは敵に発見されないように飛行機内の電灯をすべて消していたので、世界は、地球上は、天も地も、右も左も全てが闇に包まれていた。ただ満天に輝いている星と、私の先を飛んでいる総指揮官機の編隊灯のかすかな明かりだけが、この世の中にある唯一の光だった。

こんな暗闇の中で、広い海面上の敵艦が分かるのだろうか。灯りを消した艦は艦同士でさえ衝突するまで相手が分からないというのに……まして敵艦が右向きか左向きかなど分かるはずがない。困った！　だが今となっては致し方ない。

色々考えているうちに戦場に近づ

翔鶴艦攻隊編制表

		操縦	階級	出身	偵察	階級	出身
	1	小野　賢次	大尉	海兵64	山田　金十郎	少尉	偵練27
	2	沖村　覚	飛曹長	操練35	長野　一陽	大尉	海兵68
	3	吉村　豊	飛曹長	甲1	浮田　忠明	少尉	乙3
第一中隊 隊長 小野賢次大尉	4	太田　金之助	上飛曹	丙6	本橋　久昌	飛曹長	甲3
	5	荒木　正之	一飛曹	甲7	鳥山　眞平	一飛曹	偵練55
	6	平野　和夫	飛兵長	丙7	不詳		
	7	八島　一治	一飛曹	甲7	藤野　勝	少尉	偵練27
	8	横井　徳一	一飛曹	乙11	大江　道大	飛曹長	乙7
	9	斎藤　茂	一飛曹	乙11	油下　正三	飛曹長	偵練35
	1	町谷　昇次	飛曹長	操練43	渡辺　譲	大尉	海兵68
	2	原田　正澄	飛曹長	甲2	油橋　恒夫	飛曹長	偵練33
	3	加納　正	上飛曹	甲6	柴田　正信	飛曹長	乙4
第二中隊 隊長 渡辺譲大尉	4	鈴木　善六	飛曹長	操練40	有吉　恒男	飛曹長	乙5
	5	佐藤　靖彦	一飛曹	甲7	徳永　吉晴	飛兵長	丙9
	6	梅城　茂	一飛曹	乙11	小野田　泰平	一飛曹	甲7
	7	堀之内　利隆	一飛曹	甲7	神原　壽	一飛曹	甲7
	8	武内　義雄	一飛曹	甲7	橋越　保男	一飛曹	甲7
	9	高木　信治	一飛曹	甲7	由元　國夫	一飛曹	偵練53

いた。「後二十分で戦場到達」と渡辺大尉より通知が来る。その戦場とはどんな所だろうか。曳光弾《えいこうだん》という光を発しながら飛んでくる弾丸が、どんどんと自分の方に向かってくると聞いたが、どんな光なのだろうか、どんなスピードで飛んでくるのか、速いのか、遅いのか、恐ろしいのか恐ろしくないのか。もちろん当たれば死だ。

とにかく初めての戦争でなにも分からず、漠然とした不安が心の底にあったが、戦場に近づくにつれその不安が一層強く表に浮かんできた。

ここはソロモンの海、ソロモンの空だ。日本まで続いているのだ。左へ舵を切って日本へ帰りたい気もする。帰れるはずがないのだが、ふとそんな考えが頭をかすめる。だが道は一本道。黙って飛ぶよりほかはないのだ。だから今は何も考えず、ただ指揮官機の編隊灯だけを見て飛ぼう。後には二中隊の三機が、俺の編隊灯だけを見ながらついてきているのだ。鈴木善六飛曹長（操練四十期）や有吉恒男飛曹長（乙飛五期）も皆同じ気持で飛んでいるのだろう。

あっ、指揮官機との距離が開きすぎた。もう少し近寄って飛ぼう。

これでよし、距離は大丈夫。恐いことなし。

いやむしろ好運に恵まれ、ちょうど良い敵にぶつかり思わぬ戦果が上がるかもしれない。良いように考えよう。

とにかく奴らに負けてはおれん。何としてでも魚雷を当ててやるのだ。

悲壮ではない。次から次へと色々なことが頭の中を通り過ぎる。初陣の緊張で心が落ち着かないのだ。

後ろの機長席にいる渡辺大尉との会話もほとんどなかった。ただ指揮官機の編隊灯の薄明かりに、全神経を集中させながらいつもと同じ様に操縦しているのだが、あたりの空気は冷たくピンと張りつめ、いつもの空気ではなかった。こんな時、何か会話があるとほっとするのだが……。

ついでに、搭乗員同士の会話はどのように行なわれていたのかを参考までに記載すると、当時の小型機は今の大型機とは違い外部の音がうるさく相互の会話が困難なので、「伝声管」という内径二センチ位の管を通し、位置や進路等の必要事項を話し合っていた。また時には雑談等もあったのだが、しかし今はそんな空気ではない……。

夢中の初陣

それからまたしばらく飛んだ。満天の星以外、相変わらずあたりは闇だった。そのため私たちは前の飛行機の編隊灯、薄暗いその灯一点に全神経を集中して飛び続けていた。

「この辺はソロモン海の真ん中、敵と味方の中間くらいなのだが」そんなことを考えていた。と、その時だ。突然、私の目の前にその闇の中を天に向かって数条の稲妻のような閃光が走った。

おや、これは何だ？

度肝を抜かれておどおどし、数秒してやっと気が付いた。

敵だ！

敵弾の火だ！

気が付くと左前、そして右前にとその稲妻のような曳光弾が幾条にも、幾重にも重なって飛んで来た。

危ない！

しまった敵の真上だ！

しかも高度は五十メートルの低空だ。撃ち上げてくる火元は一ヵ所ではない。敵艦は多数いるようだ、その敵艦隊の真っただ中なのだ。

咄嗟に編隊を解散。そしてすべての電灯即ち編隊灯（後ろの二、三番機に自分の位置を教える灯）、航空灯（左翼端に赤灯、右翼端に緑灯、尾部に白灯をつけて他機に教える）を消し機首を下げた。

渡辺大尉に話している暇はない。当たれば死だ。すぐさまスピードを出して逃げた。狂ったように夢中で逃げた。後から弾丸が追いかけてくるような、生きている何かが襲いかかってくるようないやな気がしたが、弾丸は追いかけてこない。さらに逃げた。五秒、十秒……もう大丈夫か。

全く一瞬の戦だったが、とにかく危機は脱した。本当に危ないところだった。虎口を脱し少しほっとし、体が石のように硬くなっていたのに気がついた。ここは戦場なのだ。何をすればいい？　考えてみれば偶然の会敵だったので我々もびっくりしたが敵も急に我々の飛行機に気づき、すぐさま一部の機銃だけが撃ってきたのだ。そうだ、あと数分で敵は戦闘態勢に入り、艦の全機銃が撃てる状態になるだろう。だから攻撃は一分でも早いほうがよい。

即刻実行。

機長に話すのももどかしく、独断で反転した。だが真っ暗で何も見えない。しかし敵はいるのだ。戦わなければならないのだ。恐る恐るだが敵艦隊に向かって突進した。すると左前方、真っ暗な海上に火を出している敵艦が見えた。

火災だ。

上が平らだから母艦か？　あるいは輸送船かもしれない。そしてその艦の火が大きな炎をあげ、みるみる大火災に……荒れ狂う魔神と言ってよいのか艦上のものは人も物も皆焼き尽くすような勢いだ。

魚雷は誰が撃ったのか……、それにしてもこの暗い中でよく当たったものだ。

少し離れた右前方二、三ヵ所で他の敵艦が対空砲火を打ち上げているが、あたりは闇の世界でどんな艦か、またその敵艦までの距離や艦の向きなどは全く分からない。目の前のこの艦の火が海面を明るく照らし、私の心を強く引きつけるのだ。

よしこれだ。これが攻撃しやすい。こんな大きな艦。しかも大火災だから甲板はハチの巣をつついたようだ。乗組員は皆逃げ惑っていて、撃ってこないだろう。これが良い。

そう思ってその巨艦に向かって突進した。

と、その時だ。さらにその左前方より突然こちらに向かって、またもや閃光が走った。見つけられたかと息をのんだ。一秒、二秒……いや大丈夫。俺を狙ったのではないようだ。しかも光の様子からみて自分の位置からその敵までの距離は遠い。

でも怖い。他にも船がいるようでどこから撃ってくるか真っ暗な海で分からない。早く逃げたい。そのためには早く魚雷を撃ってしまわなくてはならない。目標を再び前方の火災艦とし、照準を合わせる。

敵は左向きか、右向きかは未だ不明。見えるのは火災の炎だけで速力も距離も不明。なにしろ初めて見る夜の敵艦、しかも大火災だ。火は近いようだが千メートルか、二千メートルか。夜の光で距離は山勘。

いやもう八百メートルくらいだろう。分からないが早く撃って逃げよう。決断。

私は左向きと考え、艦の左前方を狙って魚雷発射のボタンを押す。

爆弾を投下することを爆撃、魚雷を発射することを雷撃というのだが、この雷撃は敵艦の針路と速力、魚雷を投下した地点から敵艦までの距離等によって発射する角度が違ってくるので非常に難しい。殊に夜など、敵艦の針路速力が解り難いので、夜の海に慣れた人でもなかなか魚雷は当たらない。

頼れるのは勘だけだ。その勘もやや不安だったが、一刻も早く魚雷を発射して戦場から離れたかった。気持だけが焦り、もう何も考える力はなく、ただただ発射するだけだった。

魚雷発射！

帰還

撃った。魚雷が機体から離れたので、飛行機がぐっと浮き上がった。まず逃げよう。無意識のうちに舵を右に切る。張りつめていた気が少し緩む。

撃ってこないうちに敵艦から離れよう。大丈夫逃げられる。だが、ここは敵地だ。敵の海だ。まだ他に敵艦がいるだろう。空には敵の夜間戦闘機がいるだろう。まだ危険。

少し飛んだとき、

「針路○○度」

渡辺大尉から帰りの針路指示があり、ほっとして基地に向かう。当たったのだろうか。発射はこれで良かったのだろうか。

魚雷を発射した後の飛行機は軽く、どんどん飛ぶ。渡辺大尉もほっとしたのか、声は明るい。

気がつくと足がガタガタ震えていた。足に力を入れたが止まらない。身体も頭もコチコチになっていた自分に気付く。左手を膝に当てて、少し力を入れると脚の震えが止まった。ほっとした。平静に返ったのだろう。後は敵戦闘機の見張りだ。

しかし、あの艦はどっちを向いて走っていたのだろう？　魚雷は当たらなかったのではないか……。しばらくすると、こんな不安が湧いてきた。

初めての戦争であり、初めて見た艦の大火災で、炎の凄さに驚かされ発射してしまったようだった。そもそも最初の敵の一撃で私は度肝を抜かれ、冷静さを失ってしまい、早く魚雷を撃ってこの戦場から逃げたいという気持が先に立っていたのだ。

この攻撃は失敗だったのか……消火不能とも思われたのに、あの艦を撃ってしまった。しかも進行方向もはっきり確認せず、直感だけで撃ってしまった。もう一度大きく回って状況を観察し、それから攻撃すべきだったのか……いやいやこの暗さ、もう一度回っても敵状はつかめず、右向き、左向きもはっきり解らなかったであろう。

火災もそうだ。火災だからといって艦が沈むとは決まっていない。艦の消火設備は良いのだ。鎮火に備えての重ね撃ちで無駄な発射ではないのだ。

早まったのか、良かったのか。考えが、いや考えではなくただ頭に浮かぶことが右へ行ったり左へ行ったり上滑りをしていた。しかし、やはり戦場。頭はすぐに現実に戻った。

今ここは戦場だ、そんなことを気にするよりまず見張りだ、と自分を慰めた。

敵戦闘機は星のように見えるはず、星に注意だ。

またたく星の、その中の数個の星は動いているような気がする。その中のあの一つは依然として左後ろについて来るような気がする。高度を二十メートルとぎりぎりの低空にする。何となくその夜間戦闘機も追ってくるような気がするのでさらに右左と蛇行する。そして二、三秒後、恐る恐る見るが近寄ってこない。

星だろうか。星なのだ。

安堵する。

高度はあまり低いとエンジンから出る炎が海面に反射し、かえって敵機に発見されるかもしれないと、高度を七十メートルにする。

いやこれでは敵のレーダーにひっかかる。海面に反射してもよい、低く飛ぼう。レーダーが一番恐い。

再び高度を三十メートルに下げる。ときどき二、三の星がまたもや敵機のように見えたが、今は単機であり、いつも後に付いている二、三番機がいないので針路も高度も自由に変え、自由自在に飛ぶことができた。中間席の渡辺大尉も敵戦闘機の見張りに努めているのか無言だった。

渡辺大尉は機長だが、私の操縦については何も言わない。

これで良いのか？ 今日は初めての戦争で「出来るだけ低く飛ぼう」など何か言ってくれたらもう少し気が楽になるのだが、何も言ってくれない。

何かに頼りたい戦場だが、機上でありそのまま無言で飛び続ける。

月が出ているようだ。明るくどこまでも見渡せるような煌々とした、お伽話の世界を思わせるような夜だった。

しかし疲れからか、ラバウルは遠いなあと思いながら飛ぶこと一時間。ラバウル基地に近づいた。味方の基地が目前だと思うと気持が楽になった。渡辺大尉、田邊飛曹長も進撃の時の緊張が解けているのだろう。

お守りに気がついた。戦場では神も仏もなかったが助かった。

「神様ありがとうございました」と、計器盤の右上部に祀ってある厳島神社のお守りに向かってお礼を言った。すっかり気が楽になっていた。ラバウルはすぐそこだ。

やがて島が見えた。月が明るいので地形がすぐ分かり、ラバウル・ブナカナウ飛行場と確信した。

田邊飛曹長が光の信号を出す。

「着陸してよいか」

すると着陸場を示す滑走路灯がついた。

着陸。

ほっとした。駐機場に行き飛行機から降りる。肩の荷を下ろし、誰かに声をかけたい、誰かと話をしたいような気になったが、整備員とはあまり話し合ったことがないのでつい出来なかった。

僚機はまだ帰っていないようだった。

渡辺大尉は戦闘報告に行き、私と田邊飛曹長はすぐ宿舎に帰った。

まず助かった。

緊張が解け、ベッドに腰をおろして戦を振り返ってみる。戦いはあっという間に終わった。戦の前は弾丸が飛んでくる中を猛然と突き進んで行く戦闘場面を想像していたが、何もなかった。弾丸を撃ってこない艦を狙って魚雷を撃ち、そして逃げた。

戦いとはこんなものなのか。夜の戦いとはこんなものなのか。そう悲惨なものではないようだ。敵の射撃はあの程度のものなのだ。気持の張りがぬけ、戦いとは簡単なもののように思われた。また同時に、俺も戦ってきたのだと自慢したいようなフワフワした気持だった。子供のように、「僕は強いのだ」と自慢したいような気持がこみ上げてきた。

それにしても、どうしてあの敵艦は火災を起こしていたのだろう？　誰があの敵をみつけ雷撃したのだろう？　砲撃された後、私はいったん回避してそしてすぐ左旋回して攻撃に向かったので、ほんのわずかな時間なのだ。その時既に敵艦は火を噴いていたのだ。

たぶん後続の瑞鳳隊の人が敵が機銃で我々を撃ったのを見つけ、すぐ敵と判断し雷撃したのではないだろうか。そうでもなければあのように早く敵艦が火を噴くわけがない。私はあの時、ただ指揮官機の灯りを見て飛ぶのが精一杯だったのだが、瑞鳳隊の人はちゃんと外を見ながら飛んでいたのだ。そしてその暗い中、敵の射撃状況を見て敵と判断し、雷撃したのだ。偉い。見事。老練だ。感謝と尊敬の気持で一杯だった。

しかし、それに比べて俺はなんだ。星を見て戦闘機と思い蛇行を繰り返していたのだ。子供の頃、自分の影を幽霊と思い逃げた弱虫者の話を聞かされたが、自分も同じだ。情けない！　次の戦にはもっと度胸のある行動をとらねば……。

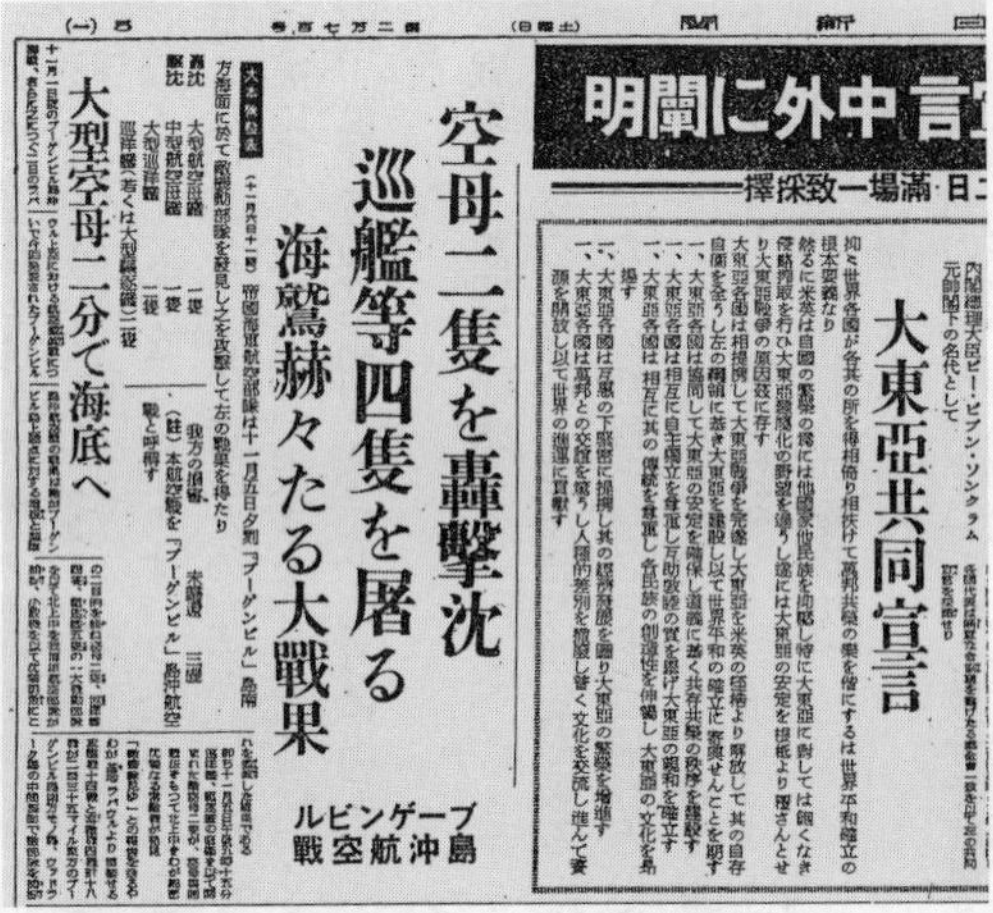
宣言
中外に闡明
日満・一場一致採擇
内閣總理大臣ピー・ピブン・ソンクラム元帥閣下の名代として
大東亞共同宣言
抑〻世界各國が各其の所を得相倚り相扶けて萬邦共榮の樂を偕にするは世界平和確立の根本要義なり
然るに米英は自國の繁榮の爲には他國家他民族を抑壓し特に大東亞に對しては飽くなき侵略搾取を行ひ大東亞隷屬化の野望を逞うし遂には大東亞の安定を根柢より覆さんとせり大東亞戰爭の原因茲に存す
大東亞各國は相提携して大東亞戰爭を完遂し大東亞を米英の桎梏より解放して其の自存自衛を全うし左の綱領に基き大東亞を建設し以て世界平和の確立に寄與せんことを期す
一、大東亞各國は協同して大東亞の安定を確保し道義に基く共存共榮の秩序を建設す
一、大東亞各國は相互に自主獨立を尊重し互助敦睦の實を擧げ大東亞の親和を確立す
一、大東亞各國は相互に其の傳統を尊重し各民族の創造性を伸暢し大東亞の文化を昂揚す
一、大東亞各國は互惠の下緊密に提携し其の經濟發展を圖り大東亞の繁榮を増進す
一、大東亞各國は萬邦との交誼を篤うし人種的差別を撤廢し普く文化を交流し進んで資源を開放し以て世界の進運に貢獻す

ブーゲンビル島沖航空戰
空母二隻を轟撃沈
巡艦等四隻を屠る
海鷲赫々たる大戰果
大本營發表（十一月六日十一時）帝國海軍航空部隊は十一月五日夕刻「ブーゲンビル」島南方海面に於て敵機動部隊を發見し之を攻撃して左の戰果を得たり
轟沈　大型航空母艦　一隻
撃沈　中型航空母艦　一隻
大型巡洋艦　一隻
巡洋艦（若くは大型驅逐艦）二隻
我方の損害　未歸還　三機
（註）本航空戰を「ブーゲンビル」島沖航空戰と呼稱す
大型空母二分で海底へ

著者の初陣となった昭和18年11月５日夜の第一次ブーゲンビル島沖航空戦の「大戦果」を報じる、翌11月６日付・朝日新聞。

初めての戦いで興奮もあったが、すぐ眠りにつけた。

しかし、夜中にびっくりして飛び起きた。突然〝爆弾〟かと思われる大音響がした。爆音も防御砲火の音もしない。敵襲ではないようだ。がしかし、あるいは？　逃げ道は？　と危機対策が頭の中

を走った。田邊飛曹長も飛び起きてきた。やがて隊員が来て、

「椰子の実が屋根に落ちたのです」と告げた。

ほっとして胸をなで下ろす。私たちがいた建物は七、八名用として椰子林の中に上空から見えないよう小さく造ったのだが、屋根は雨水を貯めるため、トタン屋根であり、また椰子の実は重く硬いので、大きな音をたてびっくりさせられたのだ。爆弾でなくて良かったのだが、臆病者の真価がこんなところに出てしまったようだ。

戦果——誤認と誇張

「空母二隻を轟撃沈、巡洋艦等四隻を屠る」

前頁は私たちの翔鶴《しょうかく》と瑞鶴《ずいかく》そして瑞鳳《ずいほう》という航空母艦の飛行機十四機が米艦隊と戦った第一次ブーゲンビル島沖航空戦、即ち本章で書いた戦いの戦果を報じた朝日新聞（昭和十八年十一月六日）の記事である。

「空母二隻、巡洋艦等四隻撃沈」

と新聞に報道されたのだ。

私は最初の一撃が始まってから数分で戦場を離れ、その後の戦況、火災の発生した数、戦闘の状況等を見ていないので、確かなことは分からないが、この戦果については次のように思う。

夜で敵艦がよく見えない中での戦闘なのだ。訓練を積んではいたが、行ったのは十四機な

のだ。わずか十四機で敵艦六隻も沈めたとは考えがたく、誤認と誇張があったのだと思っている。

まず誤認だが、前記のようにケネディ中尉の艇は日本の軍艦に衝突するまで分からなかったのだ。私たちも敵艦から撃たれるまで分からなかった。このように月の出ていない南洋の夜は暗く、分かり難いのだ。

しかし、まだ明るいうちに敵を発見し、戦が終わるまで接触（監視）していた二番索敵線の触接機は次の通り電報を打っているのだ。「一七一八敵空母に魚雷命中、全甲板火に覆われ瞬時にして轟沈せるを認む」「一七一九他の空母に魚雷命中撃沈を認む」と。

戦果確認機からの報告は自分の手柄、自分の功績ではないので見たままを打電していると思う。空母か輸送船かは夜なので誤認の可能性があるが、轟沈と認めたのは火が一瞬にして消えたのだろうから、確かに二隻以上は沈んだと思われる。しかし母艦ならば一発や二発の魚雷でそう簡単に沈むものではない。瞬時に轟沈とあるところをみると、残念だが輸送船のように思われる。

次に誇張だが、戦時は国民の戦意高揚が大きな国策であり、この戦いの後、現地より報告された戦果を中央で拡大発表し、その高揚を図ったとも考えられる。

この戦果が発表された十一月六日には、東京で中華民国行政院院長汪兆銘閣下、満州国総理大臣張景恵閣下、フィリピン共和国大統領ホセ・ペー・ラウレル閣下、タイ国総理大臣の名代ワンワイタヤコーン殿下、ビルマ国総理大臣バー・モウ閣下および日本国総理大臣東條英機閣下が参加した大東亜会議が開催されており、これらの国の国民に対し日本の威信を示すとともにその戦意を高揚するために、政策として拡大発表したのではないか。

敵の戦意をくじき、味方の戦意を高揚するため、またアジアの国々を味方につけるために戦果を大きく発表するのは戦時指導者の常とう手段であり、どこの国でもすることである。

一方の米側の発表だが、米軍はこの戦の被害を「魚雷艇一隻沈没」と発表しているそうだ。では私たちの攻撃した大火災の船は母艦ではなく輸送船であったのか。そして米軍の発表は軍艦・軍用機に限り、輸送船の被害は発表しないということだったのかとも考えられる。

それにしても、この時われわれ雷撃機は航空母艦と戦艦を主として狙っていたので、魚雷は海面から七メートル下の所を走るように調整してあったのだ。だから水面から艇底までがわずか一メートルしかない魚雷艇に魚雷が当たることはあり得ない。また当日、日本軍で米軍と戦ったのはわれわれ母艦部隊の十四機以外にはないとのことだから、魚雷艇が沈むことはないだろう。米国も戦意高揚のため魚雷艇のみ沈没とし、被害を小さく発表したのではないか。今は全て米軍発表が正しいとされているが、この米軍発表も戦意高揚のための情報操作だったのではないだろうか。


この戦いで日本の損害のほうは四機が未帰還となった。すなわち十二人が戦死された。その中の一人、指揮官機の操縦をしていた上野六十男飛曹長は私より二年先輩の乙四期生で、宇佐航空隊にいた頃、私とよく将棋を楽しんだ先輩だった。

先輩には女のお子さんがいらした。その彼女が確か昭和四十年だったと思うが、航空自衛隊資材統制隊の部隊雑誌ジャーナルに「父よ、あなたは強かった」と題し、尊敬する父君のことを書いておられた。

確か上野先輩は柔道三段で、意思強く、豪放らい落な方だった。また後輩の面倒をよくみてくれた人で、惜しい人であった。

私がこの第一次ブーゲンビル島沖航空戦の戦果や新聞報道の内容、また損害等について知ったのは戦後のことである。私はこの十一月五日の戦の後、キャビインとラバウル間を往復し、十日のタロキナ攻撃そして被弾漂流と続き、終えてラバウル・ブナカナウ（山の上）飛行場に帰った十二月下旬にはもう母艦部隊は解散となり、艦も人もいないので、翔鶴隊の戦闘状況や友のことなどを聞くことはできなかった。戦友の生死を知ったのも、また戦後になってからである。

戦死した上野六十男飛曹長（乙４期）。

また魚雷の調定深度については戦後、当時の資料をみると三〜四メートルに設定したように記されているが、われわれの攻撃目標は戦艦、航空母艦であったので、調定深度を七メートルに設定したように覚えているのだが……。

この第一次ブーゲンビル島沖航空戦で一番索敵線を飛び「一六四〇輸送船若しくは空母二、巡洋艦四、駆逐艦五を発見」と打電し触接を続けた瑞鳳の加来準吾君（乙飛八期）が大分県中津市に居住しておられたので、戦況戦果について彼の意見を聞いてみたいと思い、しばらく文通を重ねたが、平成十八年病没され、遂お聞きする機会を逸した。手紙ではそれとなく尋ねてみたが記憶の薄れ、また戦況は見る人によって違っていたなどのこともあって、文章では表わし難くなかなか書けなかったのではないだろうか。

第五章　タロキナ沖攻撃

二度目の出撃

第一次ブーゲンビル島沖航空戦から帰還した翌十一月六日、攻撃待機が瑞鶴第二中隊・翔鶴第一中隊の組と交代となり、私たちの瑞鶴第一中隊・翔鶴第二中隊組はラバウルからニューアイルランド島のキャビインに帰った。

十一月九日、待機命令が出て再びラバウルのブナカナウ飛行場へ向かう。

夜まで用事がないので渡辺大尉の供をし、自動車で戦闘機隊のいる下のラバウル東飛行場に行った。雲一つなくドライブ気分。ラバウル港を見下ろしながら山を降りる。港内はたびたび空襲を受けたためか、艦艇は思ったより少なかったが、整然と停泊しており、これが戦地かと思われるようなのどかな美しい風景だった。

ラバウル東飛行場の方は滑走路に鉄板が敷き詰めてあり、私たちのいるブナカナウ飛行場とは雲泥の差だ。この鉄板敷きは整地が簡単ですぐ飛行場となるのだ。戦場ではこの上ないやり方だ。敵ながら米国人の着想に驚く。夕方、ブナカナウ飛行場へ帰った。

翌日、即ち第一次ブーゲンビル島沖航空戦から五日経った十一月十日夕、瑞鶴の一中隊八機と、私たち翔鶴の二中隊七機、そして瑞鳳の一個小隊二機からなる十七機の雷撃機（九七式艦上攻撃機、各機三人乗り）はブーゲンビル島を目指し、ラバウル・ブナカナウ飛行場を離陸した。

この飛行場は作ったばかりなのだろう。大きく広いが舗装していないので、一機離陸する度に砂塵がもうもうと立ち上がり、後の飛行機は先に離陸した飛行機も、また地上にある前方の障害物も見えず、まるで霧の中を飛び上がるような盲目離陸になる危険極まりない飛行場だった。

戦場で気持が高揚し荒くなっていたのか、構わずエンジンをふかした。しかし、なかなか離陸しない。そうか訓練の時と違い八百キログラムという魚雷を積んでいるのだ。我慢、我慢。ようよう離陸した。訓練とは違うのだ。今日は戦に行くのだと気を引き締める。

離陸して五分、砂埃の上に出るとまだ南国の太陽が辺りをかんかんと照らしており、敵戦闘機が攻撃してくる危険があったが、月の出る時刻に合わせて戦場に到着するためには、致し方なかった。

今日の戦闘は、どんな形になるのだろう。五日前のように敵の上を飛ばないよう、海上をよく見ながら飛ぼう。

五日前の不意をつかれ、度肝を抜かれた時のことが頭にこびりついており、ときどき思い

800キロの魚雷を抱いて離陸滑走する九七式艦上攻撃機一二型。

出された。しかしその恐ろしさと同時に、もう俺は戦争経験者なのだと自分を落ち着かせるものがあり、前回のような未知への不安感は薄らいでいた。

ただ一度の経験だが、その一度が私を何度も戦いを経験したような気にしてくれ、戦闘に対する疑念を払い、明るい気持にしてくれたのだった。今日は落ち着いてゆっくり攻撃しよう。何か嬉しい結果が、幸運が、新聞ダネになるような戦果が一時間後に起きるような気もしてうきうきするのだった。

しかし十分、二十分と飛び、あたりが薄暗くなるにしたがって、その明るい気分も消えかかり、不安が出始めてきた。やはり戦場である。命にかかわる戦場である。そして夜の暗さが一層恐ろしさを感じさせた。

「あの辺りから敵戦闘機が出てくるのではないのか？」

恐怖心がちらちらと浮かび始める。とにかく五日前は下から撃たれたのだ。敵戦闘機より敵艦の方を警戒しなければならないだろう。あの時は幸い逃げられたが今日は……と、疑念は走り回る。

それからまたしばらく飛ぶ。

「戦場到達十分前」

渡辺大尉の声で緊張が走る。冷たい風が吹いてきたようだ。辺りはすっかり夜の闇に閉ざされていた。

被弾——自爆か、着水か

タロキナ、即ち敵が上陸し、今飛行場を建設中というその港に達した。出発時の打ち合わせ通り編隊を解散し、単機となって湾の外側からかすかな動きを求めて偵察を始めると、すぐ敵の砲撃が始まった。あちらこちらから上がる防御砲火の不気味な光。だが初めは距離が三千から四千メートルもあり、弾丸はゆっくり飛んでくるので我々は右に左に舵を切り、その曳光弾を避けながらも敵艦隊の東から北へ、さらに西側へと反時計回りに飛び、近寄ったり離れたりで距離を保ち敵状偵察を続けた。

近寄ってみる。敵が撃ってくる。すぐ逃げる。しかし、曳光弾の火は不気味で生き物のように追いかけてくる。我々は逃げる。魔物を避けるようにして逃げる。そしてまた探ると飛び続けた。

偵察を始めて数分後、恐らく四、五分くらいした時だろう。敵の射撃状況から敵艦の集団の状況もおぼろげに摑め、その中にこれはと思われる一艦があったので、私はこれに向かって即座に突進することにした。戦場とは気が焦るところだ。今度は何が起きるか。何が出てくるか。五日前は突然真っ暗な海上から砲撃を受けたのだ。疑心暗鬼でいたたまれず突撃した。

恐い。

だが進め、軍人だ。敵はまだ撃ってこないがすぐ気がついて撃ってくるだろう。いや敵の機銃はもう俺を狙っているかもしれない。今撃ってくるか。今撃ってくるか。

私は夢中で突進した。距離二千……千……八百……そして魚雷発射。

と、その時だ。敵が一斉に火を噴いた。それまで近寄った私の機に気付かなかったのか、一発も撃ってこなかった敵だが、急に私の機に向かって撃ってきたのだ。

「あっ」と思った時にはエンジンが止まり、プロペラがスルスルっと空回りしていた。一瞬の出来事だった。誰かが後ろからわずかな力で押しているようだが、あの千馬力で引っ張る力は全くない。初弾がエンジンに当たり爆発したのだ。

しまった！

無意識に手が動き、速力を調節するレバーや燃料ポンプなどを夢中で操作したが無駄だった。

駄目だ。もう飛べない。

眼の前が真っ暗になった。一時茫然自失。次の瞬間どうなるのだ、捕虜か、自爆か……。

敵地上空。高度は二十メートル。着水なら間があるが、自爆なら今すぐ決断しなければならない……。即決しなければ高度が落ち、自爆も出来なくなる。

捕虜——夢中の中でも咄嗟に戦訓（戦時訓話集記載の話）が脳裏を走った。

その戦訓とは支那事変当時の話で、森田兵曹という方が中国の重慶爆撃に行った時、敵の弾丸を受けてエンジンが止まり、高度がだんだん低くなってきた。そこで後ろに乗っていた偵察員が、

「捕虜になるよりここで死のう。よいか撃つぞ」

と言って森田兵曹の後ろ頭にピストルを突きつけたが、森田兵曹が、

「もう少し待ってくれ」と言って、エンジンを増速したり絞ったりしているうちに不思議とエンジンがかかり、危機一髪のところで生還したとの話だった。

この戦訓は、「偵察員は自分ではどうすることも出来ないので、すぐ生か死かを決断しようとするが、操縦員は自分の腕でエンジンを直そうとし、死にたがらないものである」と、偵察員と操縦員の考え方の違いを教えたものだった。

この戦訓から私は、「一般に操縦員は死にたがらないもの」「しかしそうあってはならない。潔く死の決断を」と、我ながらあきれるほど簡単に死を決意して、

「自爆する」と伝え、海面に激突すべく舵を切った。

がしかし、後ろに乗っていた機長の渡辺大尉から、すぐ指示が来た。

「待て！」

――自爆か、着水か。一秒、二秒と迷ううちに速力が落ちてきた。話し合っている暇などない。高度は二十メートルを切った。飛行機は重くどんどんと速力は落ちていく。気は焦るが決断できず、ひとまず自爆を止め、着水することにした。

飛行機は暗闇に吸い込まれるように降下し、さらに真っ暗な海に向かって落ちていった。闇で何も見えない……。

もう着水か。息を止めて待つ……。

そしておそらく五秒か六秒後だろう。大きなショックが来た。着水した。

海に潜ったのか？　顔面に海水が来たと思った。（後で分かったのだが、着水時の衝撃で眉間を負傷し血が出たためだった）しかし、飛行機は沈んでいなかった。ゆっくりと海面に揺れ始めた。

生も死も、恐ろしさも悲しみもなかったが、着水して一段落したので少しほっとし、我に返った。巻き添えで飛行機と一緒に沈んでしまうと思い、座席のベルトを外し飛行機から出た。渡辺大尉も田邊飛曹長も出てきた。三人は海に落ちる直前の緊張から解放され、翼の上でやれやれといった気持だった。

しかし、こんな時は飛行機の経験が長く構造もわかる操縦者の俺が正しい判断が出来る――俺が先頭に立とう。どうせ死ぬ身ではあるが、筏の上でゆっくりとこの世の人たちに別れを告げようと思い、田邊飛曹長に後席に積んである筏を出してもらう。筏をふくらませ三人はこれに乗り移り、ひとまず飛行機から離れた。私たちの愛機は日本海軍機としての任務を終え、哀れな屍となってしまった。

さよなら愛機。

しかし、感傷に浸っている暇はない。すぐ手で水をかき始めた。数秒して飛行機から離れ、ほっとして気がつくと、戦は終わったのか友軍機の姿はなく、敵の射撃も止んでいた。静かだった。三人とも無言だった。

暗夜の海上の恐怖

そこは暗闇のソロモン海だった。このとてつもなく広い大海から我々が逃れ出ることなど出来ない。まして日本へ帰ることなどは絶対不可能なのだ。しかも敵の海だ。あと数分で敵が来て、そして死ななければならないだろう。もうどうにもならないのだ。諦めだ。仕方ないのだ。

しかし、精根尽き果てて深く考える力がなくなっていたのか、絶望も、無念も、生への執着も、さほどなかった。そして迫っている死は恐ろしいものではあるが、不思議に軽く受け入れられるもののように思われてきた。祖国のために死ぬ、軍人としての任務を果たした満足感があった。

人が死ぬ時、魂は故郷に帰るという。家では風もないのに神棚の灯明が消え、父が「どうしてだろう」と、不思議がっているかもしれないなどと思ったりした。そして親に一人先立つことを伝えようと念じた。自分でも不思議に思えるくらい心は静かだった。

平穏だ、これで良い。

辺りは真っ暗だったが、空には満天の星が輝いていた。空を見上げるぐらい心に余裕があった。静かに死ねる気がした。

しかし、それは一時の気休めで、自分を納得させるために無理やり自分に言い聞かせているだけだったのか。

案の定、しばらくすると、悔しさが湧き出てきた。

俺は今ここで死んで行く。まだ青年なのに、なぜ死ななければならないのか。しかも軍人の務めを果たして死んで行くのに、親にも、友にも、故郷の人にも、これを知ってもらうことが出来ないのだ。伝えたい。俺がこれまでやったこと、軍人としての務めを果たしたことを知ってほしい。残念だ。悔しい。

悔しさに続き、頭には雑多なことが次々と浮かんできた。

俺はここで死ぬのだ。この真っ暗な恐ろしい海の底へ深く沈んでゆくのだ。息は出来ない。苦しいだろう。海の底は死骸の山だろう。サメもいるのだ。この海には巨大な人食いサメがうようよいるのだ。いつゴム筏が破られるのか。いつ引きずり込まれるのか。いつ襲ってくるのか……。

何も見えない黒い海面の下に静かに潜んでいる不気味なサメに恐怖を感じ、波のざわめきに恐れおののいた。

恐ろしい。逃げたい。この海から逃げたい。

なぜこんなことに。なにもかも恨めしい……。

むくむくと怒りが込み上げてきた。

しかも、ここは敵の海だ。すぐそこには敵の艦がいるのだ。味方の救援が来るはずはない。この敵の海にいる今、すべてどうしようもないのだ。このまま海に沈むのか、サメの餌食になるのか、敵に撃たれるのか……。死ぬのだ。

死を目前にし、悟り、諦め、恐怖、無念が入り乱れ、代わる代わる浮かんでは消え、頭の中で空回りしていた。

月明かりに見えた島影

相当の時間が流れたようだった。だがそれはほんの数分だったのかもしれない。不意に辺りが薄明るくなったように感じ、見上げると丸く鮮やかな月と、前方遠くに島影がはっきり見えた。衝撃が走った。

「島だ！」

月が出たのか？

距離は二、三千メートルぐらいだろうか。今まで一寸先も見えなかった大海原が、この世界が、遠くの山も雲も明るく輝き、静かな波まで見えるのだ。

そうだ、我々はこの島の脇で戦ったのだ。

助かる！

生きたい本能と、助かって基地に帰りたいという欲望が全身を駆け巡った。

助かる！

南洋は月が出ると気持までが一変する。その島は、島の山は日本の故郷の山のように優しく温かく、私たちを迎えてくれているように感じた。

私たちは思わず手で水を掻き始めた。死神から解放されたような気持になり、靴も帽子も、手袋も皆脱ぎ捨てて筏を軽くし、マフラーを筏の後部に縛り付けて「サメよけ」にした。昔は複葉飛行機で風除けの風房がなく、操縦者は普通二メートルぐらいのマフラーを着用していたが、そのなごりで風房のある飛行機でもそのまま着用していた。サメは自分より大きなものは襲わないと聞いていたので、マフラーを縛りつけて筏を大きく見せようとしたのだ。

筏は進んだ。三人は生気を取り戻し、全力をふるって水を掻いた。

大丈夫、岸までたどり着ける。

必死になって水を掻いた。しかし、必死で水を掻いたにもかかわらず、たいして進んではいないことに気が付いた。筏はただ浮いて救援を待つための物なので、進むには形も悪く、櫓も櫂もない。ただ手で水を掻くだけではそんなに進むものではない。

島はまだまだ遠い。駄目なのか。たどり着けるのか。それでも死から逃れるため気力を奮い立たせ水を掻いた。手で海面を掻き続けた。しかし、いっこうに島は近づいてこなかった。

突然、渡辺大尉が、

「二人で助かってくれ、俺は駄目だ」

大尉は足をやられていた。初弾がエンジンで、二発目が彼の足元で爆発したのだろう。気丈な彼も傷が深いのか死を覚悟したようだった。しかし、私と田邊飛曹長は一心に渡辺大尉を説得した。島に近づく術がないこの筏で、しかも敵の港の中で三人から二人になる。ここで彼が死ねば我々二人も生きる力を失うだろう。彼の死は自分たちの死、絶対死なせてはならないと思い、説得を続けた。

しばらくして渡辺大尉は気力を取り戻したのか立ち直り、止血のため股の付け根を自分のマフラーで固く縛った。しかし出血は止まらない。この流れ出る血がサメを呼び寄せるのだろうが、なにぶん不安定なゴム筏の上でのこと、残念だがそれ以上のことは出来なかった。三人はさらに水を掻き、生きるため一心不乱、全力をふるって水を掻き、筏を進めた。生きたい。この海から逃れたかった。

しばらくして前方に黒い物体がおぼろげに見えた。

ボートか。

いや人はいないようだ。

乗っ取ろうか。

しかし、人がいたら撃ち合いになり一発でゴム筏は沈む。だがこのままでは、このゴム筏で海岸までたどり着けるかどうか疑問である。一匹の鼠が獅子に戦いを挑むようだが致し方ない。奇跡が起きるとは思われないが危険を覚悟でやってみよう。三人の意見は一致した。そして静かに進み、恐る恐る近づいてみると、それは船を繋ぐブイで米軍が作ったもののようだった。

三人はほっとするとともに、また力が抜けたように感じたが、再び島に向かって漕ぎ続けた。ただただ掻き続けた。

敵機の目を盗んで

一晩中漕ぎ続け、長い夜が明けた。

岸までの距離は千から二千の間で、潮の流れのためか不時着水時よりいくらか島に近づいているように思った。

ときどき近くで波が騒ぎ、サメではないかと心配した。サメに襲われたらゴム筏はひとたまりもない。三人ともサメの餌食だ。だが心配したサメではなかった。

陸上では飛行場を建設しようとする米軍とそれを阻止しようとする日本軍の必死の砲撃戦が展開されていた。ときどき米軍機が飛んでくると私たちは飛行服のまま海に飛び込み隠れた。サメに襲われる心配はあったが頭まで潜り、米軍機が行き過ぎるのを待った。

遮蔽物一つない海上にただ一隻ポツンとこのゴム筏が浮いているのだ、今度こそ見つけられ、撃たれ、最後になるだろうと思われたが米軍パイロットは陸上の日本軍を攻撃するのに忙しく、海上を見る暇がなかったのだろう、筏は味方の救援機や救援艇が発見しやすいよう派手な紅白だったが敵には発見されずにすんだのだ。

それからしばらくの間、渡辺大尉の傷も陸上の砲声のことも忘れ、夢中で漕ぎ続けた。目の前の島、椰子の木の一本一本が見える。すぐそこのようだがなかなか近づかない。そうこうしている間にまた敵機だ。今度こそ見つかるか？　だが今度も首尾よく海に潜って難を逃れる。敵のボートが来るのではないか、島まで辿り着くことが出来るのか、不安を抱きながら三人とも無言でただただ一心に漕ぎ続けた。

そして、岸まであと百メートルぐらいと思われた時、辺りはすでに薄暗くなっていた。その薄暗い岸辺を走る人影がちらりと見えた。

人だ！

島民か。

島民なら波打ち際に出て、私たちの筏を物珍しく見るだろう。岸辺を走るというのは軍人、おそらく日本軍だろう。

波が来て筏がひっくり返り、とうとう進めなくなってしまった。

「おーい」

突然陸上で声がした。

日本語だ！　日本語だ！　日本人だ！

後ろの森に後光が差したように明るく輝いて見えた。

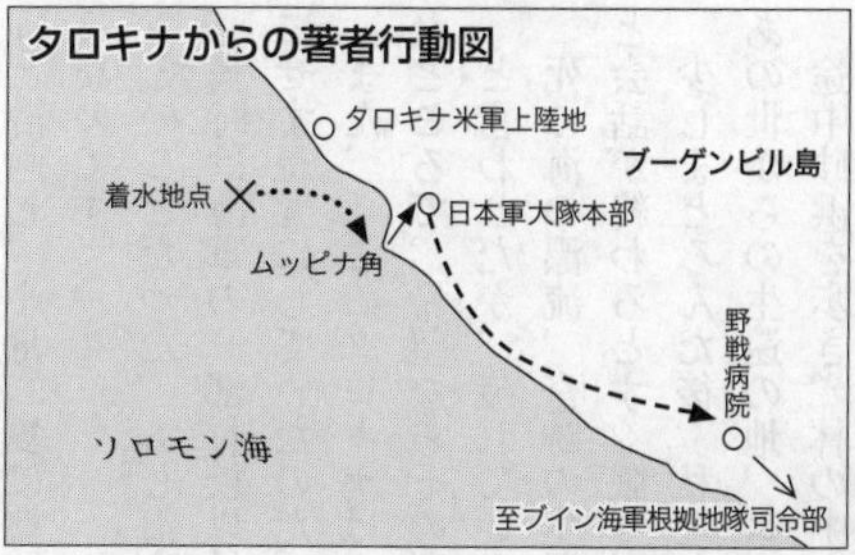

死の海からの生還

私たちは筏を捨てて泳ぎ、岸にたどり着いた。助かった。立とうとしたが立てなかった。

「おや、変だ。不思議だ」と思っている間に島の守備隊だろう、陸軍の軍人数人が走って来てくれたので、彼らの肩を借りて立ち上がった。

俺は助かった。もう大丈夫だ。ここは陸だ。大地だ。あの恐ろしいサメの海から逃がれられたのだ。死の海から生きて帰ったのだ。

絶望と恐怖から解放された嬉しさ……陸の、大地の有難さ……。その喜びはただただ涙が自然に湧き出、語り尽くせるものではなかった。これは死の海に取り残された人にしか分からないのではないだろか。

撃墜され海に落ちてから、およそ一昼夜が経過していた。陸軍の軍人らに助けられ、壕に案内してもらう。壕は入口こそ小さいが、中は私たち三人がゆっくり休まれる広さがあった。

彼らは九州の師団の人たちだった。

「昼頃沖のゴム筏を発見し、双眼鏡で確認したところ、乗っている人が長髪だ。日本の軍人に長髪はいない。これは米軍パイロットだ。米軍の飛行機には日頃苦しめられ、友もやられているのだから殺さず、夜になったら生け捕りにして恨みを晴らそうと計画し、小舟二隻に機関銃を積んで出し、今その小舟があなた方の筏を探しているところなのです」

とのことだった。もし海上で私たちと撃ち合いにでもなったらと思い、ヒヤッとした。当時は海軍の一部将校以外の日本軍人は皆頭髪を丸刈りにしていたが、渡辺大尉は丸刈りにせず長髪にしていたのだ。それで私たちを米兵に見誤ったのだ。

また、「このタロキナは六ヵ月前、連合艦隊司令長官山本五十六大将の座乗機が撃墜されたところで、希望ならその現場まで案内します」

と言われたが、疲れていたのと渡辺大尉の止血が急がれたので断った。

死の海の漂流、奇跡の生還で興奮はしていたが、二日一晩の疲れが出て、ひと通りの挨拶と会話が終わるとすぐ眠りに入った。

少しまどろんだ後、私たちはその部隊の兵四人に歩けない渡辺大尉を担架で担いでもらい、あの世からの生還の地、ムッピナ角を後にし、軍医のいる大隊本部に向かって出発した。

途中砂浜を歩き、林の中を歩いた。月がこうこうと輝き、砂浜では寄せ来る波の一波一波が、また月の光が当たる川べりでは一木一草が識別できるように明るく輝き、心が浮き立つようだった。

「この世をば　我が世とぞ思ふ望月の……」

生きた喜びをひしひしと感じながら月を見、歩き続けた。

歩き始めて三十分、途中川があった。橋はない。幅は十メートルくらいか。鰐《わに》がいる。困

った。迷ったが、

「一人二人で静かに渡るとやられるが、みんなでワイワイ言いながら渡れば鰐は襲って来ません」

との話であり、深さは膝まであったが勇気を出して渡り始めた。死の世界を通り越し、死を超越してきた人間だったが、鰐のいる川はやはり恐ろしく、月光でかすかに見えるさざなみのその変化に全神経を集中させながら、命の縮む思いで渡った。拾った木の棒で水面をたたきながら渡ったのだが、渡りきった時にはホッとして、「お陰さま」と木の棒に感謝した。

深夜になって大隊本部に着いた。渡辺大尉の治療はまず化膿を恐れ、傷口の切開だった。敵機を警戒して電灯もろうそくもつけず、広場に出て月の明かりのみで、しかも薬がないので、麻酔なしで行なわれた。歯を食いしばって我慢している彼を見ているのが辛かった。

ジャングルの一本道

明け方、さらに止血のための手術を追加した後、ただちに野戦病院に向かって歩き始めた。とにかく渡辺大尉の傷の治療を急がねばならないので、休みなしで歩いた。担架を担いだ人たちや田邊飛曹長はよく歩いたが、疲れ、そして漂流時に捨ててしまって靴がない私は次第に遅れ、ただ一人黙々と歩きつづけた。

途中人家とてないジャングルの中の一本道だった。暗く人影もなく、どこからか米兵が躍り出てきそうな薄気味悪い一本道だった。

数人の島民がたむろしているのに出会った。何気なく見た私は、その島民の色の黒さにギョッとした。それまで私が見たトラック島の人たちとは比較にならないぐらい真っ黒なのだ。みな裸でパンツ、痩せ形で裸足。中には椰子の葉で編んだスカートだけの者もいた。その島民たちが口をもぐもぐさせながら、精悍な瞳でこちらを見続けているのだ。

俺は靴も帽子もないので敗残兵のように、そして弱そうに見えるだろう、もし彼らが襲いかかってきたらどうしよう。俺を人質にでもするつもりなのか。危険だがここで引き返すことは出来ない。また弱さを見せたらかえって危険だ。運を天に任せるしかない。

弱さを見せないよう何気ない素振りをし、彼らと目を合わせないようにして遠くを見つめ全神経を背中に集中させながら通り抜けた。ほっとした。後で聞いた話だが、島民が口をもぐもぐさせていたのはカナカウイスキーという葡萄の実のような物をガムのように噛んでいたとの話だった。また、「ブーゲンビル島では前年の暮れ、島の全酋長がラバウルに集まり、日本の基地司令官に協力を約束したほどで、島民が日本人を襲うことは絶対にありません」とのことだった。

また、ある部落では不倫関係に落ちた男女に対する罰を日本軍に依頼してきたそうだ。酋長の頼みで断ることもできず、軍で男女別々の小屋を作り、番兵をつけて監視中との話も聞いたが、いかに日本軍を親分のごとく信頼していたかが分かる。また、日本軍と協力関係を築きたかったのではないだろうか。

前線のタロキナと、司令部のあるブインとは有線の電話で連絡していたようだった。ところどころにその中継所があったので、私たちはその中継所に立ち寄り、食事をさせてもらったり泊めてもらったりして、二日後、野戦病院にたどり着いたのだった。

野戦病院に着き、渡辺大尉は本格的な治療を受けた。しかしここにも麻酔薬がなく、血管を縛っての止血や、被弾した弾片の摘出など、手術の痛みを我慢するのが大変だったようだ。生死をともにした三人で、私は手術に立ち会わなければならない立場だったが、渡辺大尉が歯を食いしばって我慢している様を見ていることが出来ず、手術所から逃げ出してしまった。

その後、野戦病院では渡辺大尉は寝たきりであり、一方私と田邊飛曹長は用がないので、全く退屈な日々が続いた。ラジオ、新聞、雑誌など聞く物、読む物、見るものは全くなし。毎日天井を見て日を送るだけであった。

同室の人は皆、陸軍さんであり、重病人で話もない。陸海軍とも補給が続かず食事は湯のみ茶碗一杯だけのご飯で、遊びに行くだけの元気も出なかったが、ある日あまり退屈なので、素足のまま田邊飛曹長と近くの川へ遊びに行った。

川幅は三メートルくらいで、流れが急な小川だった。水は無人地帯を流れてくるので無色透明、本当に綺麗だった。密林の中、風の音も人の声もしない。戦争を忘れさせてくれる静かな別天地だった。

石鹸などはないが汗をかいているので、パンツまで手洗いし木の枝に掛け干していると、豚の親子が私たちを横目で見ながらのそりのそりと現われ、また密林に消えていった。食糧不足のこの病院のことだ、陸軍さんがいたら早速捕獲劇が始まったのだろうが、疲れきった私と田邊飛曹長ではやる気が起きず、静かな幕引きで終わった。三十分程すると洗濯物も乾いたので着用し、病院に帰った。

ブインで身にしみた戦友愛

それから一ヵ月、渡辺大尉の傷も快方に向かい、松葉杖を使用して歩けるようになったので、原隊復帰、即ちラバウルに帰るために、いったん海軍部隊のいるブインに移り、海軍根拠地隊司令部で宿泊することとなった。野戦病院からブインまではほとんどトラック便だった。トラック便は常時というわけではないが、ときどき走っていたようだった。

根拠地隊司令部に移ったその翌日だった。根拠地隊の参謀の一人が私に運動靴を持ってきてくれた。私は死の漂流から生還の決意をした時、靴も帽子も手袋もみな脱ぎ捨てて筏をこぎ、上陸してからここまで裸足で歩いて来たのだ。

この素足の私を見て、可哀想と思ったのだろう。どこからか運動靴を探して持って来てくれたのだ。わずか運動靴一足だが、この島は春から敵機の爆撃で輸送が出来ず、弾薬から食料に至るまで、すべての物が不足していたのだ。野戦病院では麻酔薬がなく、食事は小さな湯のみ茶碗一杯が一食だった。補給がいつ始まるか分からないのだ。そんな中で誰かが持っていたものを出してくれたのだろう。

ブーゲンビル島のジャングルでは毒草や毒を持ったサソリ等が多く、靴がなければ歩けない。その人は自分の靴が履けなくなれば、買うことも補給されることもないので裸足になるよりほかないのに、それを承知で参謀の呼びかけに応じて出してくれたのだ。戦友愛か。暖かい人の心に感激し、ただただ感謝するのみだった。

食事の時に煙草をもらったことも忘れられない思い出だ。煙草は「桜」という高級煙草だった。この司令部では司令官と参謀五名で、計六名。一人一日一本で、余りの四本を翌日回しにしていたのだが、私たち三名が加わって九名となり、余りは一本となってしまったのだ。その余った貴重な一本を翌日回しとせず、私と田邊飛曹長にくれたのだ。今日は田邊飛曹長が、翌日は私がと。

皆さんはその場で火をつけるが、一日一本の貴重品なので、すぐ消して自室に持ち帰り、数回に分けて吸っていたのだ。こんな貴重品を数日間居候となった私たちに平等以上に良くしてくださったご厚意、今でも忘れられない。

貴重な煙草、一ヵ月半ぶりの煙草……。

生きている喜びをしみじみ感じる一服だった。

『丸エキストラ・戦史と旅』（潮書房）という雑誌の平成十四年七月号に、当時ブインで陸戦隊の小隊長をしておられた福山孝之さんという方の手記が掲載されている。その中で福山さんは、ブインの物資や食糧の事情について次のように述べておられる。「軍服は着のみ着のままで薄汚れ、ゲートルも無く、又軍靴も破れて半数は裸足という姿であった」「一方食料は、一日わずか四百グラムの米の薄い塩汁のみで、（中略）戦闘に従事しなければならなかった」と。

また「ブインでは、十九年一月（筆者注・お世話になった翌月）以降、隔月ごとに一日の米の量を百グラムずつ減らして食いのばしを図った。四百グラムでも足りないところをさらに糧食が減ったので、各隊は雑草をまぜたり原住民の畑を荒らしてわずかにとったサツマイモの切れはしを煮こんだお粥をすすって、飢えをしのいだ」その五ヵ月後の六月以降は「ブインの小路には、あてどなく食を求めて歩く人が増えた。彼らの多くは、応召あるいは徴用された中年の人々で、骨と皮になった体で杖をつき、とぼとぼと、さまよっていた」と書いておられたのだが、私たちはそんなこととはつゆ知らずにお世話になっていたのだ。

ありがたく、また申し訳なく、御礼の申しようもない。戦友愛。一足の靴を私に下さった方、そして食料を分けて下さった方々、ありがとうございました。

潜水艦に便乗して帰還

十八年の暮れも迫った十二月下旬、ブーゲンビル島に物資や爆弾を補給するための潜水艦が入港してきたので、私たち三人は乗艦して帰還の途に着いた。

当時ブーゲンビル島付近は制空権、制海権とも米軍が支配していたのでその敵の急襲を避けるため、潜水艦は夜になってから入港し、夜の間に出港した。便乗希望者はもっといるのではないかと思ったが、しかし、航空優先のためか便乗出来たのは私たち三人だけだった。

私たちが便乗した潜水艦はブインを出港した後、海中深く潜航したままラバウルに向け航海を続けていたようだった。

しかし、ラバウル入港の前日、敵機の爆撃を受けた。潜水艦は水上艦艇に比べ装甲が薄いと聞いていたので、爆撃による振動には艦の胴体が破れるのではないかと思い本当に緊張した。

爆弾は右舷に一発、数秒後に左舷に一発と狭叉したのだが、小型だったおかげで難を逃れられたのだろう、私たちの艦は被害なく無事だった。それから数分緊張が続いたが敵の攻撃はそれで終わりだった。

乗組員から、「爆撃は本艦が入港電報を発信するために半浮上した時で、夜、しかも半分しか浮上していないのだから目視とは考えられず、磁気探知機によるものと思う。米軍の兵器は相当進んでいるようだ」という趣旨の話を聞かされた。

そしてラバウルに着いたのはブイン出港の翌々日だったと思う。入港しホッとしたが、私たちの翔鶴の飛行隊は既に解散し、母艦は日本内地に帰ってしまった後で、残っていたのは陸上基地の部隊だけだった。

友が誰もいないラバウル。竜宮から帰った浦島のような気持だった。親しみも湧かなかった。その上、毎晩のように敵機が来る。そのラバウルで「今夜の攻撃に操縦者が足りないので、行ってくれないか?」などの話が来たら大変だ。一刻も早く離れたい気持でラバウルを後にした。そしてトラック島で次の命令を待つことになった。

戦後、航空雑誌の記者が調べてくれたのだが、私たちの便乗した潜水艦は「呂一〇九」で、以後、終戦までの間に艦による人の移動や物資の補給は数回しか出来なかったようだ。

翔鶴艦攻隊の悲運

私たちが撃墜された、この十一月十日のタロキナ攻撃では、四機が未帰還となった。その中の一人、指揮官の宮尾暎大尉（海兵六十二期、戦死後中佐）は、非常に生真面目な人だった。

筑波空におられた昭和十七年、小唄の芸者――勝太郎さんだったように記憶しているが――が慰問に来られたことがあった。

その時、司令が案内し、駐機場に止めてあった練習機の座席に乗せたのだが、このことを聞いた宮尾大尉は、「われわれが命を懸けて乗っている飛行機に、女を乗せるとは非常識だ」と軍刀を持って司令に食ってかかったとのことだった。そのくらい、生一本の人だったのだ。私も筑波で防空演習の時に懇々と説教されたことが大尉との思い出となった。

また、この十一月十日の夜の戦いの後、無事ラバウルに生還した翔鶴、瑞鶴、瑞鳳艦攻隊の戦友たちは、翌十一日昼の第三次ブーゲンビル島沖航空戦で戦闘機、爆撃機とともに敵機動部隊に対し昼間攻撃をしたのだが、全機未帰還。即ち全員戦死となってしまったとのことだった。

戦後の証言だが、このとき私たち翔鶴隊の飛行機の整備を担当していた花見重一（普整四十七期、豊島区練馬）君の話によると、私と親しかった鈴木善六飛曹長（操練四十期、福島県喜多方市）は、この十一日の攻撃に出発する時、「今日は生きて帰ることはまず不可能だろう」と言って、落下傘や不時着用として積んでいる食料を下ろし、「永い間お世話になりましたが、もう帰って来ないので、これを食べ、ゆっくり休んでください」と言って飛んでいったそうだ。

第三次ブーゲンビル島沖航空戦で戦死した鈴木善六飛曹長（前左）と著者(右後ろ)。翔鶴の南方進出前に笠ノ原基地近くで。

整備員たちにこう話したということは、敵戦闘機の状況など詳しい情報が入っていたのだろう。ソロモンの空は敵グラマンの独壇場で、そのグラマンに遭ったらこちらは重い魚雷を積んでおり逃げることができないのだ。それなのに攻撃に行かせるとは……、誰がこんな無謀な作戦を計画したのかと思ったことだろう。

案の定、出撃した艦上攻撃機十四機は全滅し、また艦上爆撃機は出撃した二十機中十七機が未帰還となってしまった悲惨な戦だったのだが……。

花見さんはさらに、「私たち整備員も、あの時はどのように対応し、どのように言ってあげるべきか言葉がなく悲壮な思いでした。いまもときどきその時のことが思い出され、胸が痛むのです」と言われた。

もちろん、このとき一緒に攻撃に行った戦友は皆、同じように戦況を判断し、死を覚悟しながらも、国のため、軍人として出て行ったのではないだろうか。そして見送った方も万感胸に迫るものがあったと思う。

トラック島で切った自分の〝遺髪〟

私たちが撃墜された日と次の日の二日間で第二中隊の全員が未帰還となったことなど知る由もなく、十二月の末、私たち三人はラバウルからトラック島に渡り、しみじみと生きて帰還出来た幸せを感じた。その喜び、幸福感は死の危機を乗り越えた人のみが知る喜びだ。基地隊の隊員、トラック島の島民、知らない人誰もかれも、そしてそこにあるバナナの木にさえ声をかけ話し合いたいような気持だった。

戦場、それはいつ出撃命令が来るか分からない。このため起きている間は常に飛行服、飛行帽、そして飛行靴着用だ。寝ている時でもいつ空襲にあうか分からない。常に緊張の連続だった。

しかし、ここトラック島は日本だ。俺は日本に帰って来たのだ。基地隊の隊員が作ってくれた下駄を履き、カランコロンと歩いてみた。下駄の音、そして素足の感触が気持良かった。そしてしばらくぶりに尺八を吹いた。筑波時代に少し習ったのだが、その時買い求めた尺八を翔鶴に積んでいたのだ。生き残った心境、人間の争いごとなどどこにもないような静かな時の流れ。しかし、ついこの前まで尺八を聞いてくれた友は誰もいない。涼しい海風に吹かれながら沖を眺めた新婚の五ノ井兵曹や、日本内地の思い出を語り合った沖村覚君《おきむらさとる》（操練三十五期）たちは、どこにいるのだろう。生きているのだろうか……。竹の音色が月の浜辺を流れて行った。

私は春島基地で訓練をしていた頃、南洋記念にと思い、パンの木で長さ七、八十センチ、深さ三十センチくらいの箱を作ってもらい、この自分史に載せた写真やカメラ、尺八などの私物を入れて持っていた。その箱は一時、未帰還者の荷物として扱われ、母艦や基地間を行ったり来たりしたようだったが、最後は内地に帰さず春島基地、即ち私の手に戻り、おかげで私はしばらく振りに尺八やカメラを手にすることが出来た。

パンの木の実《み》は食料だった。木は日本の桐などより軽くてやわらかく、工作しやすかった。作ってもらった箱は南洋記念として長く使っていたが、その後壊れたので捨ててしまって今はない。

トラック島に帰り一週間くらいしたある日、床屋へ行った。三ヵ月ぶりだった。今回は奇跡的に助かったが、次の戦では駄目だろう。死ぬ時は海だ。遺骨はない。せめて遺骨の代わりに遺髪を残しておこうと思い、そこのおやじさんに話すと、心得たもので何も言わず百本程もあろうか、白い紙に包んで渡してくれた。

年が変わった昭和十九年の一月の末だったと思う。筑波航空隊時代、背面飛行で筑波山を飛び司令に見つかりひどく叱られた操縦練習生同期の角田久継君と春島基地でばったり出会った。彼とは気心が知れた仲だったので、「戦争はあまり無理をせず、御身大切に戦えよ」と言いたかったが、軍人である以上、そのようなことは言えず、ただただ思い出話のみで分かれてしまった。そしてその二、三日後、彼はラバウルに発ち、永久の別れになってしまった。「次」はないのだ。

それから一ヵ月後の昭和十九年二月、渡辺大尉、田邊飛曹長、それに私の三人は揃って日本内地に帰った。

川崎まなぶ氏著『マリアナ沖海戦』（大日本絵画）によると、私たちの第二中隊は九機のうち私が撃墜された十一月十日のタロキナ攻撃で私の機を含め四機が未帰還、残る五機は翌十一日の戦で未帰還となったのである。

ブーゲンビル島の思い出

漂流二日目の昼頃のこと、何気なく頭に手をやると七、八センチ四方の枯葉のような物が手についてきた。「何だろう。こんな遠い洋上だが何かが飛んできたのだろうか」と、その時は少し疑問に思ったのだが、生死の境であり、それ以上のことを考える余裕はなかった。

しかし、これは後日、田邊飛曹長と雑談の途中で分かったのだが、それは何回も海に潜り、強い直射日光を受けたので、わずか半日で頭皮が剝けたのだった。生きる希望が湧いた時、帽子を捨てたのだ。渡辺大尉は長髪だったのでこのようなことはなかったが、私と田邊飛曹長は人並みの丸刈りにしていたので、この現象が出たのだ。赤道直下の直射日光がいかに強いか、日本では考えられない事象だった。

ブーゲンビル島の思い出として、このほかに忘れられないのは、うっそうとしたジャングルであり、真上から射す明るい月光だ。南洋の月は本当に明るい。空気がよく澄んでいるためと、都市とは違う全くの暗闇の中の月光だからであろう。

渡辺大尉の化膿防止の手術は、月光だけで実施した。島民は明るい広場や砂浜で夜遅くまで踊るとのことだが、そんな気持にしてくれる月光だった。また林の中で木々の間から斜めに差し込む月光は日本の朝の公園で見る陽光のように明るく、実に清らかな光だった。野戦病院までの道程の前半は昼はグラマンが来るので夜行動したのだが、あの月を見ながら夜道を歩き続けた時のことは忘れられない思い出だ。

密林の中は静寂、そして夜は夜光虫の世界だ。全ての木が夜光虫でおおわれ、遠い木も目先の木も区別がつかず、金粉をまいたような金世界で、月のない時は手探りでなければ歩けない所なのだ。野戦病院は空から見えないよう木立の間に造ってあったので、夜小用に起きた時など数回立ち木にぶつかり、ようよう手洗い所にたどりついたことを思い出す。

島には本当のジャングルがあった。本当のジャングルとは太い木や種々雑多な茨《いばら》の藪で、人が入ることなど出来ない密林なのだ。日本のような温帯地方では四季があるので、どの草や木も自分の季節が終わると枯れて次の代に譲るか、または繁殖を次の季節まで休むかする。四季のない熱帯地方では何百年も前の草木が枯れず衰えず茂っているのだろう。そして南国の太陽とスコールで人間を寄せ付けない世界を作っていたようだ。

私は裸足で、うっかり草に触れ、その草の毒汁にやられ、足が痛く一晩中眠れないこともあった。

ジャングルとはそのような毒草やサソリなどがいて危険なところで、守備隊の人たちも食料の欠乏で実《み》は欲しいが、ジャングルの椰子の木には近寄れなかったようだ。島民もジャングルに手をつける用はなかったのだと思う。

また島には鰐のほか、大きなトカゲがいた。ブインの根拠地隊司令部で食事をしていた時のことだ。窓の外に、尾まで入れたら一メートル五十から二メートル近くもあろうかと思われる大トカゲがこちらを見ながら、「人間は何をしているのだろう。入ろうかそれとも逃げようか」といった感じでこちらを見ていた。

初めは驚いたが、ガラス戸を破って入ってくることはないと思われたので、こちらも用心しながら見ていると、「用はない」と言わんばかりにのそのそと森へ入っていった。

第六章　北の海で

内地帰還直前の悲劇

昭和十九年二月中旬、私は渡辺大尉、田邊飛曹長とともに航空母艦千代田でトラック島を出発し、広島県の呉港に向け内地帰還の途についた。

さらばラバウルよ
また来るまでは
しばし別れの涙をかくし……

南洋の風景。それは西に沈む真っ赤な太陽や、椰子の葉そよぐ海辺など、日本の風景とは全く違い、明るく開放的でそして魅力的だった。そのため懐かしい日本へ向かう喜びよりも、南洋と分かれる淋しさのほうが強く、島々が見えなくなるまで甲板に出て口ずさんでいた。

恋し懐かしあの空みれば
椰子の葉かげに十字星
（「ラバウル小唄」）

またあの欲のない人たち、物を盗るということを知らないトラック島の島民たちを思い、「また来るよ」と心の中でつぶやいていた。

後日分かったことなのだが、二月十七日にトラック島が、米機動部隊の空襲を受けたとのこと。出発が後二、三日遅れていれば、私の乗った千代田は航空母艦なので敵の攻撃目標となり撃沈されていただろう。もっとも、この時の千代田は飛行機を前線へ輸送する任務を終えて日本へ帰るところだったので、戦うための飛行機は積んでおらず、便乗者以外は搭乗員もいなかったのだが。

危機一髪、全く危ういところだったのだ。

帰途は米潜水艦が狙っているので乗り合わせた搭乗員がペアを組み、連日潜水艦に対する哨戒（敵がいないか警戒して見回りすること）飛行を行なった。

ある日のこと、この哨戒飛行に出たペアが任務を終わって帰還しようとしたのだが、天候の悪化で雲が多くなり、母艦を見つけることが出来なかった。そこで〝ワレ位置不明〟と電報を打ってきたのだが、母艦のほうでは敵潜水艦に位置を捕捉されるのを恐れ、帰投用の電波、即ち母艦の位置を知らせる電波を出さなかった。

飛行機のほうでは必死になって母艦からの電波を探したことだろう。しかし燃料尽き、母艦へ帰ることは出来なかった。あと数日で日本へ帰れたのに、親兄弟に会うことが出来たのに。昨夜は日本へ帰って、親御さんや旧友たちと会い、歓談した夢を見ていたのではないか……。

しかし、母艦はそのまま日本に向かって走りつづけた。母艦即ち日本国の艦を守るためには、無情な話だが三人の命は致し方なかったのだ。私たち同僚は、このような情報が入るたび悲壮な気持になるが、何もすることができず、ただ悲嘆にくれるしかなかった。これが軍人なのだ。

渡辺大尉との別れ

日一日と日本へ近づくにつれて朝夕が涼しくなってきた。日本の空気が、九州の風がこの船まで流れてきているのを感じていた。

そして遂に山が見えた。日本の山が。九州の山だろう。黒い山が見える。わずか八ヵ月だが南洋という日本とは違ったところで生活し、また死線を経て今、日本へ帰ったのだ。山が、黒い山が、見慣れた山が「お帰り」と呼びかけてくれているように思えた。日本！　祖国！

トラック島の島民も同じ日本人ではあるが血は繋がっていない。この山は皆血の繋がった人たちが生活している日本なのだ。

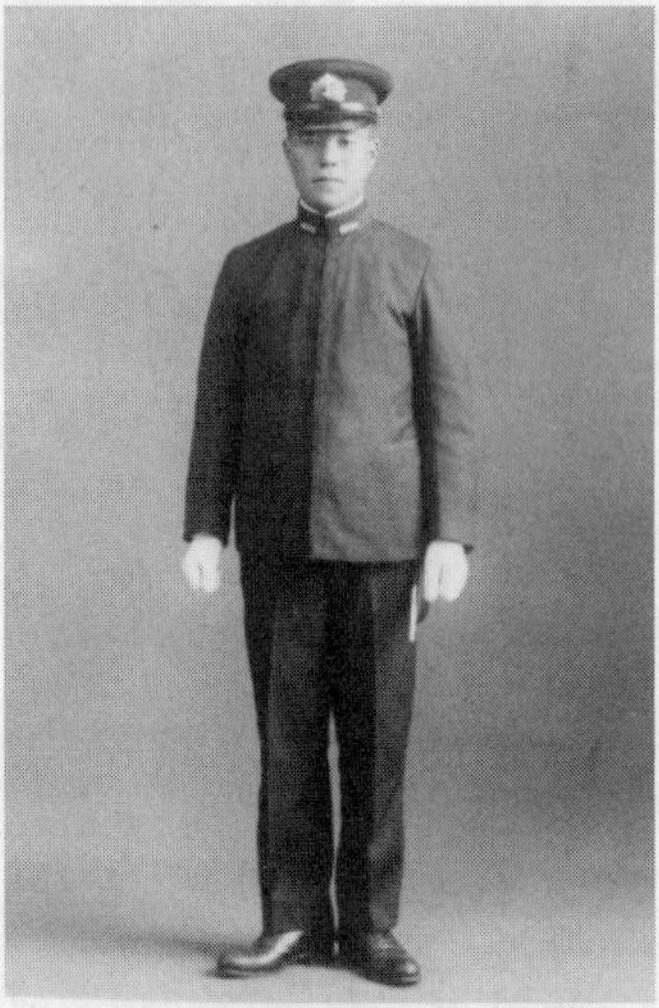

トラックより帰還直後、帰省の折に撮られた著者唯一の飛曹長の第一種軍装姿。

「よかった」と思いっきり声を出して叫びたかったが、恥ずかしかったので我慢し、飛曹長の威厳を保った。

広島県の呉港に着くと日本は真冬。だがもう空襲の心配も、敵潜水艦にやられる心配もないのだ。心は晴れ晴れとしていた。

知人や、これから行く隊の隊員や、また一般の町の人から、

「戦地で戦って来られたのだ」

と感謝の気持で見られるような気がし、心は弾んでいた。

しかし、呉港上陸では渡辺大尉との別れの淋しさも待っていた。

私たちは撃墜された時、渡辺大尉の「待て」の一言で自爆を止めた。筏の上でも真っ暗な海、私と田邊飛曹長の二人なら自決していただろう。渡辺大尉もいて三人だったからこそ、敵の海でも生きられたのだ。

辛い思い出ではあったが、生死を共にしたことで兄弟のような親しみが湧いていた。その思い出を胸に抱きながら、渡辺大尉は大分県の宇佐航空隊へ、田邊飛曹長と私はそれぞれの故郷で少し休養した後、福岡県の築城《ついき》基地へ赴任することになった。

私は故郷の新発田へ帰った。両親は飛行機の話、戦場の話などを聞きたかったようだった。子供から安全なことを聞きたかったのだろう。飛行機乗りが次々と戦死している話を聞き、心配でたまらなかったのだろう。

私も会うまでは話すつもりでいたのだが、ブーゲンビル島沖航空戦に出たことや、タロキナ攻撃で撃墜され漂流したことなど話したいが、話せば今以上心配をかける気がして話せなかった。

子を思う親だ。涙もろい老いた親だ。せっかく子供の無事な姿を見、安堵と喜びで一杯なのに、話せばこの喜びが消え去り、心配に変わるような気がして話せなかった。我慢だ。話さないのが親孝行と思い、一泊して築城基地に向かった。

北千島派遣隊

私たちが築城の五五三航空隊に着任した時、五五三航空隊では北の守りにつく北千島派遣隊九機二十七名の編成が急がれていた。当時既に搭乗員不足が始まっていたのか、私は内地帰還早々だったがその北千島派遣隊に組み入れられ、着任わずか一週間で北千島へ行くこととなった。ペアは私が操縦、隊長の長曾我部《ちょうそかべ》明《あきら》大尉（海兵六十七期）が偵察、電信は前と同じ田邊武雄飛曹長だった。

千島列島は北海道の東に連なり、その東端にある北千島はソ連邦カムチャツカのすぐ近くにあり、ともに極寒の地である。

今、戦地から帰って来たばかりであるのに、どうして俺が行くことになったのだろう。この基地にはまだ艦上攻撃機の操縦員がたくさんいるのに、帰還早々の俺に行けと言うのか。俺はあと一年くらい教育部隊でゆっくりと勤務出来ると空想していたのだが……。

千島は最前線ではないが酷寒の地、行きたくはなかったが、しかし今度の決定は派遣隊長の長曾我部大尉の意向と知り思い直した。人が望んでくれたのなら嬉しいことだ。喜んで行こう。軍命令は朕《ちん》が命令だ。どうせ、教育部隊で半年勤務すれば後はすぐラバウル行きだ。それより後方勤務ではないが第二線で危険の少ない千島行きが良いだろうと自分に言い聞かせた。

五五三空の北千島派遣隊長となった長曾我部明大尉。

以前に勤務した宇佐航空隊はこの度着任したこの築城基地から近いので、北千島派遣が決まった数日後、前に下宿した港仙太郎さん方をたずねてみた。二年ぶりの再会と思ったが留守だった。築城での休日はこの日の一回だけだったので、残念だったが、訪れた旨の書き置きをして基地へ帰った。港さんはどんな気持で読んでくれただろうか。

九機の千島派遣隊は三月一日、築城基地を出発した。そして千葉県の木更津基地に着陸し一泊した。

戦後知ったのだが、当時木更津基地には小学校で同級だった市川妙水君がいたとのことだった。せっかくの機会だったが……。

北海道の思い出に

翌三月二日、八機で北海道千歳に移動した。冬の北千島は寒く、雪雲に入ると飛行機も凍るので、翼の前縁や脚に氷結防止のグリースを塗るなど耐寒装備をしてもらう。その整備の間、私たち搭乗員は用がないので、長曾我部隊長、藤本諭少尉（操練二十九期？）、植村信雄飛曹長（甲飛二期）、そして私の四人は最後となるかもしれない湯の香りを味わうため、隊の自動車で北海道の名湯登別温泉に向かった。

途中千歳基地を出て間もなく、田畑の中の一本道を走っていた時だった。牛が一頭、道路の真中に陣取っているのだ。警笛を鳴らしても一向に動こうとしない。近くに飼い主はいない。ここで日が暮れたら冬の夜道を走らなくてはならない。登別まではまだ相当走らなくてはならないのだろうが、新開拓の北海道の田舎道で他に道はなさそうだ。かと言って四人とも牛を扱ったことはない。

牛を怒らせては大変。思案イライラすること十分。やっと牛の持ち主らしき人が来て道を空けてくれたので走ることが出来た。道路に牛が座り込んでいても車が通ることはないのであろうか、「道をふさぎ、すみませんでした」と謝るわけでもない。牛も人ものんびりした北海道。それにしてもあの十分は長かった。

夕刻登別に着いて、第一滝本本館に泊まる。三メートルも上にある滝口からどうどうと落ちてくる滝湯に打たれ、また硫黄泉、ミョウバン泉、カリウム泉などたくさんの浴槽に次々とひたり、温泉気分を満喫した。湯に浸りながら、昨年七月から何回風呂に入っただろうかなど自分の入浴歴を考えた。

トラック島からの帰り、母艦千代田で久しぶりに入浴したが、それ以外は浮かばない。千代田の私たち准士官専用の浴室は暗い感じの浴室だったが、浴槽は一般家庭のものより少し大きくゆったりした感じだった。入浴者は私と田邊飛曹長の二人だけ、半年ぶりの入浴でのんびりとしばらく湯に浸ったのを思い出す。

だがそのほか入浴で思い出すことはない。そうだトラック島では水がなくて、風呂どころではなかった。しかし、水がなくても空気がさらっとしていて汗をかくということがなかったので、入浴したいと思わなかったのだ。それどころか汗をかかないので、洗濯をした記憶も、してもらった記憶もない。南国のさらっとした空気も良いが、この寒いところの温泉もいいなあ……。

三月三日、「明日は鳥も通わぬ北千島だ、せめて札幌の街でも見ておこう」と、あらぬ理由をつけて、出発を一日延ばし、ストーブ列車で札幌に行く。

三月はまだ冬。しかも夜のためか千歳から札幌に行く列車の乗客は少なく、私たちの乗った車両は私たちの四人だけだった。車両の中央にダルマストーブが備え付けてあり、石炭はストーブの近くの床に囲いもなく積んであった。乗客が勝手にくべて暖を取るようにしてあったのだが、その石炭で車両の汚れはひどいものだった。

前日の牛といい、この車両の汚れといい、北海道には人手が足りないのだ。男は皆軍隊や軍需工場へ行ったのだ。本州でもそのうちにこのようになってしまうのだろうか。これもみな「欲しがりません。勝つまでは」のスローガンで、銃後も一致協力して頑張っていることの表われなのだ。われわれ軍人も頑張らねばと思った。

頑張りは頑張り、遊びは遊びと思って期待して札幌へ来てみたが、夜遅くなったためか、広い大通りでも歩く人は一人もいない。北海道の中心都市だが淋しい街だ。今夜は心底冷える。これが本当の日本の姿なのかも知れない。戦争で人がいないのだ。内地最後の夜と、飲んで歌って騒ぎ、翌朝早々に千歳に帰った。

択捉島での不時着

三月四日、七機で択捉島《えとろふ》の天寧《てんねい》基地へ移動する。三月一日に築城基地を九機で発ったが、練度不足なのか飛行機の整備不良のためなのか、毎日一機宛減っていく。

三月五日、七機で天寧発、北の端幌筵《ぱらむしる》島の武蔵基地に向かう。雲多く、雲下は難しそうなので雲上へ出る。雲上は太陽とわが中隊だけ、のんびりと飛ぶ。

しかし行けども行けども雲ばかり。飛ぶこと約二時間半、位置が少し不安になってきたので、雲の切れ間を見つけ下へ出て松輪島を探してみたが見つからない。見えるのは西も東も雲ばかり。

困った。俺はこの列島線の南へ出たのか、北に出たのか。このままさらに二時間も飛び、カムチャツカ付近で位置不明となったら海に落ちて凍死だ。助かってもソ連軍の捕虜だ。致し方ない。せっかくここまで来たのだが御身大切に。

安全策をとり引き返すことにする。

帰りも雲上飛行で出発地の天寧に向かって二時間半飛んだ。雲の切れ間はあるが島は見つからない。時間からすれば択捉島が見えるはずなのだが……。燃料がなくなるのではないか心配になってきた。

後続の六機はよくついてくる。ところどころ雲が切れており、流氷群は見えるが、島らしきものは全く見当たらない。どうしたらよいのか。腕が悪いのか計器（コンパス）の誤差か。航法は偵察員である隊長の仕事だが、その隊長の実用機の経験は一年半。新しいペアなので隊長の腕が少々心配になってきた。

俺がもう少し気をつけていればよかったのだが、航空図（飛行機用地図）に行き先の武蔵基地までの直線をひいただけで、磁石の方位何度で飛ぶか、その度数も記入せずに飛び出して来たのがいけなかったのだ。それにしても出発してから途中一時間ぐらいの所で雲の下に降りて島を確認し、航法が正しいか確認すべきだったと後悔する。

いよいよ不安になってきた。北の天候の恐いことは聞いていたが南で鍛えたといううぬぼれがあり、北の厳しい天候を甘く見たためなのだ。隊長も南の経験で北の天候を考えなかったのだと思う。いまさら分かっても仕様のないことだが……。

このまま燃料切れとなれば北の冬の海だ、落ちて一時間としないうちに凍死だろう。

こんなところで凍死するぐらいなら南の海で弾に当って死んだほうがよかったのにと、またもや悲しさと口惜しさが湧き出てくる。

何とか助かる方法はないものか……。

不安を抱きながら飛び続けていた。同じ死に向かって飛んでいるのだが、南で戦場に行くときは敵という相手に対し、しかも国民の声援を背にしての緊張感があった。しかし今は違う。航法技術の拙さで死ぬのだ。自分たちの腕の未熟で死ぬのだ。情けない。機内は重苦しい空気だった。背筋が凍るような淋しさも通り越し、情けなく、また口惜しさで一杯だった。

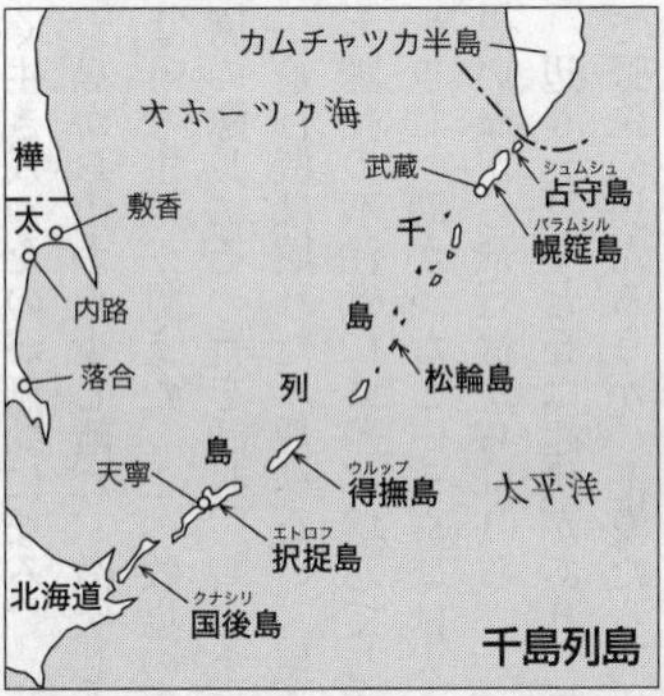

引き返し始めておおよそ三時間、燃料が心配になって来た時だ、左前方十キロメートルくらいのところに頂上に別の雲を頂いた山が見えたのだ。

島だ！　大丈夫、助かる、生きられる。

早速舵を切ってその山に向かう。そして島にたどり着いた。

生きた。とにかく生きた。が、どの島だろう。択捉島でないかと思ったが、島の周囲は雲ばかりで、位置確認のため岸に沿って飛び回ることは全く危険だ。うっかり山に激突するか、燃料がなくなって墜落したら、せっかく生き残ったのが無駄になる。

島から山から少し離れ、激突しないように慎重に飛ぶ。少し飛んだ時雲の切れ目に牧場のような雪原が見えた。この牧場のようなところに不時着するのが無難と思われたので、後部席の隊長にその旨を話し、雪の上に不時着した。

飛行機は壊れた。飛べない。使えない。国民が一生懸命作ってくれた大切な飛行機を、私と隊長の不注意によって壊してしまった。申し訳ないという自責の念が湧いてきた。しかし生きた、助かったという喜びは大きく、生きるためには仕方がなかったのだ。そんなことを思いながら飛行機から降りる。

辺りを見ると丘は起伏があり、馬が四、五頭草を食んでいる。囲いもなく、人もいないので野生の馬だろうか。茫漠たる高原のようで日本の風景とは違う。だが電線が走っているので隊長と田邊飛曹長には残ってもらい、一人で電線に沿いながら海岸までしばらく歩いてみると崖下に二軒の人家があり、住民と思われる人が出てきた。日本人だった。話しが通じた。不時着のことを話し、救援を依頼する。

隣の一軒は空き家だったがこちらの一軒は部落長の指示で、敵艦や遭難船を警戒するためここで越冬しているとのことだった。

さらにここは択捉島《えとろふ》の西端で丹根萌《たんねもい》という所だと分かる。

そうかもう少し飛べば今朝出発した天寧《てんねい》基地だったのか。危険を避け、大事を取りすぎたのがいけなかったのだと思ったが後の祭り。天寧基地へ「丹根萌に不時着した」旨の電話をし、三日間この家で歓待を受けながら泊まる。「軍人さん」「飛行機の軍人さん」と待遇してくれる。毎晩出してくれる酒は自家製濁酒（ドブロク）だが、魚はお手の物であり配給制で食糧の不足している本州の旅館では受けられないような待遇を受ける。

飛行服での雪中行軍

四日目、この家の人が部落長さんや郵便局長さんへ電話をし、呼んでくれた十人ほどの力持ちが来たので荷物を持ってもらい、不時着した飛行機に別れを告げ天寧基地に向かって歩き始めた。

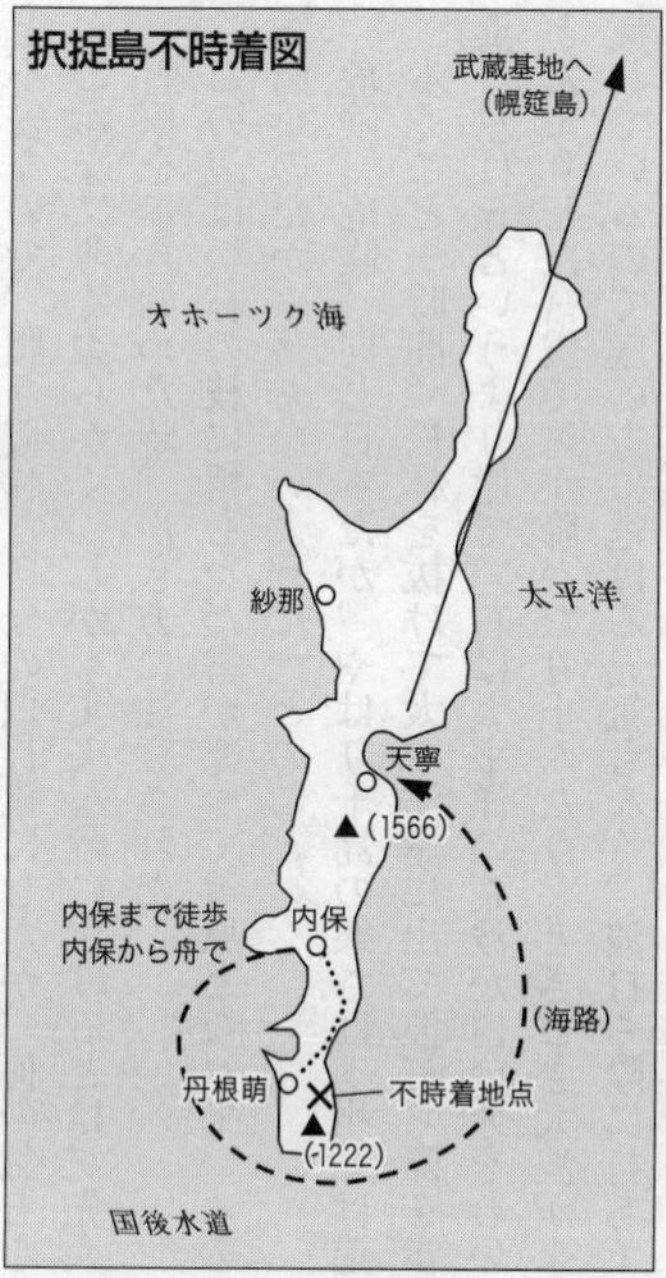

歩き始める時、「雪道はこの靴がよい」と言って勧めてくれたのが鮭の皮で作ったという靴だった。島の多くの人が履いているのだとのことで、履いてみた。軽く歩きやすく、そして暖かかった。しかし、鮭の皮は薄く素足で歩いているようだ。砂浜や山道を考える

と不安なので、履き慣れた自分の飛行靴にしたが、何の気もなく食べていた鮭、その鮭の皮がこんなに薄く柔らかく、しかも丈夫な靴に化けるとは、先人の研究心に驚かされた。

雪原を歩き始めた時、歩き方に注意された。

「この辺は松林の枝に積もった雪が凍って雪原となっているのであって、今歩いている下は空洞なのだから落ちないように」とのこと。

危険。危険。同じ日本だが、やはり千島の寒さは本州とは違うのだと感じる。

歩くこと一時間。松林を抜けて太平洋岸に出て波打ち際を歩く。幅十メートルくらいの砂浜。左は丘というより崖で、右は太平洋の荒波が白い牙をむいている凄惨な海だ。空は一面どんよりした雪雲で雪が降ったり止んだり。ときどき大波が来て波にさらわれそうになるが、疲れているので崖の方に逃げる元気もなく、波打ち際に打ち上げられた流氷にしがみついて難を逃れる。ただ、そのたびに膝まで海水につかり、飛行服も飛行靴もびしょ濡れになった。もちろん氷の海の海水だから冷たいはずなのだが、足は無感覚だった。

もとはといえば私と隊長の航法の拙さからこうなったのだ。この人たちに迷惑をかけて申し訳ない。これ以上迷惑をかけないよう一生懸命歩こう。悪路がなんだ。海水がなんだ。自責の念から黙々と歩いた。ただ黙々と歩いた。お陰で六甲という次の部落に着いた時は、私とそして私と一緒に歩いてくれた三人の部落の人が一番早く着いた。隊長、田邊飛曹長らの集団は一時間余りも遅れて着いたほどだ。越後の雪道で鍛えられたためか海軍にはいってから鍛えられたためか。否、若さだ。俺はまだ若いのだ。

六甲で濁酒を頂きながら一晩泊めてもらい、二日目、再びオホーツク海側の集落に向かって山道を歩く。昨日とは打って変わって凪。ときどき日も差し、応援の人たちと話しながら歩く。山中は静か。鶯がやってきて鳴き始めるのではないかと思われるくらい穏やかな山路だった。この山は桜の木ばかり、この辺の人たちの暖房燃料は、皆この桜の木だという。

歩き始めて三日目、内保《ないぼ》という部落に着き、部落長、小学校長、郵便局長といった方々が出迎えてくれた。内保に着いた時私たちは馬橇に乗せられた。前日までの行軍で私たちが雪道を上手く歩けないことを知った部落の人たちが馬橇を用意してくれていたのだった。

また、翌日の内保部落出発に際しては、小学校の子供たちまでが校旗を先頭に見送ってくれ、銃後も子供たちも一緒になって戦っているのだと改めてつくづく感じた。いま〝戦争に巻き込まれた……〟などと第三者の立場で経験談を話している人がいるが、太平洋戦争は軍と軍との戦いではなく国と国との戦いだったのだ。

それにしても私たちは航法を間違えただけであって凱旋兵士ではないので、歓待されるたびに恥ずかしく、早く基地へ逃げ帰りたいと思った。

内保の港からは船に乗せてもらい、四日目の夕刻、ようやく天寧基地に着いた。基地に着いてから聞いたのだが、他の六機は燃料もあったので飛び続け、皆無事天寧基地に着陸していたとのことで安堵した。それと同時に古参の立場の私と隊長がこのような不時着をしてしまい、同僚に対し全く恥ずかしく、北の航法には気をつけなければならないと覚悟を新たにしたのだった。

幌筵島武蔵基地到着

三月十三日。私たちペア三人は、途中エンジン不調等の理由で遅れて天寧基地に来た一機に乗り換えて、七機で天寧から幌筵島の武蔵基地に向け出発した。この時もほとんど雲の上の飛行だったが、ところどころに雲の切れ間があり、列島線を確認しながら飛ぶことができた。

夕刻、武蔵基地に到着。一機着陸に失敗して破損し、飛べる飛行機は六機となる。

飛行場の辺りはさすが北の果て、人家もなく人もいない。さらに林もなく木もない。いるのはキタキツネだけか。本当にここは日本なのか。

見渡す限り、満目荒涼、白雪皚皚《がいがい》。鉛色の空には白煙山という火山の煙が淋しそうに流れており、生物のいない死の世界といった感じだ。草原はいわゆるツンドラ地帯で、大地は地表から一メートルぐらいは夏でも凍ったようなふわふわした状態なのだと聞いた。凍土だ。シベリアの話を聞いたことがあったが、ここがそうなのだ。ここで半年、いや一年生活しなければならないのか……。

千島は前年の夏、それまでいた航空隊が南方戦線に移動してしまい、この半年間飛行機のいない状態が続いたので、敵の潜水艦がこれを知り、ときどき浮上し大砲を撃ってきたとのことだ。基地の人たちは私たちが到着し爆音を轟かせたのが嬉しかったのだろう、真っ黒に雪焼けした隊員が酒肴等を差し入れて歓待してくれた。雪の多い地方は太陽光が雪に反射して顔にあたり、夏以上に日焼けならぬ雪焼けをするのだ。

島は広くてこの武蔵基地の他に擂鉢《すりばち》、加熊別《かくまべつ》、柏原と飛行場が四つもあり、軍人は多くいたが、民間人は内地に引き揚げ、残っているのは擂鉢基地の近くに日魯漁業株式会社の一家族が留守番をしているのみとかで、味気ないところだった。酒がいくらあっても、やはり民間人が多く居ないと、特に女性がいないと淋しいもののようだ。女性のありがたさを知る。聖徳太子（当時百円札の肖像人物）はなんの役にも立たない。

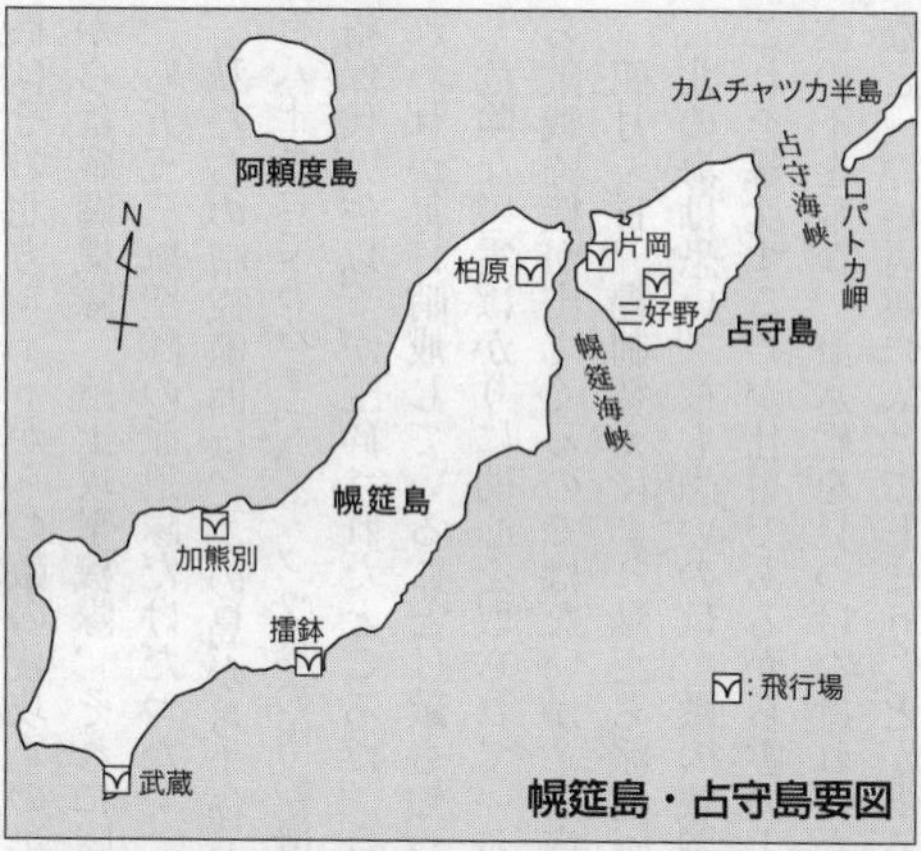

幌筵島・占守島要図

哨戒飛行は寒さとの戦い

三月十四日、さっそく可動の六機で順番にアッツ島方面の哨戒と、輸送船の情報が入った時これを敵潜水艦から護衛するための、前路哨戒を始めた。

十九年初め、軍上層部は米軍の進攻を内南洋の島々から比島（現在のフィリピン）、台湾、沖縄から来る南方ルートと、直接千島へ来る北方ルートの両方を考えていた。私たち五五三航空隊の六機はその北方ルートからの敵の侵攻軍の早期発見を課せられたのである。四月中旬になってからは戦闘機隊、陸上攻撃機隊、それに陸軍の飛行機も来て警備を始めたが、それまでは私たち五五三航空隊の派遣隊だけだった。

私たちの哨戒範囲は、この島から半径七百キロメートル（東京—広島間の直線距離が約六百八十キロである）で、アッツ島の南の海面も入る。そのアッツ島は昨年五月占領され、山崎保代大佐以下が玉砕されたところだ。今は米軍によって飛行場もレーダーも整備され、われわれが毎日哨戒していることは敵も知っているだろう。

危険な雪雲ばかりに関心を取られているが敵の基地のすぐ側を飛ぶのだ。その辺りの雲から敵戦闘機が出てくるのではないか？　南方の戦線に劣らず、緊張の毎日が続く。

四月一日、編制替えにより私たち派遣隊は攻撃二五二飛行隊と名称が変わった。

北の海は恐い。最も恐いのは、敵の戦闘機ではなく吹雪だった。私たちは潜水艦を探し、これを撃沈するのが仕事であるから雲の上を飛ぶわけにはいかない。どんな密雲であろうが雲の下を飛び、潜水艦を見つけなければならない。だから雲が海面まで垂れ下がっている時など、つい雪雲に入ってしまうことがある。

ある日のことだった。雪雲に入ったり抜けたりと氷結限界のところを飛び続けたので、燃料調節器の一部が凍り、回転不調から馬力低下となりエンジン温度がぐんぐん下がってきた。

私たち搭乗員は飛行服の下にニクロム線の入った電熱服を着ており、また翼や胴体の結氷しやすい部分には氷結防止塗料が塗ってあるので人や機体が凍る心配はなかったのだが、翼

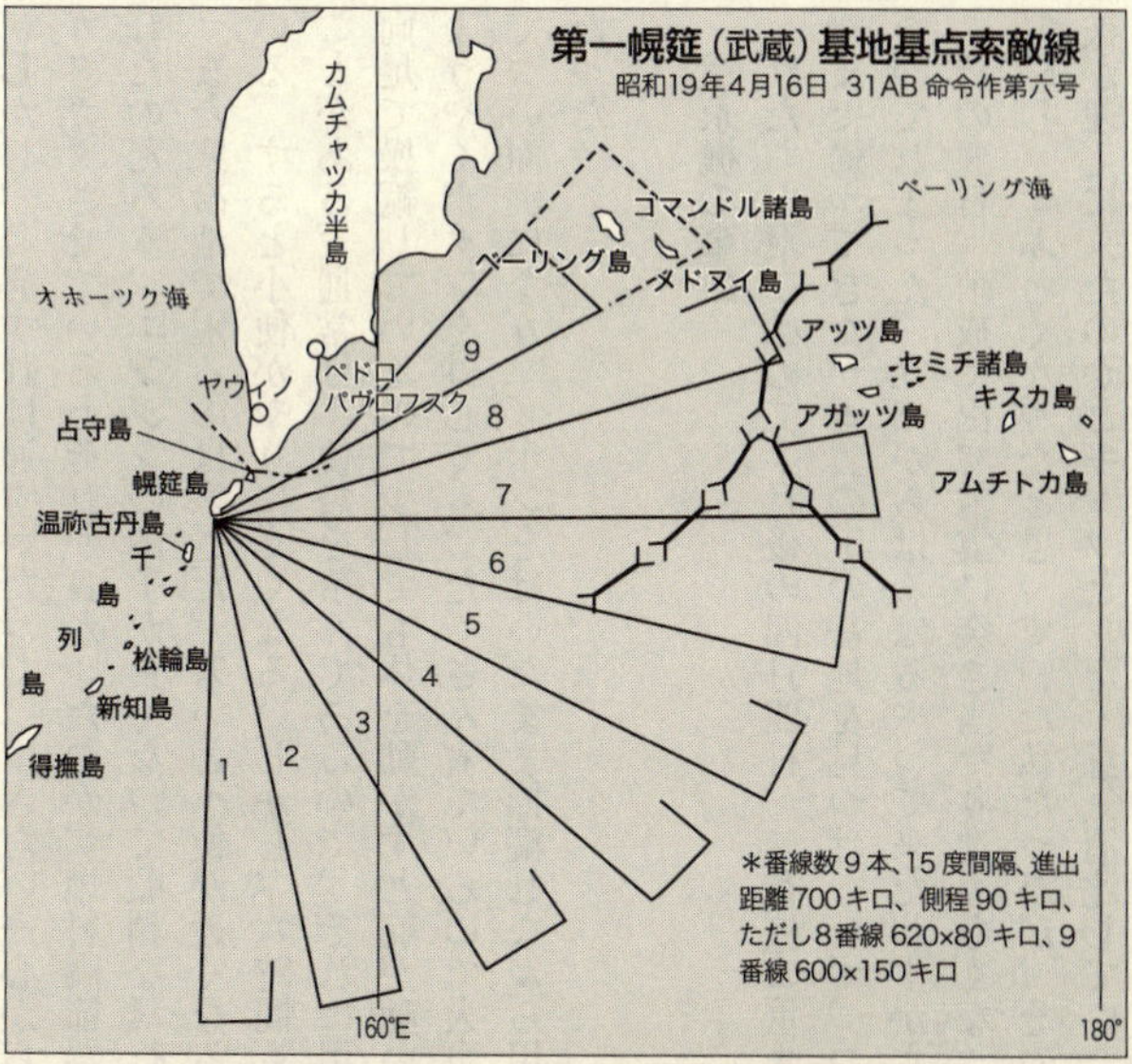

の中にある燃料タンクやエンジンの燃料ポンプ・燃料調節器などは雪と雨とで凍り付いているのだ。

手を伸ばし、自分の手が凍ってもよいからポンプや調節器を暖めてやりたい、そんな気持で飛んでいたのだが、遂にエンジンがバタバタと音を立て始め、止まりそうになって速力がだんだん落ちてきた。高度は二十メートル、海面すれすれだ。

さあどうしよう。

下は荒海。このまま調子が出ず、飛行機が海に落ちたらわれわれは三十分と持たないだろう。海に沈んだ飛行機と、動けなくなった自分の体がその氷の海に浮いている様が脳裏を走った。

俺も凍死か……、ぞっとした。

しかし、「窮すれば通ず」だった。生きたい一心から無意識に機体と増速レバーを同時にガタガタさせているとそれが良かったのか、燃料調節器に張り付いた氷が壊れて吹き飛ばされたのだろう、エンジンの調子が良くなって順調な飛行となり、命拾いをした。

また寒冷地で困るのは寒さだ。寒いと小便が近くなる。また防寒のためたくさん着込んでいる。すると小便がやりにくくなる。しかし、六時間も操縦していると我慢ができなくなることがある。通常は小便袋を積んであるので、それに用を足す。しかし、操縦員は常に両手両足で操縦しているので少しでも体を動かすと舵が動いて飛行機がぐらつく。用を足すためようやくボタンを外しても、たくさん着ているので大事なものがなかなか出てこない。そこでつい面倒になり、ズボンをはいたまま操縦しながら用を足した。量は出ないが、厭なものだった。

重永機の事故

私たちが飛び始めて半月後の四月四日、二番機の重永清勝一飛曹の機が哨戒から列島の上空まで帰ってきたが雪雲の下の基地を見つけられず、ついに、燃料も尽きたのか、未帰還となってしまった。九州からはるばるやって来たわずか六機の友。大切な戦友たちだった。

その翌日、哨戒に出て雪雲に突き当たり進めなくなったときだった。友の死はもう何回も経験し、ずぶとくなったと思っていた私だったが、その雪雲の中に重永君がいたように見え、彼が迎えに来たのかとギョッとした。意気消沈していたのだ。意気消沈するぐらい危険な雪

昭和19年４月４日、幌筵島で絶壁に激突した重永清勝一飛曹機の残骸。

雲だったのだ。

　重永君たちが未帰還となって数日後のこと、基地から北へ十キロメートルほど離れた絶壁に粉々になった飛行機の残骸が発見された。重永機だった。予定の二機を哨戒に出した後、残った隊員数名でその海岸に木をたくさん積み上げ、重永君たちを火葬にした。

　翌日は飛ぶのが厭だった。しかし、軍人だから意気消沈してはいられない。われわれは闘う軍人なのだ。幸いわれわれの闘う意志は強く、翌日もまたその翌日も、休むことなく哨戒に、また船団の護衛にと飛びつづけた。

　若い戦友や重永君と枕を並べ寝起きをともにしていた同僚は、本当に飛ぶのが恐ろしく、厭な日もあったようだが、任務をまっとうするため、危険な雪雲を縫って飛びつづけたのだった。

　事故が起きたりすると飲みたくなる。外遊

びができないので、宿舎でよく飲み、よく歌った。

戦時歌謡のほか、この歌もよく歌った。

一、此処は日本の最北端
　岩香蘭の実るとこ
　はるかに仰ぐ白煙山の
　煙はなぜか淋しそう
　俺等の任務を知ってるか

二、鳥も通わぬ北千島
　制空日本の大根拠
　霧や吹雪に閉ざされて
　其の名もゆかし幌筵
　国境警備の五五三

私たち五五三航空隊の隊員の作とのことだ。吹雪、友の死。荒《すさ》ぶ心を酒とこのような歌で防いできた。

霧の占守島へ

昭和十九年八月、私たちは保有機数、人員ともに増大したので、基地を最北端の占守島《しゅむしゅ》に変えた。

占守島は八月でもうっすらと寒さを感じ、またよく霧がかかり湿気が多いので、その都度ストーブを焚いていた。また、霧がかかると一寸先も見えなくなるので、基地では迷子にならないよう兵舎と兵舎のあいだには綱が張ってあった。

しかし基地の敷地は平坦でなく、地面は岩山の様で、ある兵舎は崖縁に、また次の兵舎は窪地に、またある兵舎は離れてといった具合に不規則に建っていたので、夜油断して綱に摑まらずに出かけ、方向を見失い基地の外へ出て一晩中歩き続けたという話を二、三聞いた。それほど霧は深かった。もっとも基地の境界といっても塀もなく綱も張っていないので、つい出てしまったのだろうが……。

人は霧に迷っても上下は分かる。しかし、飛行機は霧の中へ入ったら上も下も、北も南も分からなくなる。このためこれを避けようとしてジグザグコースを取るか大きく迂回するのだが、迂回ジグザグコースを繰り返しているために自然と予定のコースから外れてしまうことがある。われわれは五時間も六時間もかけて遥かアリューシャン列島（アメリカ領）のアッツ島付近まで偵察に行って来るので、わずかでも方向を間違うと幌筵島の山に激突するか、ソ連領のカムチャツカに突き当たる心配があった。

カムチャツカはわれわれの基地と二十数キロの距離にあり、しかも海上から見た地形が非常に似ていた。

当時、日ソ間は中立条約を結び戦争はしていないが、ソ連はドイツと戦っており、日本はそのドイツと同盟関係にあったので、非常に不安定な関係だった。私たちは自らの航法の誤りから国境侵犯となり日ソ戦の口実にされることを恐れ、哨戒の帰りは日本の島か、カムチヤツカか、心配しながら恐る恐る島に近づいたものだった。

間違ってカムチャツカに侵入したら、すぐ地上から撃たれ撃墜されるだろう。アッツ島方面の哨戒から帰り、島に近付いて「幌筵島だ」「占守島だ」と分かった時には本当にホッとし、「今日も捕虜にならずに済んだ」と胸をなで下ろした。当時私たちが使っていた航空図には、千島列島の東側に「磁気不感地帯」と記載された部分があった。不感地帯は私たちが毎日飛ぶコースとは少し離れていたが、この不感地帯のためにコンパス(方位磁石)が正しく示されないということは、せっかく列島へ帰って来たのに、通り過ぎて南の海か、カムチヤツカか、思わぬところへ出て行くことになりかねない。

昔はこのような霧の時、電波を出してもらい、方位測定器で方位を測り、その電波に乗って基地へ帰ったのだが、戦争となり、日米ともに敵に利用されるのを恐れ、電波を出さなくなった。このため、われわれはただただコンパスに頼ったのだった。

八月の終わり頃だったと思う。哨戒を終わって幌筵海峡まで戻って来たが、辺りはすべて霧だった。ただこの海峡だけは占守島と幌筵島の崖で霧が遮断され、五十メートル以下の低空なら視界も良く、ひとまず飛ぶことが出来る状態だった。霧または雲のかかったこのような断崖の続く海岸を速力の速い飛行機が飛びまわることは、崖に衝突する恐れがあり危険極まりないのだ。

私はこの霧が晴れるまでこの海峡で様子を見ることに決め、海面すれすれの低空でぐるぐる回り始めたが、霧が晴れるまで燃料が続くのかどうかが心配だった。

占守島要図

するとその海峡にいた軍艦（駆逐艦の様に思われた）が、私の危険を悟り、光の信号を出しながら大砲を回して基地の方角を示してくれたのだ。そこで私はその軍艦の指示に従い、無線通信用のアンテナなど何かの施設に衝突するかも知れない危険はあったが、ひとまず陸地に進入し、うまく着陸することが出来た。

もしあの軍艦が私の状況を察知することができなかったり、その気配りがなかったりしたら、われわれは霧が晴れるまで飛びつづけるか、また晴れなければ海に着水するよりほか致し方なかったのだ。

霧の恐ろしさをよく教えてくれた出来事

だった。

私たち二五二飛行隊が千島にいたわずか半年の間に、霧のため山に激突し、または未帰還となって失われた機は、先に書いた重永機を含め、二五二飛行隊の記録には五機と記録されている。幸い米軍機による被害はゼロだったのだが……、いかに霧が恐いか分かる。

吹雪や霧のような恐ろしさではないが、びっくりしたことがあった。五月頃だったと思う。われわれが乗っていたのは九七式という艦上攻撃機だが、格納庫内に「天山」という新しい飛行機が一機取り残されていたので、訓練のつもりで乗ってみた。

離陸して二、三分すると油がポツリポツリと目の前のガラスにかかり始めたのだ。危険と判断しすぐに引き返したのだが、着陸する頃には前のガラスにべったりと油がつき、前方が全く見えなくなってしまった。前が見えないという状態は、ちょうどヘッドライトが故障した自動車を真夜中に運転しているのと同じこと、しかも初めての飛行機で感覚がよく身についていないので、本当に絶体絶命といった状態だった。しかし、どうにか壊さず着陸することができた。原因は整備員が給油後、滑油タンクのふたを閉め忘れたのだった。

私も乗ったのが初めての飛行機だったが、担当した整備員も初めての飛行機で、それまでの飛行機とは整備手順が違っていたのだろうか?

飛行機ふたたび南方へ

私たちは霧のない日や、霧の薄い日は毎日飛んだ。しかし敵もよく来た。敵の偵察爆撃は夜のほうが多かった。一機か二機だが一時期は定期便のように来た。

占守には陸軍戦闘機も海軍戦闘機も配備されていたが、レーダーを持っていないので夜は敵機を捕らえることが出来なかったようだ。このため飛び上がっても致し方ないと割り切っていたのか、迎撃した様子はなかった。

敵は千メートルか、二千メートルの低空を悠々と飛び続けた後、爆弾を投下して帰って行く。私たちの宿舎は飛行場から少し離れており、しかも雪や風を防ぐため半地下式になっていたのでいくら爆撃されても、機銃を撃たれても心配なく、「敵機が来ている。爆音が聞こえるよ」などと話し合いながら多少の心配はあったのだが、寝床に入ったままその爆音を聞いていた。

日米対峙の最前線だったが、両軍ともにこの方面に充当する勢力は少なく、お互い様子の探りあいで、南方では考えられない戦争だった。もちろん、所要の隊員は爆弾が命中し火災でも起きたらと警戒体制をとってはいたが。

しかし一方、私たちが北方哨戒に就いていた昭和十九年、南方では米軍の攻勢が始まった。二月にはマーシャル諸島のクエゼリン島に、四月にはニューギニアのアイタペ、ホーランジア

攻撃二五二飛行隊　搭乗員現状

昭和19年10月１日現在

	錬	度			
基地	A	B	C	D	実動
第一占守(片岡)	1	4	0	2	5
第一美幌	8	11	0	2	19

攻撃二五二飛行隊　使用可能機数

昭和19年10月１日現在

基地	機種	可動機	整備中
第一占守(片岡)	天山　一二型	1	1
	九七式　一二型	5	1
第一美幌	天山　一二型	21	0
	天山　一一型	1	0
第二美幌	九七式　一二型	6	0
	計	34	2

（作成・加藤浩）

に、五月にはビアク島、六月の十三日には内南洋のサイパン島にと、米軍はつぎつぎと上陸作戦を展開して、その戦線を西へ西へと拡大してきた。

そこで日本軍も「あ号作戦」という作戦計画を発動し、再建途中だった機動部隊を出動させ六月十九日、マリアナ沖海戦に踏み切った。

米軍の航空母艦十五隻に対し、日本側は航空母艦九隻だった。しかし、日本側は戦力劣勢ながら「両陣営間の距離を七百キロで戦闘すれば、日本の飛行機は航続距離が長いので攻撃できるが、米軍の飛行機は航続距離が短いので日本軍は米軍からの空襲を受けることはない」という「アウトレンジ戦法」で勝利すると思われていたのだが、しかし結果はレーダー、VT信管という新兵器の有る、無しで一方的な大敗となった。

日本の攻撃隊は敵艦隊の約百キロ手前でグラマン戦闘機の待ち伏せを受け、ほとんど全滅した。そして一部この待ち伏せをくぐり抜けた飛行機も敵艦の激しい対空砲火によって撃墜され、大きな戦果もなく散ったのだ。

日本側は出来たばかりの航空母艦「大鳳」と、前年私が乗っていた「翔鶴」の二艦が敵潜水艦の奇襲を受

五五三空行動調書より

発	着	飛行時間	発進基地	備考
0800	0955	0155	武蔵	天候不良引き返す
0530	0830	0200	武蔵	敵を見ず
0330	0640	0310	片岡	この日四機中一機天山
0955	1330	0235	片岡	敵を見ず
1320	1425	0105	片岡	敵を見ず
0910	1335	0325	武蔵	敵を見ず
0900	1020	0120	武蔵	天候不良、敵を見ず
0910	1450	0440	武蔵	敵を見ず
0300	0525	0225	片岡	敵を見ず
0655	1235	0540	片岡	敵を見ず
0425	0910	0445	片岡	敵を見ず
0943	1155	0212	片岡	敵を見ず
1106	1254	0148	片岡	天候不良、敵を見ず

（作成・加藤浩）

攻撃二五二飛行隊での町谷飛曹長の飛行記録

日時	内容	乗機	操縦	偵察	電信
19.3.15	日施哨戒	九七式艦攻	町谷昇次飛曹長	長曾我部明大尉	五月女忠夫上飛曹
19.3.18	日施哨戒	九七式艦攻	町谷昇次飛曹長	長曾我部明大尉	五月女忠夫上飛曹
19.4.19	船団護衛	九七式艦攻	町谷昇次飛曹長	長曾我部明大尉	五月女忠夫上飛曹
19.4.23	船団護衛	九七式艦攻	町谷昇次飛曹長	五月女忠夫上飛曹	原田宗吾一飛曹
19.4.28	船団護衛	九七式艦攻	町谷昇次飛曹長	栗原光義上飛曹	末次一好上飛曹
19.8.14	索敵	九七式艦攻	町谷昇次飛曹長	長曾我部明大尉	田邊武雄飛曹長
19.8.21	索敵	九七式艦攻	町谷昇次飛曹長	長曾我部明大尉	田邊武雄飛曹長
19.8.27	索敵	九七式艦攻	町谷昇次飛曹長	長曾我部明大尉	田邊武雄飛曹長
19.9.6	船団護衛	天山	町谷昇次飛曹長	長曾我部明大尉	田邊武雄飛曹長
19.9.7	日施哨戒	九七式艦攻	町谷昇次飛曹長	長曾我部明大尉	田邊武雄飛曹長
19.9.11	日施哨戒	天山	町谷昇次飛曹長	長曾我部明大尉	田邊武雄飛曹長
19.9.19	日施哨戒	天山	町谷昇次飛曹長	長曾我部明大尉	田邊武雄飛曹長
19.9.23	日施哨戒	天山	町谷昇次飛曹長	長曾我部明大尉	田邊武雄飛曹長

＊記録は戦闘任務のみ、要務飛行や訓練飛行は含まれず。

けて沈没し、さらに出雲丸という商船を改造して造った「飛鷹」という航空母艦が敵機の攻撃を受けて沈没するという負け戦となってしまった。

マリアナ沖海戦の敗戦により、マリアナ諸島の大半はアメリカ軍に占領され、大本営はサイパン島放棄を余儀なくさせられた。また、絶対国防圏（中部太平洋の諸島およびフィリピン、中国大陸およびビルマ等、絶対防衛しなければならないと定めた地域）という防衛線が破れたことで戦況も一段と悪化し、七月十八日には東條英機内閣が総辞職となった。

六月十五日に始まったサイパン島の戦では激戦を続けていたが、七月七日には生き残った将兵が〝バンザイ攻撃〟を敢行しサイパン島は玉砕した。また避難帰国の遅れた邦人約二万人も島の北へ逃げ、一部は北端のマッピ岬から身を投げて自殺した。この岬はその後〝バンザイクリフ〟と呼ばれている。

私たちの二五二飛行隊は、その後使用機を「九七式艦上攻撃機」から新しく出来た「天山艦上攻撃機」に替え、人員、機材ともに充実し、三十六機の飛行隊となっていた。しかし敵艦隊に対する雷撃訓練等は全くしておらず戦える状態ではなかったが、十月になって米軍の比島、台湾等に対する爆撃が激しくなったので、北方警備のための四機を残し、主力の三十二機は南へ行くこととなった。

私たち二五二飛行隊は十月初めから、南方戦線の状況を考慮して千島の占守島から北海道の美幌基地に戻りそこで待機していたのだが、十月十一日、命により美幌基地を出発し、千葉県の館山基地へと向かった。

北方警備についた四機は、のちに北東航空隊に編成替えとなり、そのまま千島の片岡基地に残留したが、終戦の八月十五日の三日後より始まったソ連軍の北千島侵入で戦闘となり、一機は敵艦に体当たりして未帰還となった。

残る三機の乗員九名中八名は二十一日、日ソ間の「北千島戦闘停止協定」が成立したので北海道へ帰還したが、北千島に残留した指揮官の喜多和平大尉（予学十二期）はシベリア抑留となり、ナホトカ、イリンガからウラル山脈の西ラーダ、そしてボルガ河中流のエラブカまで引き回され、二十二年十一月までシベリア開発の重労働をさせられたとのことである。

北千島の思い出

北千島は私たちが着任し、飛行機が飛び始めたので、敵潜水艦の砲撃はなくなったが、敵機の偵察、爆撃はむしろ増加した。しかしそれはアッツ島からの日課のようなもので、大部隊が攻めて来るという兆しではなかった。

こんなことが二回あった。昼偵察に来た敵機のアッツ島への帰り道と、われわれのアッツ島方面の哨戒線が同じコースだったので、平行して飛行したのだ。彼らもわれわれの任務を知っているのだろう、近寄ってもコースを変えることなく、そのまま飛び続けていた。おたがい戦闘機でないから撃ち合いになることはないという安心感があり、また同じ日米でも、南の戦場では喰うか喰われるかという敵愾心ばかりで敵機に近寄るなど考えられなかったのだが、北ではおたがい恐れることなく、「敵さん、こんにちは」とばかりに、ともにアッツの方へ飛んでいたのだ。今ではあの敵機も懐かしい思い出の一つだ。

我々の部隊には北方に往来する日本の船を敵の潜水艦から守るという前路哨戒の任務があり、私たちはよく飛んだ。

船員たちは米潜水艦と悪天候という大きな危険に脅かされながら幾日か航海を続け、今やっとここまで来たのだ。そして前路を哨戒してくれる日本の飛行機に出会ったのだ。それは嬉しかったことだろう。それは子供が険しい山道で遅くなり、とっぷりと日は暮れてしまったが、家の近くまで来た時迎えに出た母親とばったり出会った、そんな感激だったのではないか。

われわれが船に近づくと多くの船員が甲板に出て、手を、帽子を一心に千切れるばかりに振って喜んでくれる。われわれは彼らの努力に感激し、その喜びに応え、大きくバンク（翼を振ってこちらの意志を伝える）して激励した後、その船の前路の哨戒任務にあたったのだった。

軍人が危険な海に出るのは職業柄、いや義務で兵役についているので当然と言ってよいのではないか。しかし、船員は当時軍艦の支援がないのに危険な海へ乗り出して来たのだ。自ら課した任務のため、敵潜水艦や荒海の危険を冒して航海して来たのだ。これが本当の海の男だと思った。

私はその船の船尾に掲げられた日の丸を見た時、〝キャビインの日の丸〟を思い出し、親しみといとおしさを感じた。初めて戦地へ乗り込んだとき、椰子林の上に輝き、はためいていた日の丸だ。

海軍の軍人はすべて午前八時になると自分の艦で、または自分たちの隊で掲揚する軍艦旗に向かって敬礼する。夕方五時、軍艦旗を降下する時も同様であり、われわれはこの毎日行なう軍艦旗の掲揚降下で日の丸・君が代と一体感を持つようになってきたのである。

日本を離れた太平洋の洋上で、また外国で日本の国旗を見て感激するのは私一人だけでなく、キャビインの日の丸だけではないと思うが……。

占守島《しゆむしゆ》には飛行場が四つもあったが高い木がなく、全て高さ一メートルくらいの〝這い松〟だけだった。しかも山がなく多少の凸凹はあったが平坦な丘ばかりで、霧のない時はどこまでも、どこまでも見渡せる。カムチャツカのソ連軍の望楼が見えるのではないかと思われるほど遮蔽物がない、眺めの良い島だった。高さ一メートル以上の木がないということは、ここの冬の風がいかに強いものであるかを物語っている。

楽しかった千島での生活

千島の島々は海の幸の多い所だった。択捉《えとろふ》島の天寧《てんねい》では砂浜が波に打ち上げられた昆布で埋まっていた。戦中で輸送が思うように行かず、採る人がいないのだと聞いた。

当時のストーブは石炭か薪で、その上にこの昆布を置き、一、二秒焼くとチョリチョリと煎餅のようになり、香ばしいので酒のつまみにしてよく食べた。また占守島では夕方になると沖の鴨が波打ち際に来て眠るので、懐中電灯を持って行き、好きなだけ手摑みで捕ることができたのだそうだ。また夏は日魯漁業の人たちからの贈呈品が多く、鮭、筋子など酒の肴には事欠かないとは、若い隊員の話だった。

私は十余年にわたり、霞ヶ浦、宇佐、それに南洋のトラック島など多くの基地に勤務した。しかしその中で一番楽しく月日を過ごしたのは、この千島基地だった。

それは色々な要因があったのだが、その中の一つは死の危険がほとんどなく、安心して日々を過ごすことが出来たことだ。戦争中期のラバウルでは日米の国運をかけた死闘が続き、「敵艦に三度雷撃したものはいない」の言葉通り、常に死の危険があった。

しかし、この千島ではそのような悲愴な闘いはなく、意識した訳ではないが「自分が天候判断を誤らなければ死ぬようなことはない」という漠然とした安心感があり、死の恐怖からは解放され、伸び伸びと勤務することが出来た。

ブーゲンビル島で撃墜され死の縁を歩いたあの時からわずか半年後のことでもあり、特に強く感じたのかもしれない。

第二の要因は戦地でありながら、あまり闘いのない戦地だったことだ。一応は戦地なので、内地部隊とは違い、激しい戦闘訓練や演習等はなく、規律、しつけもやかましく言わない。哨戒任務以外では全く気配りのいらない基地だった。また民間人のいない軍人ばかりの小島というのも私たちを気安くしてくれたのだろう。もちろん戦地だから敵機は来たが一、二機程度なので「大きな被害はないだろう」と勝手に決め、多くの場合は寝床に入ったままのんびりと敵の去るのを待ったのだった。また在島の他の部隊や日魯漁業との和やかな交流は、気持の良い思い出となっている。

第三の要因としては隊長初め同室の友が皆聡明で、純真な人ばかりだったことである。犬の好きな、そして仏様のように気の優しい藤本諭少尉。トランプが好きだった植村信雄飛曹長。それにブーゲンビルであの世まで一緒にと誓った田邊武雄飛曹長。四人で石炭ストーブを囲み、昆布を焙りながらよく飲み、男ばかりの気安さで雑談をしたものだった。

またトランプや囲碁の時は、「植村飛曹長」ではなく「へボさん」「ザルさん」で呼び、夜半の一時頃まで時間を忘れて遊んだことがよくあった。「ザルさん」とは竹で編んだ笊《ざる》は水が漏れる。碁の下手な人は作戦に漏れが生ずるのでその笊にたとえて呼ばれていた。

また宴会が多く良く飲み、よく食べ、よく歌ったのも楽しい思い出となっている。

旧軍隊経験者同士の雑談によく出てくるのが、私的制裁のビンタだ。昔は海軍でも盛んに行なわれたようなのだが、主として教育部隊を歩いてきた私は、全くと言ってよいほどビン夕の記憶はない。

ただ一回、昭和十二年（だったように思うが）飛行機搭乗員になる前、即ち東京海軍通信隊に勤務していた時のことだ。その通信隊の建物の隣にあった軍令部に勤務しておられた高松宮さま（昭和天皇の弟君）が公用で私たちの通信隊においでになられた時、司令に「この部隊の若い隊員たちが屋根に上ってタバコを吸っているようだが、屋根は危険なのでよく気をつけさせるように」と注意してお帰りになったという。未成年者の喫煙は法律で禁じられている。このためタバコを吸う私たち若年者は隊舎の屋根に上り隠れて吸っていたのだが、これが隣の建物からはよく見えていたのだろう。宮様は窓越しに見ておられたのだ。

宮様の注意があって、私たち未成年者でタバコを吸っていた者（約十名）が呼び出され、村重《むらしげ》一等水兵他数名から鉄拳制裁を受けたことがあった。その時は痛かった。痛かったが軍隊ではよくあったとのことなので恨む、憎むなどという気は少しも起きるものではなかった。昔は気力体力が戦争の勝敗に大きく影響した。このため軍隊に鉄拳制裁は致し方なかったのだが、私たちの頃にはこの制裁も柔軟になって来たようだった。

さらに太平洋戦争が始まった頃、「私的制裁を禁ずる」という次官通達が出されたとかで海軍では昭和十七年以降ほとんどなくなってしまった。私にはこのタバコ事件があったくらいであまり制裁を受けたことも、また後輩を殴った記憶もない。もちろん、二五二飛行隊では皆難しい試験を通って来た知識人ばかりであり、制裁などの話は起きようもなく、千島の生活は全く楽しいものだったのだ。

〔上〕千島時代の著者・町谷飛曹長。抱いているのは飛行隊のアイドル犬「熊ちゃん」。
〔右〕同室だった藤本諭少尉。犬好きで仏様のような気の優しい人だった。こちらも熊ちゃんを抱いている。
〔下〕かわいがっていたシェパード「那智」と藤本少尉。

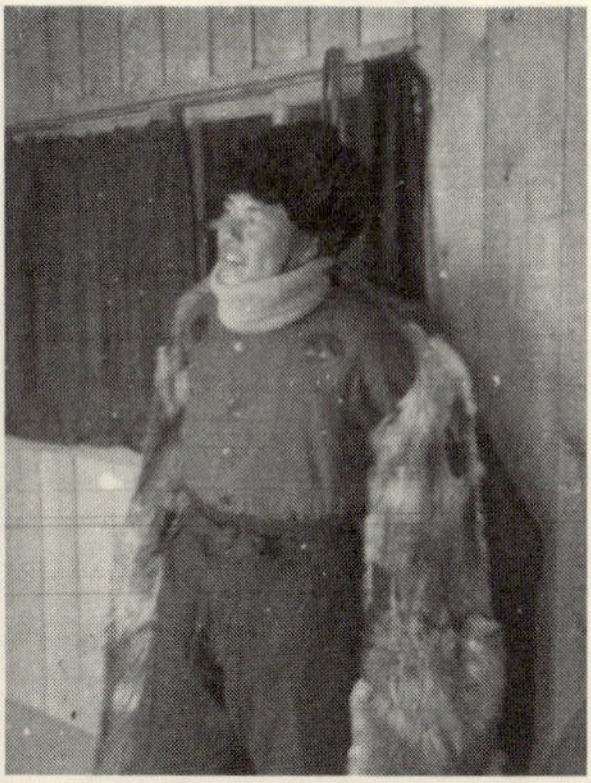

〔上〕防寒外套を脱いで電熱服姿になろうとする著者。冬の間はこの電熱服の上に冬飛行服を着て飛んでいた。
〔左〕千島の基地で第三種軍装に身を固め軍刀を手にした著者。

トラック時代から著者とペアを組んでいた電信員・田邊武雄飛曹長。

第七章　台湾沖航空戦

覚悟の離陸

昭和十九年九月に入り敵の比島方面に対する空襲が激しくなったので、これに対応するため、私たちの部隊は十月十日、千葉県の館山に移動するよう命令を受けた。見送る整備員や基地の人たちが「頑張って下さい」と激励してくれたが、危険な戦闘場面ばかりが脳裏に浮かび、暗い気持になった。

戦いはどうなるのか、日米の戦いは一戦毎に厳しくなってきたようだ。

「ブーゲンビル島沖航空戦では全滅した」

「マリアナ沖海戦でも全滅したらしい」

暗雲が嵐を呼んでいるようだった。

しかしこれまで私たち攻撃二五二飛行隊の任務は北方警戒であり、対潜訓練はしたが雷撃訓練はしていない。数名の操縦員は以前の部隊で雷撃訓練の経験があるかもしれないが、ほとんどの隊員は雷撃訓練の経験も、また魚雷発射の訓練もしていないのだ。

先にも書いたように爆撃は直接艦艇を狙うが、雷撃は一分後の敵艦の位置を予測し、そこを狙わなければならないのだ。敵弾を避けながら低空飛行し、その波立ちから敵艦の進路・速力を一瞬のうちに正しく把握するには相当の訓練が必要なのだ。

われわれは猛訓練どころか、魚雷発射については一回の訓練もしていないのだ。これで戦果が上がるのだろうか。これで戦えるのだろうか。司令部は切羽詰まって数さえあれば戦果は自然に上がるとでも思っているのではないか。おそらく敵の急速な進撃に対応する部隊編成が出来ず、致し方なくわれわれに出撃命令が出たのだろう。

昨年南で戦った時は、ソロモンの空はグラマンの空だった。今度の戦場はそれ以上だろう。戦は夜の戦となるのだろうが、夜間に敵艦を見つける訓練も全くしていないのだ。

俺は先の南の戦では奇跡的に助かった、しかし、今度はそうは行かないだろう。いつも奇跡が起きるとは限らない。今度こそ死ぬだろう。だがそれも止むを得ない。軍人なのだ。戦うのが男子の務めだ。

今は学生が国を思い、学徒出陣として続々と海軍にはいってきている。戦は苦戦と思われるが、銃後の国民は俺たちが武勲をたてることを祈っているのだ。日清日露の戦は勝った。奇跡が、戦い続けていればまた別な奇跡が生ずるかもしれない。日本が勝つとは考え難いが、また、負けるとも思われない。負けるという不吉な考えを持ちたくないのだ。何とかなるだろう。その日本のために行こう。俺たちは日本人だ。日本の軍人だ。

私はこの度の戦を死に場所と覚悟し、着替えの下着から歯ブラシまで一切合切を故郷に送り、「もう帰ってきません」の覚悟で機上の人となった。

もう迷いはなかった。

咲いた花なら散るのは覚悟、見事散ります国のため……の気持だった。

さらば故郷、さらば故郷。

離陸後、操縦席から住み慣れた兵舎を見たとき、涙が出そうだった。

一年半前、ラバウルに向かった時は、いよいよ南半球かと物珍しさが加わり、訓練か旅行に出る時のような気持だったが、今度は違う。悲壮な門出だ。もう基地に帰ってくることはないのだ。

湊川に向かった楠木正成の気持だった。またその子楠木正行《まさつら》が四条畷《なわて》に出陣する時に芳野の如意輪堂の壁板に記したとされている「帰らじとかねて思へば梓弓なき数に入る名をぞとどむる」の心境を想像し、悲壮な覚悟で出発した。

昭和十九年十月十一日、私たち二五二飛行隊の第一陣二十三機は千葉県の館山へ、十三日には九州南端の鹿屋に飛ぶ。

前々日、前日と敵の台湾・沖縄方面に対する空襲が激しくなってきたので、連合艦隊所属航空部隊即ち日本海軍の第一線部隊はこれを攻撃するため、翌十四日、沖縄の各基地に進出するよう命令された。

これを受け私たち二五二飛行隊は早朝に鹿屋基地を出発し、昼前には沖縄の小禄飛行場に進出した。しかし搭乗員の未熟、整備の不良等で六機が途中で脱落し、小禄に就いたのは十七機だった。人員機材が三十六機の部隊だったが、出陣出来たのはわずか十七機だけだったのだ。

沖縄はさすが南国、太陽光が強く、明るい雰囲気だった。しかも人や飛行機が急にあわただしく集まってきたので、これが戦地かと思うほど賑わっていた。

私たち二五二飛行隊は小禄飛行場の北方に飛行機を並べ、古参は古参で、若い人は若い人同士で集まり、それぞれの機の翼の下で出撃命令を待つことになった。

私たち古参者は思わしくない戦いが続いていることを知っているので静かに待機していたが、若い人たちは戦の悲惨さを実感していないためか、案外明るく歓談していた。むしろ待っていた初陣に、気持を高ぶらせている人もいたようだった。

沖縄本島の飛行場配置図

二百機の大編隊

昼、竹の皮で包んだおにぎり弁当を食べる。

昭和十九年十月十四日午後二時、私たちの部隊を含め沖縄基地に集結した艦上機部隊の第二次攻撃隊は戦闘機百三機、爆撃機五十六機、そして雷撃機四十七機だ。

この二百余機が攻撃命令を受け、次々と離陸し台湾沖の米艦隊に向かって進撃を開始した。それは壮観だった。二百余機の編隊は皇紀二千六百年の記念式典の時ただ一回、呉軍港の上を飛んだだけだったので、しばらくぶりであり力強さを感じた。沖縄の空一面が飛行機で埋まったような感じだった。

千島では潜水艦が相手なので、持っていくのは六十キロの爆弾だったが、今日は魚雷だ。一トンだ。飛行機が重く、決戦に行く私たちの緊張感をさらにたかぶらせてくれているようだった。そして制空権は何時も米軍のものだが、今日は日本海軍が総力を挙げて編成した二百余機、内戦闘機百三機。これだけの戦闘機が行くのだから、二、三十分は敵戦闘機を引きつけてくれるだろう。そうすれば急降下爆撃の艦爆隊も存分に攻撃ができるだろうし、我々も好きな方向から魚雷攻撃が出来るかもしれない。もしかしたらこの戦闘を境に、いやわれわれ雷撃隊の魚雷がたくさん命中し、戦勢が変わるかもしれない。「よしやろう」と明るい気分になった。

しかし合同訓練はもちろん、一緒に飛んだことさえ一回もない部隊同士の連合なのだから、援護戦闘機（敵の戦闘機から私たち攻撃隊を守り援護してくれる戦闘機）がどんな援護をしてくれるのか、爆撃隊とどんな協調攻撃が出来るのか全く疑問だ。空の上でのこと、一回も訓練したことのない部隊の協調攻撃、即ち同時攻撃が上手くいくのだろうか。上手くいくとは

昭和19年10月14日0600鹿屋基地発進時編制

電信	階級	出身	備考
田邊　武雄	飛曹長	偵練40	1734戦場離脱、1810石垣島飛行場着、被弾12ヵ所
水田　喜人	一飛曹	乙16	自爆、未帰還
濱田　禮一	上飛曹	甲７	自爆、未帰還
末次　一好	上飛曹	乙15	自爆、未帰還
秋満　源吾	一飛曹	乙16	自爆、未帰還
藤江　順平	上飛曹	乙12	自爆、未帰還
渡辺　良三	一飛曹	甲10	自爆、未帰還
内山　博	上飛曹	普電練52	自爆、未帰還
安本　藤次郎	一飛曹	乙16	自爆、未帰還
大村　新作	一飛曹	乙16	自爆、未帰還
小澤　義雄	上飛曹	乙12	自爆、未帰還
渡邊　正保	一飛曹	乙16	自爆、未帰還
伊藤　幹雄	二飛曹	甲11	自爆、未帰還
井上　文吉	上飛曹	乙12	自爆、未帰還
田中　敏雄	一飛曹	乙16	0630エンジン不調により種子島に不時着
唐澤　金人	一飛曹	乙16	自爆、未帰還
土橋　貞一郎	上飛曹	甲９	自爆、未帰還
中村　榮	一飛曹	甲10	自爆、未帰還

戦果：巡洋艦２隻炎上その他不明　　被害：自爆、未帰還16機（隊長機以外全機）、被弾：全機（米軍側記録によると軽巡洋艦リーノに１機体当たり）

（作成・加藤浩）

攻撃第二五二飛行隊編制表

		操縦	階級	出身	偵察	階級	出身
第一中隊 隊長 長曾我部明 大尉	1	町谷　昇次	飛曹長	操練43	長曾我部　明	大尉	海兵67
	2	田村　輝雄	上飛曹	甲6	桐山　元弘	上飛曹	丙9
	3	欠					
	4	植村　信雄	飛曹長	甲2	多田　芳太	中尉	海兵71
	5	蘆田　専造	二飛曹	丙13	五月女　忠夫	上飛曹	偵練52
	6	明間　専七	飛兵長	丙15	松田　芝人	一飛曹	乙16
	7	藤本　諭	少尉	操練29	沖田　清三	上飛曹	偵練43
	8	西川　定一	上飛曹	乙15	栗原　光義	飛兵長	丙12
	9	欠					
第二中隊 隊長 知識蒸治 大尉	1	知識　蒸治	大尉	海兵68	武原　鐵平	中尉	海兵72
	2	大橋　健二	一飛曹	甲10	都甲　正治	上飛曹	甲9
	3	鈴木　茂雄	一飛曹	甲10	横塚　泰男	飛兵長	丙16
	4	櫻林　洋司	少尉	予学12	吉浦　義雄	上飛曹	偵練55
	5	私市　哲啓	一飛曹	甲10	篠原　文四郎	二飛曹	丙9
	6	櫓木　正巳	飛兵長	特乙1	村山　一彌	二飛曹	甲11
第三中隊 隊長 公家吉男 大尉	1	鈴木　誠	飛曹長	甲4	公家　吉男	大尉	海兵70
	2	佐々木　實則	一飛曹	丙14特か15	村上　孝義	一飛曹	甲10
	3	上野　久政	一飛曹	乙16	山崎　孝信	飛兵長	丙16
	4	浅野　勲	中尉	海兵72	別府　正芳	少尉	予学13
	5	寺田　匡文	一飛曹	予備練13	坂田　市太郎	一飛曹	乙16
	6	欠					

昭和19年10月14日0600鹿屋基地発進、途中第三中隊二番機発動機不調により種子島に不時着。0800沖縄本島小禄基地着、燃料補給、休養ののち1412敵情不明のまま小禄基地発進、1547敵情受信1704敵艦発見、1708『全軍突撃セヨ』下令。

考えられなかった。千島から台湾までの使える全機が集まっての乾坤一擲《けんこんいってき》の大勝負なのだが、どうしても不安が湧いてくる。

協調攻撃とは艦上爆撃機が急降下し敵の関心、対空砲火が真上に向いている間に艦上攻撃機が雷撃することなのだが、この広い戦場で、しかも敵艦がいまだ見えないところで、艦爆隊、艦攻隊がお互いの位置を知りあわなければならない。そして同時に敵とぶつかるようにしなければならない。非常に難しく、何回も何回も訓練しなければ出来ない作戦なのだ。この協調攻撃を一回も練習することなく、いきなり本番となってしまったのだ。泥縄式では駄目なのだが……。

私たちは五里霧中のまま進撃した。

進撃を始めておよそ十分、私の飛行機が急にエンジン不調となった。

さあ困った。北海道出発まで北方の寒冷地用として調整してきたエンジンだ、混合比か？　防寒設備か？　何か不都合があったのだろう、速力を増すことが出来ない。最大速力が出せない。だが静かに飛んでゆくことは出来る。高速が出ないのだから引き返そうか。エンジン不調なのだから攻撃中止も致し方ないのだ。反転すれば死ななくてよい！　そのような考えが頭をかすめる。しかし俺の機は二五二飛行隊の隊長機、今ここで引き返すことなど出来ない。隊長機が引き返したら、後についている友はどうするだろう。

「攻撃二五二飛行隊は大事な時に役に立たなかった」とは思われたくない。また、「臆病風が吹いたか」と言われては大変だ。俺も隊長もこの飛行隊にはおれなくなる。面目丸つぶれだ。恐ろしいが反転は出来ない。

幸い速力を下げれば飛び続けることは可能と思われたので、速力を下げて進撃を続けたが、このため私たち二五二飛行隊の十七機は自然と他の編隊から遅れてしまった。

十七機での進撃

それから約一時間飛んだ。前に行った編隊は見えなくなっていた。戦場はまだなのだろうか。二百余機で飛んでいた時は、少しの不安はあったが友軍機がいっぱいだし、戦闘機も数えられないくらいいるので楽しいぐらいの飛行だった。戦の恐ろしさとともに、戦果が上がるかも知れないなどと考えるだけ心にゆとりがあった。しかし、前に行った編隊が見えなくなってしまった頃から、少しずつ心細くなってきた。

われわれを援護する戦闘機は先へ行ってしまった。今二五二飛行隊はまる裸なのだ。もしグラマンの攻撃を受けたらどうしよう。ここは日本の近海だから、敵は日本軍の飛行機を警戒し十分な戦闘機を飛ばしているはずだ。あの雲の中に敵がいるかもしれない。もしいるなら当然突き当たり攻撃される。俺も後ろについている友の機も逃げ切れるのか。おそらく逃げきることはできないだろう。撃墜され、自爆の運命なのか。

ブーゲンビル島沖航空戦、マリアナ沖海戦のことを考えると身の毛もよだつような思いがし、今にもその悪魔が飛び出してくるのではないかと不安が走る。たとえ戦闘機でなくとも艦爆でもよい。側に友軍機がいると、友がいると心強いのだが……。

しかし軍人だ。闘わねばならない。敵艦隊は必ずいる。あるいは先に行った友軍機がすでにぶつかり、戦っているかも知れない。戦果を上げていてくれればよいのだが、などと思いながらふと上を見上げると、ちょうど良い雲がある。厚いので隠れることが出来そうだ。あの雲に近寄っていようか。

そんなことを考えていた時、電信員の田邊飛曹長が敵機動部隊の位置に関する鹿屋基地からの通信を受信したので、私たちは針路を南に転じた。

それからまたさらに一時間、敵を求めて飛んだ。

季節はもう十月中秋なのだが、その日は綿のような夏雲がどこまでも、どこまでも続いていた。北の海ばかりを飛んでいたわれわれにはその夏雲が異様に感じられ、どこか別な世界へ誘い込まれて行くような気がした。行方には米戦闘機が、いや毒蛇かライオンが牙をむき出しにして待っているのだ。そう思うと身の毛もよだつようだった。幸運を祈る気持と、敵に合わないよう願う弱気とで心は乱れていた。

私たちは敵戦闘機との遭遇を避けるために海面すれすれまで高度を下げて南へ進んで行く。と、その時だ。すぐ近くの雲の中からあのずんぐりしたグラマン戦闘機二機が突然飛び出してきたのだ。恐怖で背筋が凍り、さっと血の気がひいた。

「隊長、右グラマン！」と報告。

十七機全滅か？　どうする。

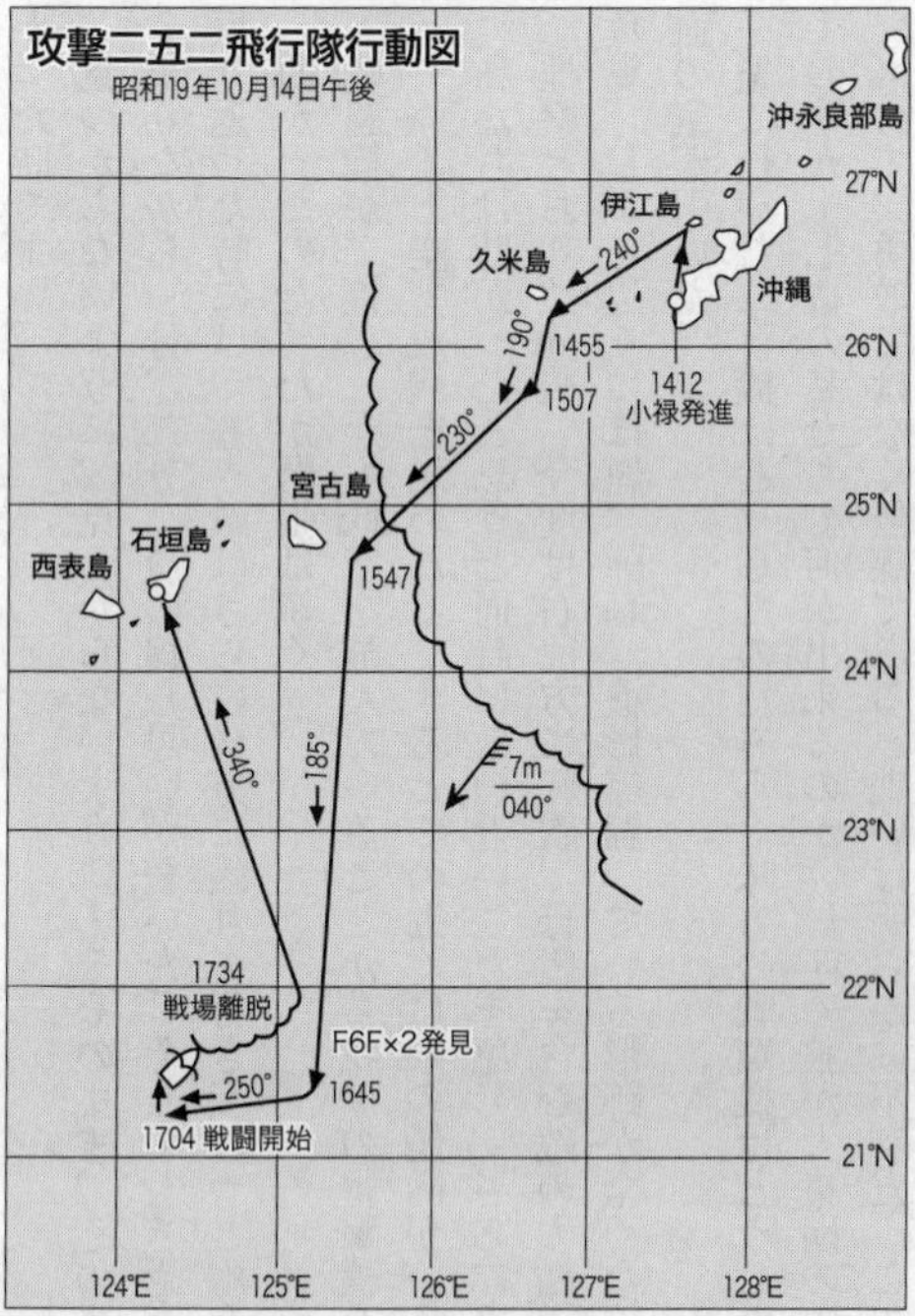

戦闘機は爆撃機、雷撃機を狙う敵のハンターだ。そのハンターが眼の前に飛び出してきたのだ。

今編隊を解散したら、ある飛行機は上昇し、またある飛行機は右へ左へと動きまわり十七機はバラバラな行動をとって敵に発見される危険が増大するが、敵は二機だから半数は助かるだろう。それが良いか。しかしまたこの編隊のまま小さく纏まって進めば発見されずに済むかもしれない。

さてどうしよう?

隊長はなにも言わない。敵は高度二百、我々は高度零メートルだ。われわれの方が低い。大丈夫、見つからないかもしれない。反航でそのまま逃れることが出来るかもしれない。編隊の解散は見つかった時でよい。

見つからないように、見つからないように……そのまま、そのまま……。

祈りながら一分、二分。命の縮む思いが続いた。そして行き過ぎて二、三分後、三回目に振り返った時には、もう敵はさらに後方に離れて行き、ほっと胸をなで下ろした。

助かったのだ。だが緊張は続く。

戦闘機が二機、しかも低空を飛んでいることから我々の雷撃機を警戒して艦隊の回りを回っている上空警戒機と思われる。するとこの近くに敵の艦隊がいるはずだ。

私たちは助かったと思うと同時に敵の近いことを感じ、さらに緊張した。

推察どおり数分後、今度は右前方に戦艦、母艦を含む敵の大艦隊が見えた。その数、二十数隻。しかし辺りには煙、弾幕、機影等闘っている形跡が全くなく、敵艦隊は無傷のようだ。

血の気が引いた。

先に行った二百機はどうしたのだろう。味方の戦闘機はどうしたのか。

わずか十七機の私たちで何が出来るのか。一匹の狼が大集団の狼の群れに闘いを挑むようなもので、勇敢ではなく無謀である。戦いは明らかに不利だ。この数十隻の艦隊が持っている高角砲・機銃は数百梃である。われわれ十七機の中の一機に対し四、五十梃が向けられるのだ。全滅ではないか。悲壮、悲惨。皆死ぬ。なんとか止めることは出来ないのか……。

しかし出会った以上、日本の軍隊だ、逃げることはできない。困った。隊長はやる気なのだろうし、闘わないで良かったといってくれる人は一人もいないだろう。われわれは勝つためにではなく、逃げたと言われないために、不利を承知で戦わねばならないのだ。それが日本の軍隊なのだ。

「不利な時は戦わず、戦果の上がるように戦をするのが作戦だ」と言うだろう。しかし、日本の軍隊は戦わないで引き下がることは出来ないのだ。死しても進まなければならないのだ。進むよりほかに道はなかった。全く不合理だが致し方ないのだ。飛行機はエンジン不調で速力は出ない。どう戦うのか。上手くいくような考えは全く湧いてこない。

突撃

前に行った本隊は本当にどうしたのだ。ああ何でこんな不合理、不条理なことをしなければならないのか。命がかかっているのに……、死がかかっているのに……。

そんなことが頭の中を駆け巡っていた時、隊長より「進撃針路○○度」と突撃指示が来た。私たち十七機は、敵艦隊を包囲して攻撃するため、私の機を中心とし、横一列に近いV字型に散開し、そして進撃した。

私は中央の戦艦に向かった。しかし敵の艦隊は正に〝浮かべる要塞〟である。どんな敵にも動ぜず、全艦対空砲火で固め、いかなる日本機に対してもびくともしないという威容だ。その堂々たる鋼鉄の戦艦に比べ、俺の飛行機はジュラルミンの薄板だ。どう見ても勝ち目はない。俺はあの敵艦に到達することができるだろうか。まずは少し進路を右へ、そして左へ。ちょうど軍艦が敵潜水艦を避けるために「之」の字を書くように進むのと同じだ。まっすぐ敵に向かってはやられる。避弾しながら進まなければだめだ。

私が中央の大艦を目標と定め、その戦艦に向かい始めた時、敵もまた私たちを発見して砲撃を始めた。

やはり来た！　戦艦が撃ち始めた！

最初の一撃は俺たちの右を走って行ったようだった。しかし、曳光弾ではないのだから見えるわけがないのだ。あれは幻だったのだろう。曳光弾が入っていないので機銃はまだ撃ち始めていない。しかし、炸裂した弾片による波しぶきは激しい。弾丸は近いような遠いようなで分からない。

どう進めばよいのか。敵の砲撃によるその波しぶきは刻々と激しさを増してきた。距離はまだ四、五千メートルはあるのだろうが、しかし敵愾心もその極みに達し、僚機は水面すれすれに飛んでゆく。悲壮、悲惨、それは気魄というより鬼気をはらんだ人魂であり、うなりを上げて突き進んでいくようだった。

敵の射撃の精度は前年のタロキナ攻撃でも感じたのだが、実に見事であり、さらに、さらに激しくなってきた。

そして目標とした戦艦までの距離が三千を切ったと思われた頃、遂に右の一機がやられた。ひどい！　夢中で左を見ると、これも……。すぐ左隣の機が恐らく西川定一兵曹（乙飛十五期）の機と思われたが、撃墜され、海中へ潜り、そのもぐった海中で、もくもくと黒煙を上げながら真っ赤に燃え続けているように見えた。

燃えているその飛行機の中には、西川君や渡辺良三兵曹（甲飛十期）が……。

悲惨、地獄だ。

次は俺か……。

左の海面に炸裂した弾片でさっと飛沫が立ち、舵を右に切ると今度は右に上がる。

瞬時に舵を切ると次はまた左にと、時には速く、時には遅く、右に左に散弾が飛びかかっ

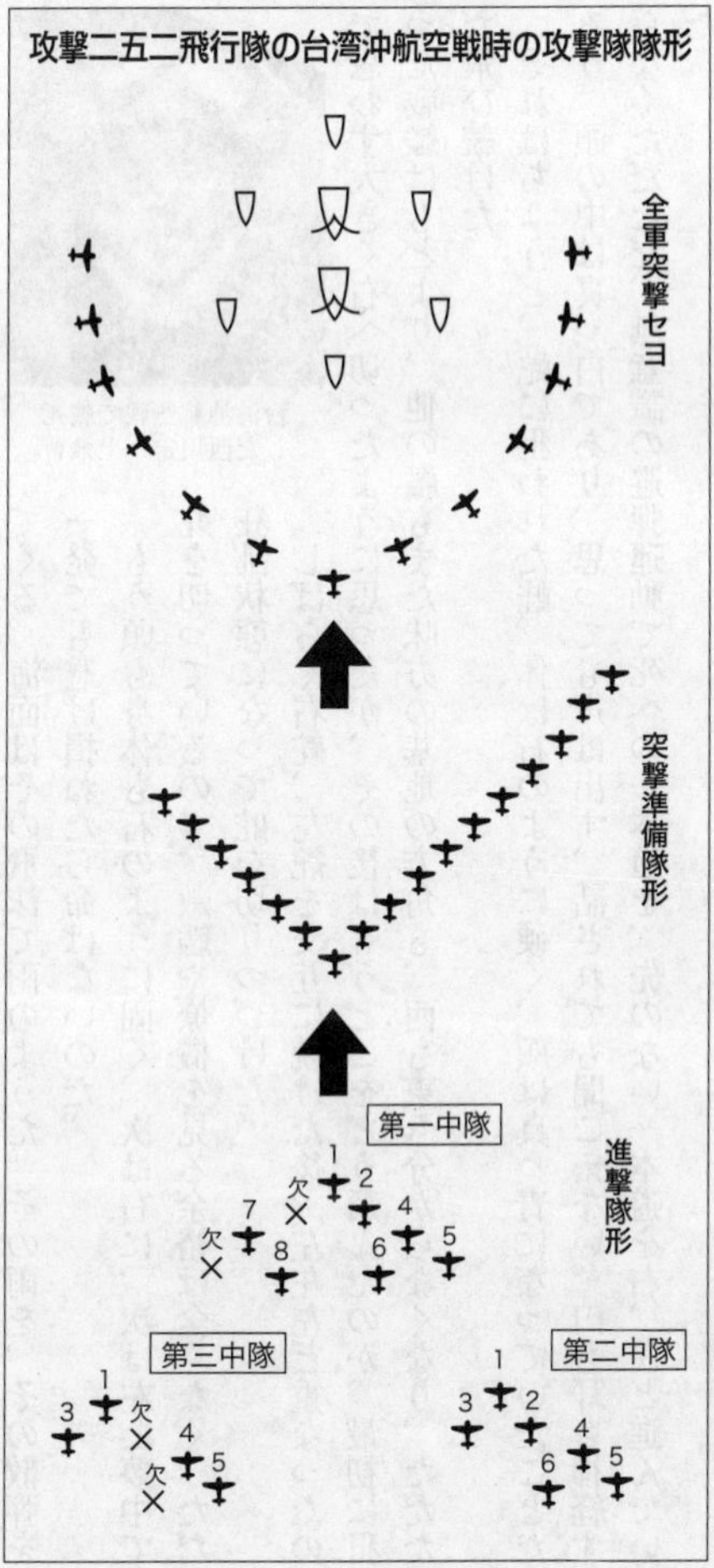

てくる。海面はその飛沫で雨のようだ。その雨を、その散弾を一発でも避け損ねたら命はないのだ。

もう頭も身体も石のように固く、次は右に、次は左と夢中で舵を切っているので、敵艦や僚機を見る余裕は全くなく、ただ、狂乱状態になって舵を切りつづけた。

しばらく右舵、左舵を交互に続けた後、左左左と重なったので思わず大きく右へ切ったように思ったが、その後はもうどこをどう飛んだのか、最初に狙った戦艦はもとより、他の艦もまた味方の基地の方角も、西も東も分からなくなり、ただただ飛び続けた。

台湾沖航空戦で戦死した西川定一上飛曹。

それはちょうど、蛇に狙われた蛙。体は石のように硬く、顔は真っ青になっていたことだろう。頭の中は真っ白であり、思っても声は出ず、話されても聞こえない。口も耳も神経すらなくただただ、無意識の避弾運動で死への一本道を、先のない一本道を右、左と進んでいた。

その時、その時だ。自分の針路が変わったのか、敵艦隊が変針したのか。気がつくと目の前に急に真っ黒な敵艦が見えた。それは初めに狙っていた戦艦ではなく、輪形陣の前衛か側衛として戦艦の右側に随伴していたちいさな駆逐艦のようだったが、すでに魚雷の発射地点の八百メートル位と感じたのですぐ発射した。

普通、魚雷発射の時は射角を決め、その射角で魚雷が正しく着水するよう飛行機の滑りを止め、安定させて発射するのだが、この時は猛射を受け、避弾に夢中になっていた時であり、かつまた急に距離が八百メートルくらいかそれよりも近いように目に映ったので、敵艦の針路・速力・射角等考えず、「早くこの戦場からのがれたい。そのためにはこの魚雷を早く発射しなければならない。今が一番敵艦に近く、良い方向だ」こんなことが瞬間、頭の中を走ったようだったが、とにかく無我夢中で発射ボタンを押した。

滑っていたかも知れないが、とにかく夢中で発射し、そして舵を切った。

退避

発射後はただ逃げるだけで避弾に専念したが、弾丸は夜の花火のスターマインか豪雨のように降り続けていた。

一発でも避け損ねたら終わりなのだ。全身硬直。ただ弾丸が左に、右に、また左にと飛んでくるので、私の全神経全精力はこれに注がれ、気が狂った状態であった。

敵艦が右にいるのか左にいるのか、どの艦が撃ってくるのか判断することはもちろん、父も母も、神も仏も浮かばなかった。海面に生じた波しぶきだけが目に映りつづけた。「魚雷が命中するように」などは、念頭に浮かぶ由もなかった。

戦後アメリカで確認されたこの時の米軍撮影の写真を見ると、対空砲火の黒煙が見えるが、私はその黒煙を全く見なかった。見る余裕がなかったのだ。また防御砲火には普通弾三、四発に対し一発の割で曳光弾が入っていると聞いていたが、この戦闘中、曳光弾の光も見た記憶がない。ただ自分の機の真下の海面に上がる、あの弾片による激しい水煙と不気味な波紋だけを見ながら飛び続けたのだった。

敵の射撃が少し止んだと思った時、

「針路〇〇度」

と隊長より言われ、輪形陣から脱出したことを知った。

脱出したのだ、脱出出来たのだ……。敵艦隊の中から脱出することが出来たのだ。

そして、飛行高度を避弾のための超低空から安全飛行の高度にしたり、また目を遠方に移して敵戦闘機を警戒したりした。しかし、頭はまだ空虚だった。考える力はなかった。

戦場を離れてやや落ち着きを取り戻した時、息の詰まりそうな強い臭いを感じ、

「隊長、臭い。息が詰まりそうだ」

と言ったのだが、隊長より返事はなかった。いや、返事はあったが私に聞く余力がなかったのかもしれない。とにかく息の詰まりそうな臭いだったが、しかし原因を探求する気力もなく、またエンジンは順調に回っているのでそのまま無心に飛び続けた。

隊長もあの衝撃は大きかったのだろう。その後も僚機のことや激しかった敵弾のことなど何一つ話し合うことなく、無言のまま石垣基地までの一時間余りを飛び続けた。そして石垣島が見えた時、やっとあの恐ろしい悪夢から解放され、「ああ恐ろしかった。もう大丈夫」という安心感と、危機から逃れられた喜びがひしひしと湧いてきた。

石垣島に着陸して分かったのだが、臭いは被弾で燃料タンクからもれたガソリンが座席の床面にあふれ出ていたためだった。その臭い、十年間も嗅ぎ続けてきたあのガソリンの臭いも分からないほど私も隊長も異常な状態だった。駐機場に着いて飛行機から降りる時、迎えてくれた整備員たちが、

「大きな穴が。五十センチくらいか」

と被弾したタンクを見ていたが、私にはもうその穴も、その他の被弾個所も見る気力もなく、飛行機から降りるとすぐ芝生にどっかりと腰を下ろした。人は何事もなかったと言わんばかりの態度を取りたいものだが、私はもう体裁を作ることも、立つことも出来ず、水をもらって飲んだ。馬のように……。

長く飛んでいたので、どの燃料タンクにも気化したガソリンが充満しており、被弾したら火災が起きやすい状態だったのだが、そのタンクが被弾し大きな穴を開けていた。しかし、火災は起きなかった。どうしてだろう。

燃料タンクの脇には火災が発生したらすぐ作動するように消火器が設備してあったのだが、作動はしていなかった。

また座席にあふれていたガソリンはどこから来たのか。燃料パイプの被弾なら即刻エンジンは止まるはずだ。また燃料タンクの被弾なら、翼からどうして胴体へと流れ込んだのか……。大きな疑問を残したまま、考える気力もなく愛機から離れたのだった。

弾片の雨の中を

このように悲惨な戦いだった。攻撃二五二飛行隊十七機の隊員はよく戦ったのだということを知って欲しいのだ。

戦史研究家の豊田実氏の著書『記録攻撃二五二飛行隊』によると、この台湾沖の戦いのため進攻してきた米艦隊は、空母十七隻で搭載飛行機は千百八十八機、他に補給部隊として護衛空母十一隻が随伴していたとのことである。千島のはずれから九州までの戦える飛行機を集めたわれわれの第二次攻撃隊二百機とでは、作戦計画でも心理面でも、また圧倒的な数の上でも勝敗は決まっていたのである。

また二五二飛行隊の戦闘詳報第一号という各上級部隊長に宛てた文書によれば、攻撃二五二飛行隊が突入した集団は、その米艦隊の中の空母三隻他約十五隻という一群で、直径一万メートルという大きな輪形陣で航行していた艦隊だったそうだ。私たちの飛行機でこの敵の輪形陣を突っ切るには、ジグザグに進むので二分近くかかることになるが、私たちの飛行隊十七機は敵の輪形陣のまっただ中に突進し、そしてこの集団の約二十隻一千梃と思われる防御砲火に狙われたのである。

戦後読んだ軍事雑誌によると、アメリカはこの頃から、多くの軍艦がＶＴ信管というレーダー反射波によって炸裂する弾丸を使っていたのだそうだ。日本の砲弾は狙った飛行機に命中しなければ爆発しないが、米軍のこの砲弾は電波を出しながら飛んで来て、日本の飛行機の六十メートル圏内に入ると自動的に爆発し、その断片が四方に飛び散る方式だったとのことだから、狙いが極端に狂わない限り、皆爆発するので、その命中率は日本の砲弾の数十倍から数百倍にもなったのだ。

われわれは次々と飛んできた弾丸の、その弾丸の炸裂した弾片が雨のように飛び交う中を飛び続けた。

「雨のように」——それは誇張ではない。海面に落ちる無数の弾片が雨のような波紋を生じさせ、その無数の波紋が防御砲火の激しさを示していた。この波紋は飛行機の真下の海面であり、天山艦攻では操縦員だけが見せつけられたのだ。（天山艦攻は三名乗りであるが、前席の操縦席からは真下の海面が見えるが、中間席の偵察席と電信員の乗る後席からは構造上海面が見えないため）

米艦隊は航空母艦や戦艦を守るため、小さな艦がその外側に輪を作って航行する輪形陣という陣形ですすんでいたのだが、私はその輪形陣の中から外へ、そしてまたその中へ入ってしまったのか……。

前述した二五二飛行隊の戦闘詳報によれば、「一七〇八（午後五時八分）戦闘開始。一七三四（午後五時三十四分）戦場離脱」と、二十六分間戦場にいたこととなっているのだ。とにかくこの二十数分間、北も南も念頭になく、弾片による飛沫だけを見て舵をきりつづけたのだ。

もちろん二十分連続に撃たれたのではなく、三十秒撃たれては三十秒休み、一分撃たれては一分休みしたのだろうが、その一分の休み中もしっかり敵陣を見ることができなかった。

昭和19年10月14日、台湾沖航空戦で米艦上から撮影された攻撃二五二飛行隊の天山艦攻。魚雷投下後であることから、著者が操縦する長曾我部隊長機と思われる。左方は米戦艦サウス・ダコタ。

〔写真提供・杉山弘一〕

頭も体もコチコチだったのだ。

脱出したつもりで舵を切っても、またその先に敵艦がいて射撃されるという状態が続いた。

輪形陣内を回っていたのか……。

友は還らず

石垣島に着陸して約二時間、僚機の帰着を待ったが一機も帰ってこなかった。

この石垣島の他に宮古島、台湾のどこかの飛行場に着陸しているかも知れない。着陸していてくれと祈った。

しかしあの防御砲火だ、抜けきれただろうか。不安を抱きながらしばらく待ったが、どの基地からも着陸しているとの情報はなく、時間とともに友の生存の望みが薄れていった。

俺たちより先に行った二百機はどうして戦わなかったのだろうか。あるいはわざと敵と会わないようコースから外れて飛び、「敵を見ず」等で基地へ帰ったのではないか。

そんなひねくれた考えが浮かぶほど口惜しかった。やり場のない怒りをどこにぶつければ良いのか分からなかった。

翌日も翌々日も友の情報はなかった。

登別で元気に歌っていた植村信雄さん。

択捉、占守、美幌と基地を移動する時は「那智（犬のシェパードの名前）にも一緒に転勤命令が来た」と言いながら犬を連れて歩いていた藤本諭さん（操練、山口県岩国市）。

列機の搭乗員はほとんどが開戦前後に海軍に入り、操縦、偵察、電信と難しい訓練に頑張って来たよき青年たちだった。

危険な哨戒も進んでやってくれた。そして敵状偵察がない時は野球に、囲碁に、談笑に、そして夜は隊長以下全隊員が輪を作って飲み、肩を組んで歌い、楽しい千島の生活を作ってくれた人たちだった。

戦中の千島、それは男ばかりの島だったから、体裁も気づかいもなく、皆裸で付き合ってきたのだ。趣味の友なら趣味のこと、学友なら授業の合間や学校が引けてからの交際だが、戦友は違う。三百六十五日二十四時間、同じ屋根の下で一つの釜の飯を食べ、訓練も遊びも死ぬ時も皆一緒と思いやってきたのだ。当然煙草も分け合って……。

その裸の友が、戦が始まってわずか十分の間に、四十八人全員が戦死したのだ。

俺はどうしたらよいのか。俺は魚雷を当てるより避弾するだけだった。しかし、友は避弾を考えずただ命中だけを念じ舵を切っていったのではないか。俺はあれでよかったのだろうか……致し方なかったのだろうか。

神野正美氏著『台湾沖航空戦』（光人社）によると、この時「リーノ」という巡洋艦に一機が体当たりしたとのことだが被弾、体当たり──友はどんな気持で突っ込んで行ったのか。

また同書には、──この十四日の台湾沖航空戦で米艦隊に向かった第二次攻撃隊二百二十機は合同訓練もされず、使用する電波の周波数も異なっていた混成の攻撃隊であったため、

K二五三飛行隊以外は敵と会わず皆台湾へ行ったが、十六日までにほぼ失われた——とある。

先に行った二百余機は、田邊飛曹長が受け取った敵機動部隊の位置に関する鹿屋基地からの情報を受信していなかった。作戦のまずさか練度の低さか、そのまま西進して台湾方面へ行ってしまったのだ。私たち十七機は、つゆ知らず南進を続けこのような結果となってしまった。二百余機が受信せず、私たちだけが受信したこの電波、それが私たちの運命を左右したのだ。しかし、台湾へ行った二百余機も、翌日と翌々日の戦いでほとんどの隊員が戦死したのである。

それにしてもなぜこのような無残な戦いとなったのだろう。それは作戦の基本である制空権が米軍にとられていたこと、また米軍がレーダー、VT信管といった高性能兵器を持っていたためと思う。

レーダーについては米国が昭和五年に最初のレーダー実験に成功し、昭和十六年の開戦時にはハワイにあったレーダーで、日本軍の飛行機をキャッチしていたとの話は有名である。

一方、日本海軍が本格的にレーダーの開発に取り組み始めたのが「昭和十六年の春」と、本で読んだことがある。すると十年ほどの開きがあったのではないだろうか。

このため軍艦どうしの戦いでも、敵はレーダーで日本艦隊の接近を先に知って撃ち始め、目で見える距離まで近付かなければ撃つことが出来ない日本艦隊を困らせたとのことである。

また先ほど書いたVT信管にしてもそうだ。あんなに小さな弾丸の中に電波を発信する機械、その電波を受信する機械を入れ、しかもそれを砲から発射される時にかかる大きな衝撃に耐えられるようにしなければならない。爆発の危険がある。米国は当時の日本では想像もできないような兵器を作り上げていた。

また敵は潜水艦を攻撃する磁気探知機（海に潜った潜水艦を探し出す）などの優秀な機器を持っていた。

日本の潜水艦は優秀で速力、航続力等の性能では米英の潜水艦を大きく引き離していると聞いていたが、結果はアメリカ潜水艦の働きが見事であったのに比べ、ほとんどわが軍の潜水艦の働きを聞かなかった。それは日本の潜水艦が磁気探知機等の日本にはない新兵器に妨げられたためではないだろうか。

飛行機そのものについても彼らの方が一歩進んでいたようだ。「丸メカニック」（潮書房）という雑誌によると、私がこの台湾沖航空戦の時乗っていた天山艦上攻撃機と競争相手だった米軍のアベンジャーは共に一九三九年（昭和十四年）に設計が開始されたが、技術力と生産力に差があり、天山が昭和十四年十二月の開発開始から実戦に使用されるまでに四年を要したのに比べ、アベンジャーは開発着手から二年二ヵ月後のミッドウェイ海戦で使用されており、日本より一年半も短い期間で実用化していたようである。

私の育った新発田町は軍都だったので軍隊の馬は毎日のように見た。しかし軍隊の自動車は見たことがなかった。輸送は総て馬に頼っており、自動車はなかったのだ。その辺りに機械兵器を重視し、科学的に物事を考えた米軍・米国人と、兵器より心・精神力を重視し、常に軍刀を吊っていた日本軍・日本人との違いがあったのではないか。

敵も己も知らなかった日本軍の悲劇

日米間には兵器のほか、情報、作戦等、戦いに関する考え方にも大きな違いがあったように思う。彼らは日本軍の実情を兵器から編制まで把握し、日本軍を知り尽くして戦っていたのだ。

先の『台湾沖航空戦』によると、私たちが攻撃した前々日の十月十二日に出撃して被弾し、漂流中に米艦に救助された攻撃七〇八飛行隊の操縦員の証言として「戦艦ニュージャージーの艦上で尋問を受けたのだが、その時七〇八飛行隊の飛行隊長名や分隊長名の記載された名簿を見せられ、唖然としました。また『あなた方の攻撃は三時間前から分かっていました』と告げられ、本当に驚きました」とある。

このような米軍の情報力を示す話はたくさんある。

太平洋戦争開戦前の日米外交交渉でも、日本外務省の電報はほとんど傍受され、解読されていたとの話である。

またミッドウェイ海戦の時、日本の「AFを攻撃する」との無線情報を掴んだ米軍は「AF」とはどこかを確認するため策略を練り、ミッドウェイからハワイに対し「ミッドウェイに真水がない」と偽りの電報を打ったのだ。ところがこれを傍受し、真に受けた日本軍のウェーク島無線諜報班が東京へ「AFに真水がないそうだ」と打電した。米軍はこのウェーク島からの電報を傍受し、日本軍のいう「AF」とはミッドウェイであると確認したとの話も有名である。

さらに米軍はこのミッドウェイ戦が始まる前の五月の中旬には、既に日本部隊の兵力、指揮官、予定航路はもちろん、ミッドウェイを攻略する日時が六月五日午前三時と時間まで特定し、準備をしていたとのことである。しかし日本側は六月五日の当日午前七時まで、米機動部隊がいるのかいないのかさえ分からず、敵前にいながら赤城・加賀・飛龍・蒼龍の四空母は爆弾・魚雷を上甲板に置いていたため、敵の数機の攻撃を受けただけなのに自らの爆弾・魚雷が誘爆し、自沈したといわれている。

このように敵を知り、己を知っていた米軍と、敵も己も知らなかった日本軍とでは、兵器開発の遅れがなくとも勝敗は決まっていたように思われ、残念でならない。

山本連合艦隊司令長官の搭乗機がブーゲンビル島で撃墜された時も米軍は日本海軍の電報を傍受して、長官機がブーゲンビル島に行く日時を知り、戦闘機を出して撃墜したものであった。常に米軍は日本軍の作戦を知り、その上で対抗する作戦をたて、そして行動していたのだ。マリアナ沖海戦でもグラマンに待ち伏せされたのだ。

海軍ばかりではない。陸上の戦でも第二師団がガダルカナル島のヘンダーソン飛行場を攻撃した時、敵は日本軍の進出してきそうな所に隠しマイクを装置してその位置を確認し、憔悴しきった日本軍に集中砲火を浴びせ全滅させた話も有名である。ミッドウェイの真水と同様、その着想は日本軍のコチコチの軍律では絶対生まれないものだった。

一方、日本軍のほうはどうであったのか。私たちの飛行隊はこの台湾沖航空戦までは北方の哨戒と、敵潜水艦の攻撃が任務で、戦闘機や爆撃機との協同訓練等、一回もしたことがなかった。これは私たちの攻撃二五二飛行隊に限らず、日本海軍の航空部隊は総て、自分たちの隊の基礎訓練だけで、軍艦や他隊との合同訓練等は全くしていなかったようである。

艦上攻撃機が魚雷攻撃の訓練をする時、軍艦側は標的となって様々な逃げ方をしたり、速力を変えたりして逃げる訓練をする。と同時に、飛行機側は艦をどのように攻撃したらよいか訓練をする。また軍艦が対空射撃の訓練をする時は、飛行機が〝吹流し標的〟を引っ張りながら色々な速力で飛んで軍艦に射撃訓練をさせることが必要である。

しかし、私は七年間艦上攻撃機の操縦員として勤務したが、その間飛行機と艦艇との協同訓練はほとんど見たことがなかった。ただ一度だけトラック島で翔鶴の高角砲が、飛行機が曳く吹流しの標的に対し、対空射撃をしたのを見たが、それも射撃したのは数分間だった。

日本の訓練はあれでよかったのか。

過日読んだ伊藤正徳著『大海軍を想う』(光人社)によれば、日本海海戦前の東郷艦隊は血の出るような演練、実弾射撃を続け、日本海海戦が始まる五月に入っては百発百中の域に達したとあった。

しかし、太平洋戦争当時の雷撃隊員の多くは魚雷発射の訓練をしたことがなく、発射訓練をした人がいたとしてもそれは一回か二回で百発百中などは夢の話だったのだ。魚雷発射は大砲や機関銃の射撃と違い、魚雷を発射した後命中までの数分間に敵艦がどう動くかを想定し、発射する角度を定め発射しなければならないというむずかしい技術なのに訓練不足のまま戦闘に参加させられたことについては今でも疑問に思う。

　また魚雷は、当時二万円と言われていた。今の金額に直すと数千万円から数億円である。億の金をかけて博打を打ちに行くのだ。もっと訓練をさせるべきではなかったのか。軍艦を沈めるのは雷撃である。日本はただ数で負けたという人がいるが、数が米国の数倍あったとしてもあのレーダー、ＶＴ信管、磁気探知器等の新兵器には勝てなかったのではないか。日本を知るためにもっともっと、太平洋戦争の真実・実態を見直してみる必要があるように思うのだが……。

　台湾沖航空戦のあった翌十月十五日、私の飛行機には十二ヵ所の弾痕があり、戦闘任務不適と判断されたので、私たち三人は別の飛行機に乗り替え、後に続いて来た二機とともに十六日には石垣島から台湾に向かった。

第八章　フィリピンでの戦い

渡辺大尉の来訪

台湾沖航空戦から三日後の昭和十九年十月十六日、私たち攻撃二五二飛行隊の三機（整備の都合で、遅れて北海道を出た二機と合流した）は、敵の出方を見るために台湾で待機することになり、台中飛行場へ飛んだ。

台中基地ではほとんどの部隊が前日、前々日の戦いで多くの機が撃墜され、生き残った数機宛がそれぞれの部隊毎に飛行場周辺に陣取っていて、あたかも日本海軍航空部隊の縮図のようだった。

私たちは毎日、いつ出撃命令がくるか分からないので、自分たちの飛行機の脇で夕刻まで待機する日が続いた。その待機中、天秤棒を担いだ台湾人のおばさんたちが、飛行機の脇まで果物を売りに来たので、よく買って食べた。台湾人、外地人という感じはあったが、同じ日本国（日本領）の人で言葉は何の苦もなく通じた。

台中に来て四日目、好奇心と暇があったので人力車に乗り市内を見物したが、その時もトラック島とは異なり、言葉に苦労はしなかった。それは台湾の人たちが日本が行なった鉄道敷設や治水事業等、日本領となってからの政治に満足し、日本国民になったことに違和感を持たなかったためではないだろうか。

台中へ移って確か二日目。いつものように愛機の側で待機していたのだが、何かの用で待機位置を離れ、三十分程して帰って来た時だった。長曾我部隊長より、

「今、譲《ジョー》が君に会いに来たのだが、すぐ九州へ飛ぶと言っていた。もういないだろうが……」

と、ブーゲンビル島で一緒に漂流した渡辺譲《ゆずる》大尉が訪ねてきてくれたことを告げられた。

一時間とないわずかな時間に、わざわざ遠いこの飛行場の端まで、しかも彼はブーゲンビルの戦で足を負傷し、全治はしたが宇佐航空隊時代はずっと不自由な足を引きずっていたと宇佐の友から聞いていたのだが……。あの被弾漂流で戦友意識が一段と強くなり、会いたく思っていて下さったからだろう。私もあの時自決を決意して舵を切ったのに、渡辺大尉の「待て」の一言で、今こうして生きていられるのだと感謝していたので、一日会い、あの

昭和19年10月16日台湾～比島進出編成

出身	備考
偵練40	19.11.15長曾我部大尉、町谷飛曹長K256に異動、田邊飛曹長百里空に異動
乙16	19.11.1レイテ湾雷撃の帰途、敵機の追撃受けセブ島に不時着、秋本上飛曹機上戦死、堀坂上飛曹重傷のち戦死、世古上飛曹重傷入院
乙13	19.11.17台中基地着陸時大破、比島進出せず

（作成・加藤浩）

攻撃第二五二飛行隊編制表

	操縦	階級	出身	偵察	階級	出身	電信	階級
1	町谷　昇次	飛曹長	操練43	長曾我部　明	大尉	海兵67	田邊　武雄	飛曹長
2	堀坂　良介	上飛曹	甲10	秋本　四郎	上飛曹	甲10	世古　孜	上飛曹
3	久留米　篤次	中尉	乙2	平山　清志	飛曹長	偵練30	斎木　一信	上飛曹

漂流の思い出を語り合いたかったのだが、どうにもならず、残念でならなかった。

九死に一生を得て南洋から帰り、呉港で渡辺大尉と別れてから、私は築城航空隊、五五三航空隊、二五二飛行隊と三回も部隊や勤務地を移動していたのだが、どうして二五二飛行隊にいることを知ったのだろう。そしてこの日、この台中基地にいることをどうして知ったのだろうか。常に私のことを気にかけていて下さったのだろう。三日前の台湾沖航空戦で二五二飛行隊が大きな犠牲を出したことを聞き「未帰還となったのではないか」と心配し、私を探し続けてくれたのではないだろうか。この激戦で敵情報、作戦命令、部隊情報と情報が錯そうしている陣中で……。

　またその時、隊長が「譲《ジョー》が……」と彼を愛称で呼んだ。通常軍隊では特に親しい戦友以外、名を呼ぶことはない。「渡辺大尉」「田邊飛曹長」のように姓に階級をつけて呼ぶよう内規で規定されており、それが通例だった。隊長は渡辺大尉の兵学校の一年先輩だが、特別な間柄ではなかったようだ。しかしその名前を覚えており、自然と「ジョーが……」と出たようなのだが、その戦友を意識した「ジョー」の一言で、私は悲惨な戦場から通常の世界に引き戻されたのだ。台中基地の士気は米機動部隊を前にし、表現できないほど緊張感が張り詰めたものだった。二、三日前親しい友が皆戦死し、悲惨な、そして悲嘆のどん底にいた私だが、あの「ジョー」の一言で何か暖かいものを感じたのだった。

渡辺大尉とはその後一回も会う機会がなく、また音信もなかったが、翌二十年五月十日、台湾沖で戦死されたことを、風の便りで知った。

「もう次はない」――それが戦時の軍人の運命だった。

比島クラーク基地

十月二十日、米軍レイテ島に上陸。

米軍のレイテ島上陸を受け、私たちの二五二飛行隊はこれを攻撃するため十月二十二日、比島(フィリピン)のクラーク基地に進出することとなった。

遂に来たか。切れ目なく続く米軍の猛攻撃で、日本は軍を立て直す時間がないのだ。戦闘機隊も爆撃機隊も皆このような状態なのだろう。比島は、日本はどうなるのだろう。

台湾を出て三時間、地図からしてこの辺にクラーク基地があるはずだ、と思って下を見ると軍用飛行場らしきものは一つもないが、広い牧場のような草原が四つ五つあるので、その中の一つに着陸してみると、意外にもこれがバンバン飛行場だった。

クラーク基地群はバンバン、マバラカット、北・中・南クラーク等八つの飛行場から成り立っていたが、中クラーク飛行場以外は、舗装路も飛行機格納庫もないただの草原とのこと、

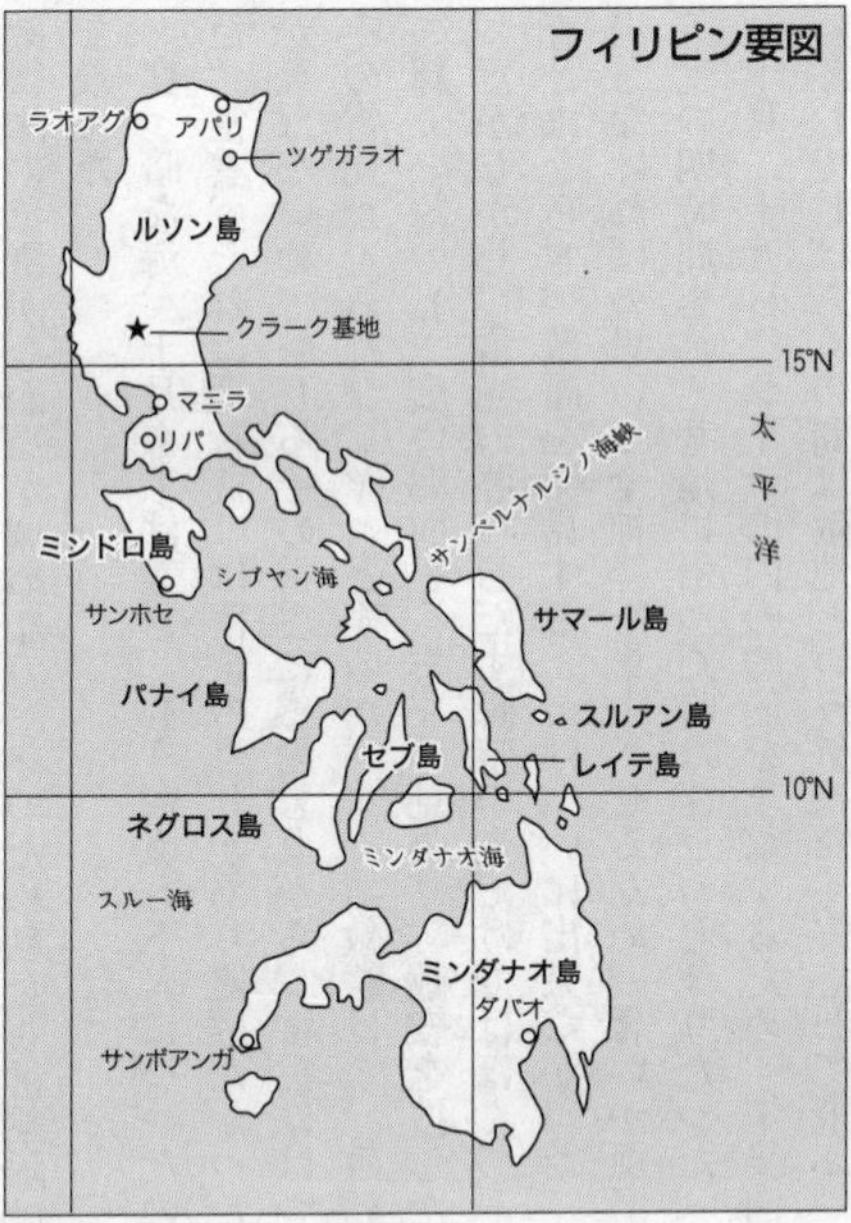

これも米国式かと感心した。芝生のままだと敵から分かりにくい。また飛行場が八つもあると、どんなにひどく爆撃されても、一つか二つは残る可能性があり、非常に良い考えだと思った。

バンバン飛行場で目指す北クラーク基地を聞くと、手で方向を示しながら、

「飛び上がったら十分もかからない。すぐそこだよ」

とのこと。すぐ離陸し十分で北クラーク基地に着陸した。

北クラーク基地には連合艦隊に属する総ての部隊の艦上攻撃機（雷撃機）、即ち二五六飛行隊やその他の残存部隊の艦上攻撃機が集結したが、その数は十機くらいだったように思う。

私の機はさっそく翌二十三日夜、比島の東方海域に出てみた。偵察部隊も被害のため哨戒範囲を狭くしているのか、

敵艦隊の位置がなかなか摑めない。そのため私たち雷撃隊は索敵（敵を探す）と攻撃を兼ねて飛んだ。

真っ暗な海、十月も半ば過ぎ。もう台風も下火になったのだろうが、よく雷雲にぶつかった。雷雲、それは飛行機には落雷の恐れがあり避けたかったのだが、それより怖い敵戦闘機が飛ばないのでむしろその雷雲に感謝しながら、雷雲にはつかず離れず飛び続けた。そしてその雷光が走るたびヒヤッとするが、すぐ「敵艦は？　敵艦はいないか？」の思いから、その輝く一瞬の光で広い海面をくまなく見張り、敵艦を捜したのだった。

だがしかし、雷光の照らしだす瞬時の光だけではほんの一部は見えても広い海の全面の捜査とはならず、敵艦を発見することはついに出来なかった。しかしどうしても敵艦隊を捜し出さなければの思いで全神経を集中させるため、暑いが風房は締め切り、そのおかげで一心不乱の四時間を終え基地に帰った時は汗びっしょりだった。

十月二十五日、レイテ湾内の艦船を攻撃するため、午後四時にクラーク基地を出発する。離陸してしばらくの間は敵地という気はなく安心して飛ぶ。しかし離陸して三十分、ルソン島を離れシブヤン海に入る。もうこれから先は飛行機を見たらグラマンと思わなければならない。米軍はなにをさせても早いということだから、もうレイテに飛行場を作り陸上基地の使用を始めているかもしれないので極力低空を飛ぼう。夜八時、エンジンの調子が悪くなったので、レガスピー（海軍の飛行基地）に着陸して調整してもらう。十時、レガスピーを発進して再度レイテに向かう。しかしレイテ方面は総て雲。湾内進入は出来ないと判断し、クラーク基地へ引き返す。翌朝の三時、クラーク着。

われわれは肉眼で海上の敵艦を捜し出し、しかもその暗闇の中で敵艦の針路、速力を確認しなければならないのだ。少しの雲でも天候不良と判断するのは致し方ないのだが……。

なお戦後知ったのだが、日本の特攻の始まりとなった関行男大尉（海兵七十期）以下の敷島隊の隊員が特攻攻撃を実施したのはこの日、十月二十五日だった。

十月二十六日午後四時、レイテ島東方の敵空母群を攻撃するため発進するも、攻撃中止となり引き返す。この頃は海上部隊、即ち栗田艦隊の空の援護なしの殴りこみ作戦や、戦闘機隊搭乗員による神風《しんぷう》特攻隊（敷島隊、大和隊等）の肉弾攻撃開始等で戦場が混とんとしており、味方撃ちの危険があるのでこれを避けるため艦攻隊の夜間攻撃が中止となった。

十月二十九日、レイテ湾内艦船攻撃に出発するもエンジン不調のため引き返す。この時もクラーク帰着は翌朝午前三時。比島は各基地とも整備員並びに機材が不足しているのか、内地部隊に比してエンジン不調が多くなったように感じた。

内地ならば空中でエンジンが停止しても命にかかわることはない。しかし、ここ比島は敵地であり、エンジン停止は捕虜となる可能性が大なのだ。また海上へ不時着した場合は救援部隊も少なく、また危険でなかなか救援に来てくれない。このような理由で、この頃はエンジン不調による引き返しが多かったように思う。

援護なしの昼間攻撃決定

われわれ艦攻隊は、昼はグラマンに制空権を取られているので出て行けない。夜は真っ暗闇で敵艦を発見することは極めて困難である。

そこで重要なのがレーダーだ。日本ではその開発が遅れていたのだが、秋に入り飛行機搭載レーダーが完成し、私たちの二五二飛行隊でも十月初め、ようやく全機に装備することができた。

しかしその装備が終わり、これを使っての訓練という段階に入った時、急きょ南方進出の命令が来たのだ。性能の優れた兵器ほど、精密な兵器ほど使いこなす訓練が必要なのだが、比島方面の戦況が急でその訓練をしている時間がなく、ついに訓練なしでクラーク基地に出てきてしまったのだ。

私たちは少しでも速く飛びたい。敵陣内を飛ぶときは一ノットでも速く飛びたい。不要なものはどんなものでも降ろして飛行機を軽くしたい。そこでクラーク基地に到着後、せっかく搭載したレーダーであったが、本体重量が百十キロもあるのでこれを降ろし、翼につけたアンテナ支柱は鋸で切り落としてしまった。

技術関係者が苦労に苦労を重ねてようよう出来た飛行機用レーダー。兵器関係者が夜を徹して搭載したレーダー。やっと出来上がり、出撃に間に合ったレーダーだったが……。

もしあと一ヵ月早く装備し、訓練をつんでいれば、この四回の出撃できっと敵艦隊を発見することが出来ただろうに、なんと残念で口惜しいことだろう。また、千島・北海道にいた時は、潜水艦に対する哨戒やその訓練ばかりで、目視で敵艦を見つけることなどは一回も訓練しなかったのだが、せめて夜、敵艦がどのように見えるか、視認する訓練だけでもしておけばよかったのにと悔やまれた。

十月三十一日、明日はレイテ決戦のためにオルモックに日本の陸軍が上陸するので、これに合わせレイテ湾の敵に対し、昼間航空総攻撃をすると長曾我部隊長より話があった。どんな攻撃をするのだろう。援護戦闘機をつけるのか。三十分でも制空権を取る気なのか……。だが昼間の攻撃は第三次ブーゲンビル島沖航空戦、マリアナ沖海戦、台湾沖航空戦と日本軍は過去三回攻撃してみたのだが、一回として成功したことがなく、総て全滅しているのだ。

しかも戦闘機隊は特攻を実施するので、戦闘機の援護はないとのこと。それならばきっとグラマンに撃墜されるだろう。艦上攻撃機が昼間、援護戦闘機なしで攻撃する、こんな計画は虎の子を取りに行くのに、親虎を追い払う鉄砲隊をつけず、檻を持った捕獲隊だけで虎山へ行くようなものだ。

だがこれも致し方ないのだろう。援護戦闘機もいなくなったのだろうし、またたとえ零式艦上戦闘機がついて行ってくれてもグラマン戦闘機には勝てないだろう。レイテ湾へ行ったら零戦はグラマンと闘うのに精一杯で、われわれが裸になることには違いないのだ。

数日前、このクラーク基地が空襲された時も、この北クラークの上空に来襲したグラマンに零戦は逃げ惑うばかりだった。そして撃墜され、空は制圧されてしまったのだが、その時の空戦で分かるようにグラマン戦闘機に勝る飛行機が出来るまで、われわれは裸なのだ。昼は出られないのだ。しかし、そのように優秀な戦闘機が出来るまで戦いを待つというわけにはいかない。

南のブーゲンビル島沖で撃墜され、死の一歩前、死の直前までいったあの時のことや、台湾沖航空戦の被弾で知った敵の対空射撃の正確さと恐ろしさ、そこからの生還の難しさなどを思い、本当に悲惨な、そして絶望的な気持になるのだった。

制空権を取られた空を飛ぶことがいかに危険か。あの凄まじい米艦隊の砲火を冒して進むことがいかに恐ろしいことか。作戦を練る司令官や参謀は敵の空を飛んだことはなく、また敵艦の見事な射撃を見たことのない人たちなのだ。そのために俺たち搭乗員が犠牲にならなければならないのか……。

明日行くレイテ湾の湾内には戦艦や空母が何十隻といるのだろう。その艦隊の百門の大砲、機銃が、この俺を狙って撃ってくるのだ。艦隊を突っ切れるか？　それは不可能だ。百パーセント不可能だ。死だ。いや死にたくない。では夜は？　夜も駄目だ。夜の海は船同士が衝突するくらい真っ暗で攻撃どころか敵発見すら出来ない。

だが、われわれとしては何かしなければならない。幸い夜の攻撃は危険が少ないのだから毎夜、毎夜出撃してみたらどうだろう。出撃していればいつかはチャンスが来るかも知れない。チャンスにめぐり合うまで飛んでみることだ。それが良い。もうこうなったらそれ以外ないのだ。それ以上のことは偉い人たちが考えればよいのだ……。

しかし、陸軍の攻撃に合わせ明日の昼、攻撃すると今日決まってしまった。明日の総攻撃は俺たちより頭の良い、俺たちよりたくさんの情報を持っている人たちが決断したのだ。決まってしまったことなのだ。決まった計画に対しては絶対服従しなければならない。それが軍隊なのだ。上官の命令は「朕が命令」で致し方ないのだ。われわれ兵曹長クラスが申し上げることではないのだ。

思えばブーゲンビル、台湾沖と多くの友が死んだ。

ことに台湾沖航空戦では、自分の一機だけが帰ってきた。「隊長機ただ一機生還」と聞いた多くの人は、私が逃げたのではないかと疑うだろう。沖縄本島に置いてきた私たちの飛行機、VT信管の激しい砲火で被弾したあの飛行機を見てもらえれば、分かっていただけるのだが……。しかしあの飛行機を見てもらえたとしても、それが二五二飛行隊長の乗った飛行機だと伝える術はもうない。それにあの飛行機はもう修理も終わり、どこかで飛んでいるだろう。

私は敵艦に向かって突進しながらも、避弾避弾で照準半ばのまま魚雷を発射してしまったのだが、友は皆、一心に敵艦に当てようと念じ、死を覚悟で直進したため、友が死に私たちだけが生き残ったのか。

そのために生き残ったのか……。

私一人生きているのは申し訳ない。今度こそ生還できないだろうが、致し方ないのだ。それでよいのだ。諦めて見事な攻撃をしてやろう。そして心静かに悟りを得、苦しまないようにしよう。もし生きたとしても、この比島戦が最後で、それ以上生き延びることはまずない。俺も軍人だ。国民から期待されたパイロットだ。諦め、いや諦めではない、軍人だから進んで戦い、死んでやろう。ここまで生きてこられたのだ、もう良い。

択捉島の子供たちが日の丸を振りながら見送ってくれたのが思いだされる。恥ずかしそうにしていた田舎の婆さんが思い出される。よしやろう。「打倒米英」と叫び続けているあの人たちや、後世の人たちに悪名を残すようなことがあってはならないのだ。

昨日は死にたくなかった。だが今夜は素直な気持になれた。やはり諦めなのだろうか。

白昼のレイテ湾攻撃

昭和十九年十一月一日午前六時、いよいよ総攻撃。先ず隊長機の私たちから発進する。艦上攻撃機が昼間、自分たちを守ってくれる戦闘機もつけず敵の本陣へ出撃するという変則攻撃で、「窮鼠猫を嚙む」気持だった。

ついで二番機（他隊の機なので氏名は分からなかった）、続いて三番機（秋本四郎上飛曹）と、五分ごとに一機ずつ次々と発進する。レイテ湾、それはもう完全に米軍のものだ。その湾内へ援護戦闘機もつけず白昼堂々と、否ビクビクしながらではあるが進撃して行くのだ。昨夜の思索で覚悟は出来たつもりだったが、やはり後ろ髪をひかれる。

私の機は途中レイテの遥か手前で時間調整のため回り道をし、計画した進撃時間に合わせたあと、再び前進する。いつもはついて来る二、三番機がいないので進撃高度を極力下げ、

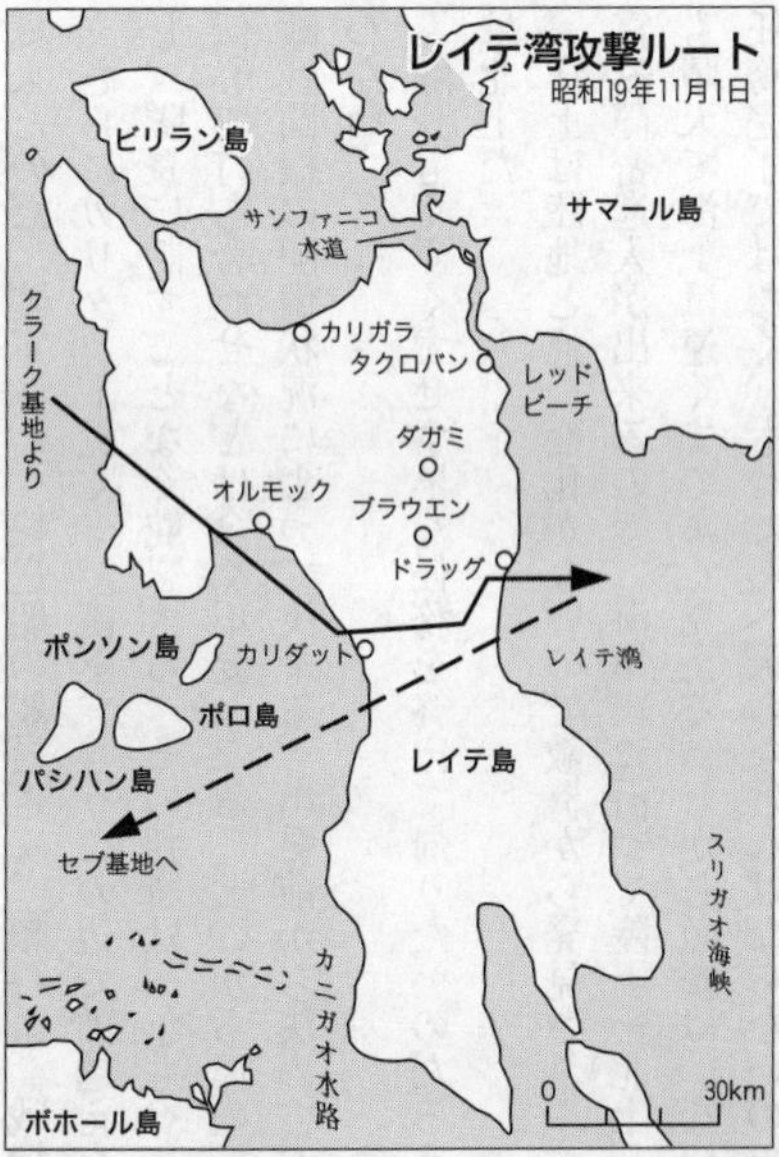

二十メートルとする。お陰で敵に発見される恐れも少なく、気をゆるめながら飛び続ける。とは言え、やはりレイテ湾内での敵艦の猛射撃、またその他の戦闘場面ばかりが次々に頭の中を走り続けていた。

しばらくして左前方にレイテの山々が見え始める。この辺が敵戦闘機の警戒地帯だ。しかし、「虎穴に入らずんば虎児を得ず」――、この線を突破して湾内に入らなければならない。敵戦闘機はいないようだ。だが敵に見つかったら終わりだ。敵より先に敵を見つけなければならないのだ。雲があれば隠れながら進むのだが雲はなく、また日本内地のような霧や靄《もや》もなく視界が良いのでやりにくい。だが今のところ大丈夫。湾内へはどこから入ったらよいかを考えながら南下する。

しばらく南下した時、米軍のレイテ上陸地の裏側に当たるオルモックで、日本の輸送船が陸軍を上陸させているところを見る。古い形の船のようだが頑張ってここまで来たのだ。陸軍さん、輸送船の船員さん、頼むよ。戦機は熟してきたのだ。

さらにカリダット近くまで南下、もうこの辺で山越えをして湾内に入っても良い頃と判断し、隊長に話すことなく舵をきる。その判断は一年もペアを組み、一緒に乗っていると以心伝心で打ち合わせなどは全く不要となる。どこから湾内に入るかなどはその時の状況、地形、敵戦闘機の配備状況によって決まる。出発前から決めておくわけではないので隊長は何も言わない。

隊長もぐずぐずせず早く任務を終えて帰りたいのだろう。レイテ湾内に入った。これからは北上だ。

洋上は陸地と違い変化がないので敵機から発見されやすいが陸上は山あり町ありで変化に富み隠密進入が出来るので、海岸線に沿って陸上を北上しながら海上の敵艦隊を探す。湾内も晴天で海上は遠くまでよく見える。しかし敵艦はいない。見えない。ほっとする。しかし任務完了ではなく、もっと奥へ入らなければならないのでさらに緊張する。

九時半ごろだ。この辺は上陸米軍の泊地と思うのだが船も、また攻撃している日本の飛行機もいない。どうしたのだろう。今日は日本が航空総攻撃をすると聞いていたのだが……。

そろそろ米軍のドラッグ飛行場も近いのではないか。あまり図に乗って深入りし、敵戦闘機の餌食になっては大変だ。だがしかしここまで来たのだ。見つけたい。ちょうど良い獲物を見つけたい。グラマンの飛んでいそうな奥を避けて、この辺でやめようか。それとももう少し奥まで進み獲物を捜すかと迷い始めた時、そのドラッグと思われる街の沖に停泊中の大型輸送船を見つけた。

いた、いた。敵は輸送船だ。しかも唯の一隻。これが戦艦・母艦だったら命がなくなるところだが、これなら五分五分だ。機銃はせいぜい数梃だろう。上手くいけば一発で轟沈だ。上手くゆきそうだ。

だが輸送船でも敵は敵。俺を狙い必死になって撃ってくるだろう。当たれば死だ。警戒、警戒！　どう攻めるか。ここから直接あの船に向かったのではすぐ日本機と分かり撃ってくるだろう。もう少し北へ進みそれから海に出よう。その方が敵に悟られないだろう。しかしあまり北上を続けると敵のドラッグ飛行場の真上に出る。グラマンが飛んでいるかも知れない。要注意だ。

千載一遇の好機に

そして少し飛び、敵艦からの距離がおよそ二千から三千と思われた頃……。

弾丸！

敵が撃ち始めたのだ。しかし相手は輸送船。撃ち始めた機銃は一、二梃で機動部隊の防御砲火に比べると子供の火遊びのようなものだ。夜と違い敵の状況が良く分かる。身を刺すような光は飛んでくるが、この船以外から撃たれることはないので疑心暗鬼ということがない。また、台湾沖航空戦の時経験した散弾（敵機の近くで爆発し、多数の細かい弾片があられのように飛び出す弾丸）ではなく、飛んでくる射線さえ外せばよいので、私も心に余裕が生じ、頭も回った。

とっさの機転で飛行機の脚を出し、翼を振った。日本軍は「俺は味方だよ」と知らせる時、脚を出して翼を振るよう定められているが、米軍もそのような規定だろうとひらめき、脚を出して翼を振ってみると射撃を中止してくれた。敵艦は私の飛行機が米軍の占領地・米軍基地の方から飛んで来て翼を振っているので、味方機と思い射撃を中止したのだろう。距離は千五百くらいか。

「ありがたい。今だ！」

即右旋回してまっすぐ敵船に向かい突進した。スピードをだして接近した。射撃を止めてくれたのだから、もう少し高度を上げても良いだろう。少し上げる。しかし、まだ撃って来ない。だがそのうちに日本機だと分かり撃ち始めるかもしれない。ハラハラする。

今撃ってくるか。今か。今か。

敵が撃ち始めたらおしまいだ。近いので撃てば必ず当たる。避けるためには蛇行だが、蛇行したら魚雷は上手く着水しない。直進して魚雷を当てるべきか。蛇行してよいか、このまま進んだらタロキナ攻撃の二の舞だ。撃墜される。どっちだ。

一秒、二秒……夢中、夢中で、距離八百メートル。

「よし」と思って魚雷発射ボタンを押した。

おや？

落ちない。魚雷が落ちない。魚雷は重く、投下すると飛行機が急に浮き上がるので発射されたことがすぐ分かるのだが、それがどうしたことか浮き上がらない。不思議だ。どうしたのだろう。二回、三回とボタンを押したが駄目だ。

敵艦が、ついに敵艦が目の前にきてしまい発射断念。

何たることか。命がけで来たのに。何のために俺はこのレイテまで来たのか。命がけで敵艦に近づいたのに。なんなのだ。

爆弾や魚雷は誤って落下すると危険なので、通常は投下回路を切っておき、戦場に入ったら偵察員が投下回路のスイッチを入れることになっている。スイッチを入れ忘れたのか、投下機の故障か。いずれにしても巌流島の対決で、敵前で刀がぬけないのと同じことだ、そんな話があって良いのか。

残念。地団駄を踏むほど口惜しい。しかし、隊長には何も言うことが出来ないのが軍隊だ。だが口惜しい。全く惜しい。しかし、なぜだ。とっさの機転で敵の射撃も止み、危険を考えることなく集中して照準したのに……、千載一遇の好機だったのに……。

なぜだ……。

右旋回しながら敵艦の側を通り過ぎたが、敵は撃ってはこなかった。しかしまだ恐い。もう一回、回って攻撃してみる気は起きない。帰途につく。

奇襲

セブ基地に向かう。

ここは戦場、今注意しなければならないのは敵戦闘機だ。敵機は太陽を背にして攻撃してくる。私は眩しい南に注意しながら飛んだ。

レイテ湾を出ると、何時の間にか攻撃の終わった飛行機と思われる天山艦上攻撃機が右後方に二番機、左後方に三番機がついて飛んでいた。無事に帰ったわが子を見るようで、「良かった、良かった」と笑顔で言葉をを交わしたいような気持だった。快晴で断雲がきれいだった。レイテから離れたが、まだまだ緊張は続く。

魚雷はどうして落ちなかったのだろう。全く惜しい。敵が射撃を中止してくれたので満点の照準が出来たのに……、泊まっている船だから間違いなく命中していたのに……、残念だ。口惜しい。

それからしばらく飛び、あと数分で日本軍のセブ基地、ようようたどり着いてホッとし、気も顔も弛み始めた時だった。隊長から、

「右後ろ敵機！」

と言われ、驚いて右後ろを見ると、二番機がすでに撃墜され海中へ落ちたところだった。

しまった！

どうしたんだ！　全く六人（三機の偵察員、電信員）もいて、撃墜されるまで分からなかったとは何事だ

なぜもっと早く敵を見つけなかったのかと、隊長であろうとなかろうと怒鳴りたい気になったが声に出している暇はない。すぐに「左は？」と横目で見ると、三番機は魚雷を落とし

ていて身が軽いので前方に逃げて行く。これを追って敵グラマン戦闘機が一機追って行く。次は俺だ――と思うと同時に金色の不気味な、それは明るい金色だったが、機銃弾が魔の光を発しながら数十条が束になって左翼端を走った。距離は二十メートルくらいか。次の射撃は間違いなく胴体か翼に当たる。そんな考えが脳裏を走る。

急いでエンジンをふかしたが、魚雷を抱いているので身が重くてスピードが出ない。「上へ逃げてかわそうか、下へもぐってかわそうか、どちらか決断しなければおしまいだ」と思った時には、もう右翼端すれすれに第二連目の数十発が飛んできた。それは身を刺すような、また、悪魔の不気味さを持った機銃弾の金色の光だ。

蛇に狙われた蛙だったが満身の力で逃げた。尾翼が吹っ飛んでしまうのではないかと思われるぐらい、強く右足を、左足を踏んで舵を切った。断末魔のもがきだ。そしてなおも踏み、もうこれ以上は踏めない極限状態まで踏み、機銃掃射の二連目を避け切ったと思った時だった。右前方に敵戦闘機らしき別の二機が急に目に入った。

「どうせ駄目なら、この飛行機にぶつかってやれ!」と、そのうちの一機に向かい舵を一杯引いた。もう死は恐れずまた考えなかった。ただただぶつかって、敵も一緒にと思い目をつぶった。しかし魚雷の重みで機が浮上せず、あっという間に二機は私たちの機の上を通過してしまった。ほんの一瞬の出来事だったのだが。

それから無心の数分、いや、恐らく二秒か三秒後だろう、不思議と敵弾がこなくなっているのに気が付いた。どうしたのか。さらにその数秒後、恐る恐る後ろを見た。

不思議だ。三機ともいない……。

どうしたのだろう。どこへ行ったのだろう。

分からないが、今だ、逃げられる！　行き先を考えている暇はない。

前方はセブ島の山々なので高度を下げ、山の稜線に隠れながら飛ぶのが最良と思い、山すれすれに飛ぶ。敵はどこへ行ってしまったのか、どこにいるのか見当がつかない。

一息付きネグロス島方面へ向かう。飛ぶこと十分。遥か前方だが、煙が見え、日本の基地と思われる辺りが爆撃されているようだ。ここも危険。ネグロスの基地もだめか。かといってレガスピーやクラークまで飛ぶのはまた危険。燃料の心配もあるが比島の空は制空権をとられ、米戦闘機がうようよしている。グラマンはどこから襲いかかってくるか全く分からないのだ。

早く安全な地上に降りるには、やはりセブしかないのだろうか。やむなくセブへ戻ることにしセブ島へ向かう。比島はもうどこもかしこも米軍機で俺たちの飛ぶ空はないような気がした。幸いセブは空襲が終わったのか煙もなく平穏なので、敵戦闘機を警戒しながら着陸した。

助かった。ほっとした。生きているのだ。

着陸後、私たちは先ほどの敵戦闘機のことを話し合った。私が敵を欺くため、左に傾け左旋回と見せかけ右旋回したり、またその逆をしたりと対戦闘機用の避弾運動をしていたため、敵機と相対して応戦していた後席の田邊飛曹長は、

「照準なんかしていられなかった。吹っ飛ばされそうで、どこへ撃っていたのか分からなかったが、気がついたら弾丸はなくなっていたよ」と、軽い調子で言い、「敵がどうしていなくなったのかは全くわからない」と言っていた。

敵はどこへ行ったのか。隊長も「グラマンはどこへ行ったか全く分からなかった」と。

しかし命懸けで戦っていたのに、二人ともその目の前の敵を見失うとはどうしたことだろう。あの不思議な二機も急にいなくなったところをみると、おそらく右前方から来たあの二機は日本の陸軍の戦闘機で、私たちを助けてくれたのではないかと思われるが、一時も目が離せない敵機の行方が、三人いても分からなくなってしまう。戦場とは不思議なことがよく起きたのだ。

この度は全くの奇跡だったのだ。「グラマンにぴたりと付かれたが助かった」という話は聞いたことがない。「九死に一生」というが、私の場合はそれを通り越した奇跡だったのだ。

戦後読んだ記録によると、撃墜された二番機は他の隊の飛行機。前方へ逃げた三番機は私たち二五二飛行隊の二番機で、セブ基地のすぐ側の空き地へ滑り込んだのだが、中間席の偵察員の秋本四郎上飛曹（甲十期）は機上で戦死され、操縦員の堀坂良介上飛曹（甲十期）は不時着後陸軍病院に収容されたが死亡。後席に乗っていた電信員の世古孜上飛曹（乙十六期）だけは重傷を負ったが生存し、終戦後復員された。

そして戦後『雷撃のつばさ』（光人社）という単行本を出版され、このときのことを「セブ基地近くのタリサイ農場に不時着したらしい。……なぜここに不時着しようとしたのか分からない」と、また「自分は不時着時のことはどうしても思い出せないのだ」と書いておられ、後日私にもそのように話してくれたのだが、夢中を通り越し極限状態になったのではないだろうか。

また撃墜された二番機は館山航空隊の田中上飛曹機と推定している戦史研究家もおられるが、二番機については記録がないので不明である。

もう一度レイテ湾へ

セブ基地ではその日(十一月一日)、私たちにぼた餅を出してくれた。比島戦が始まり航空部隊は移動してきたが、食料補充までは手が回らなかったのか、私たちの根拠地の北クラーク基地での食事は朝昼夕、ほとんど『竹の親汁』(竹の子・筍ではない)だった。少し馴れはしたが、まだまだ顔をしかめながら食べていた私たちにとって、セブ基地のぼた餅は本当に驚きだった。

それはセブ基地が米軍レイテ基地の鼻先にあり、米軍のレイテ上陸後は最前線中の最前線となっていたこと、またこの次はこのセブに上陸して来るのではないかとも考えられ、戦争をもっとも身近に感じている人たちで、戦う私たちに感謝してぼた餅を出してくれたのだ。味は忘れたが食べたことはいつまでも忘れられない。

しかし、その後がいけなかった。隊長より「今夜、もう一度レイテ湾攻撃に行く」と言い渡された。レイテ湾——それはもう完全に米軍のものであるのに、そのレイテ湾を再び攻撃に行く。それはどうしてなのだろう。

数時間前のレイテ攻撃で二番機がグラマンに襲われ、撃墜され海に突っ込んだ。三番機もこのセブ基地の方へ逃げたのだが、なんの連絡もない。おそらく撃墜されたのだろう。俺もそのグラマンの金色の射撃を受け恐怖のどん底に落ち、ようやく帰って来られたのに。奇跡の戦闘機が来て助かったものの、もしあの戦闘機が来なかったら俺も撃墜され死んでいただろう。

それなのにまた「行け」とは。この危険なレイテ湾攻撃にもう一度行けとは。司令部より特命でもあったのか。今度行く時は同じような奇跡があるはずもない。隊長は死ぬ気かもしれん。

しかし、今は日米決戦の比島戦だ。何としても一撃を与えなければならないのだ。危険極まりないが致し方ない。俺も軍人だ。死ぬかもしれないが仕方ないのだ。国民が期待しているパイロットだ。よし！　覚悟して行ってやろう。

夜、再びレイテ攻撃に向かう。

暗いので昼のような恐怖はない。しかし、レイテ湾が近づくにつれ「敵はもうこの島に飛行場を作っていて夜間戦闘機がいるかもしれない」などと考えながら飛ぶ。そして山を越え、覚悟を決めて湾内に入り獲物を探す。しかしいない。波は静かだがこの海は敵の海、この空も敵の空、いつどこから敵戦闘機が来るかわからない。発見が遅れたら命はない。あれは敵機の灯かと思うが星だ。

蛇行しながら、月の光芒を頼りに目を皿のようにして探す。敵の夜間戦闘機を警戒しながら敵艦を探す。身動き一つしない。息を殺し、声も出さない。全神経を暗闇の中の一点に注ぎ、飛び続けた。

だがいない。ほっと一息つき、もっと深く湾内に入ろうかと思った時、突如目の前に映し出された一隻。どうしたのか、先ほどまで見えなかったのに急に見えたとは……。

巡洋艦か、駆逐艦か、それとも輸送船か。距離およそ二千メートル。一隻で走っているようだ。千載一遇のチャンス。絶対当てなければ……。

捜し求めていた宝石のような気がしたが、また魔物のような恐ろしさも感じ、息が止まりそうな緊張感だ。

敵は左に走っているようだ。その敵は朝から日本軍機の攻撃に晒され、皆緊張して見張りをしているはずだ。しかし不思議とまだ俺たちに気付いてない。

速力は二十ノットくらいか。いや不明。しかし、「左が艦首」だけは間違いなさそうだ。

距離は縮まって千五百。しかしまだ巡洋艦か駆逐艦か、進行方向も右のようにも左のようにも思える。はっきりしない。夜で波があるような、ないようなで分からない。

敵は気付いたか。いや、まだまだ気付いていない。低く、低く。

艦は灯火を管制しているが、こちらは飛行機のエンジンの排気炎ですぐ敵に分かってしまう。爆音がしないようエンジンを切ってこっそり接近したいと無理な欲求にかられる。

敵はまだ撃ってこないが、今俺を狙って照準しているのだろうか。

もし敵が撃ち出したら終わりなのだが、まだ左向きか、確定は出来ない。

距離千三百。

もう撃ってくるだろう。

いやもう少し我慢……もう少し……千まで……。

撃たれたら終わりなのだ。危険を感ずる恐怖心と、何としても当てたいという強欲とが頭の中でぶつかり、今かまだかと迷っているうちに遂に八百。

速力は分からないが、仕方ない。

今だ！

敵の左前方を狙って魚雷を発射した。魚雷の重量は八百キログラムである。飛行機が浮いた。

よし退避だ。右旋回。舵を切る。

今敵艦の上。撃ってくるかもしれん。今飛行機は敵に腹を見せているのだ。全速力で退避。

夜間戦闘機は……。

魚雷は命中しただろうか、外れただろうか。ふとそんなことが頭の中を走ったが、しかしまずは逃げることだ。敵も撃ち始めるだろう。

が、まだ弾丸は飛んで来ない。

早く退避。

数分して少しほっとしたが、まだ敵の夜間戦闘機がどこから来るか分からない。余り高度を下げて、排気の炎が海面に反射してはと思い、高度を五十に上げる。もちろん私も隊長も、全力を見張りに集中しているので会話などはない。

しばらくしてレイテ湾を抜け、レイテ島南部に達し、正気に帰る。夜は暗く闇に隠れて飛べるので嬉しい。島を抜け洋上に出る。波は静かなようだ。肩の荷を降ろしてクラーク基地に向かう。心に少しゆとりが出てきた。星が綺麗だ。が敵戦闘機ではないかと、その区別に特段の注意が必要だった。

あれは巡洋艦だったのか？　駆逐艦か？　それとも輸送船か？

隊長は「巡洋艦撃沈」と言うが、果たして本当だったのか。夜の海は暗く、月の光芒を外れたら、艦の大きさも艦種の区別も分からないのではないか。

軍艦と呼ばれ何千人もの人が乗っている船が、ほんの一発の魚雷ですぐ沈むものではない。また敵艦の針路、速力等は全くの勘で発射しているのであって、命中率といわれると本当のところはわからないのだ。そんなことを考えながら飛び続け、北クラーク基地に帰った。

比島上空は米軍の空に

十一月二日、休む間も無く黎明（夜明け）にレイテ島南西部のシヤルガオ島に再度出撃したが敵を見ず。すぐ帰投する。

十一月四日、タクロバン攻撃に発進するも、天候不良で引き返す。

十一月一日のレイテ湾攻撃が終わった後にはもう基地の空気も変わり、「攻撃精神」など言う者は一人もいなくなり、皆無口になったような感じだった。北クラーク基地、それは日本海軍艦上攻撃機部隊の唯一の基地なのだが、戦果の上がらない時は致し方ないのか。

フィリピンの地上はまだ日本軍のものだが、空はすっかり米軍のグラマンに制圧され、私たち雷撃隊が飛べる状況ではなく、また飛べる飛行機も数少なくなってきていた。このためよく田邊飛曹長と宿舎で休む日が多くなった。

宿舎の付近には木がたくさんあり、公園内といった感じの静かな所だった。宿舎の建物は中央が食堂で四隅におのおの四、五坪くらいの寝る部屋があった。中央の食堂は十坪から二十坪くらいか。四方に壁がなく庭を見、外を眺めながら食事する明るい南国のレストランといった風情だった。

その建物はかって米軍のパイロットたちが居住していたのだろう。私たちが滞在していた間は他の三部屋が空き部屋で、建物は私と田邊飛曹長の二人だけで使用していた。

知人が誰もいない、誰も来ないこの宿舎。戦前私たちは、どの基地に行っても同期または知人が必ず何名かおり、「海軍航空部隊とは狭いもの、日本中どこへ行っても友がいるもの」と思っていた。しかし、今この北クラーク基地には同僚も知人もいない。誰も来ない。多くの同僚が死んだのでは？　と疑問を抱きながらいた。

基地の人たちも「この基地には日本中の艦上攻撃機が来るのだろう」「准士官用として準備したこの建物にも数十人が来るのでは」と思っていたのだろうが、台湾沖の戦で多くの方が戦死され、このフィリピンの戦に馳せ参じたのは田邊飛曹長と私だけだった。

天王山と聞かされ、日本中の雷撃機搭乗員が来ると思っていたのが二人だけなのでがっかりしたのではないだろうか。部屋は明るいが使う人がいないので、静かというより寂しいといった感じだった。

ここには新聞もなければラジオもない。夜は時間があると天井を眺めながら何かを考えてしまうのだった。

戦はますます追い込まれてきた。我々は生きて日本に帰るなどということはもう出来ないのだろう。「日本は良い国。日本に生まれてきてよかった」と教えられてきたが、それは嘘だ。それにくらべアフリカの人はいいなあ。戦争に巻き込まれていないのだから。

友は死んだ。ブーゲンビル島沖でも、台湾沖でも、そしてレイテ湾でも……、多くの友が死んだ。しかも戦況は悪化し、ここまで攻め込まれたのだ。あの毛むくじゃらの奴らに何としても一矢報いたい。俺の魚雷を打ち込んでやりたい。だが今のところどうにもならないのだ。グラマンに制空権を取られ、われわれ雷撃機はもう出て行かれないのだ。

これからどうなるのだろう。勝つということは考えられない。ロシアが終戦の仲介をしてくれることは全くのぞめない。神風も新兵器も考えられない。望みなしか……、俺はどうすればよいのか。

人は危険を感じたら本能で逃げる。内地の銃後の人たちはそれでよい。しかし、俺たち軍人はそうはいかないのだ。逃げることは絶対出来ないのだ。

今まで俺は不思議と幸運に恵まれ、生きてきた。ブーゲンビルの戦で、また台湾沖の戦で、鈴木善六飛曹長や藤本諭少尉、植村信雄飛曹長ら多くの友を失いながらも俺一人、幸運で生きてきた。しかしもうその幸運はないだろう。死は間違いなくやってくる。

だが俺は、だが俺は志願して、その逃げることのできない軍人になったのだ。内地の人たちは皆軍人に期待しているのだ。命を賭しても突き進んでくれることを願っているのだ。俺が死を恐れるあまり卑劣な行動をとったら、親兄弟はもちろん、黒山の叔父さんたちもみな、新発田町やあの古里近辺にはいられなくなるだろう。そんなことにでもなっては大変だ。致し方ないのだ。どうせこのフィリピンで死ななければならないのなら、潔く死のう。俺は日本の軍人なのだ。

昔海軍に入った時、海軍精神とは「錨と桜」だと教わった。海軍のマークは帽章はじめ皆錨と桜だ。桜は潔く散ることであり、錨は犠牲だ。軍艦は、戦または暴風等で急速出港しなければならない時は錨の鎖を切って出港する。すなわち錨とは平時は目立たない海底で艦を支え、非常の時は艦を助けるため犠牲となるのだと俺たちはよく教えられたのだ。

悟ったつもりでいても、そのまた翌日も同じように、同じようなことを考えてしまうのだった。

蟻地獄

今日もまた空襲を受ける。

日本の戦闘機は何をしているのか。どうにもならないのだろうか。こんな哀れなことでは、残存機がただ一機となってしまったわれわれ二五二飛行隊にも無茶な攻撃命令が来るのではないか。援護戦闘機なしで出て行かなければならなくなるのだろう。グラマンの待っているレイテ湾へ……。そして行けば死だ。

しかも、今俺がここで死んでも、ただ「名誉の戦死をされました」と役場から父へ連絡が行くだけで、こんなに迷い苦しんで死ぬ俺の名は残らない。全く犬死になのだ。操縦員にならなければ、こんな厭な思いをしなくて済んだろうに、しかし今となっては致し方のない話、運命なのだ。

残された俺たちは枯れ枝の先端で寒風に吹かれ、かろうじて留まっている枯葉のようなものですぐに落ち、土になるのだ。これが軍人の運命、死も致し方ないのだろう。この比島で死ぬ。どうせ死ぬのなら潔く死んでやろう。国のためだ。藤本少尉も、植村飛曹長も、田村兵曹も、西川君も皆死んだ！

死なければならない自分の運命を呪ったり、また翌日は悟りの境地に入ったりと心は動いた。

俺は臆病なのだろうか。ブーゲンビルで戦った時は足が震えていた。友は勇敢に戦って死んでいったが、俺は死ななかった。それは臆病だったためか。

いや違う。ブーゲンビルでは撃墜され、台湾沖では被弾したのだ。それでも生き残ったのは運が良かったのだ。他の人も死にたくはないのだが軍人だから戦っているのであって、その点は俺と変わりないのだ。俺はただ運が良かったのだ。もうそんな情けない考えは止めよう。どうせ生き残ってもこの比島戦で終わりだ。

考えは何日も堂々巡りで終わるのだった。

建物の裏側は砂地だった。その砂地のところどころに径七〜八センチ程の丸いスリ鉢状のくぼみがあった。ある日、何気なくそのくぼみの一つを見たのだが、中に蟻が一匹おり必死に這い上がろうともがいていた。しかし、砂がサラサラしていて崩れ落ち、なかなか這い上がれないのだ。

蟻は必死になって這い上がろうとするがまたもや砂が崩れて穴の底へ。その窪みの砂の中には蟻地獄という「ウスバカゲロウ」の幼虫がいて、この蟻を食べるのだ。蟻はこの天敵を知っていて、そして必死になってもがいていたのだった。

かわいそうな哀れな蟻。だが俺もこの蟻と同じ運命なのだ。もはやこの戦から逃れることは出来ないのだ。グラマンか艦砲の餌食になるのだ。死を目前にしている同類だ。俺は逃げることは出来ないが、せめてこのかわいそうな蟻は助けてやりたいと思い、掬い上げ逃がしてやった。

マニラにて

北海道を出てから台湾沖航空戦、そしてフィリピン戦と続いた戦のため、一ヵ月、顔も洗わず歯も磨かずにいた。命懸けの戦で、歯どころではなかったのだ。このため歯が痛み出した。ときどき米艦隊を求めてクラーク基地の東側にある三千メートル級の山々を越えるのだが、その時空気が薄くなるためか、飛ぶたびに歯が痛む。

十一月のある日、治療のためトラック便でマニラに向かう。

運転席の屋根には機関銃が積んである。「武器がないと、フィリピン人ゲリラに襲撃される危険があるので」とのことで、緊張して乗っていた。

途中の路上には現地の人が台を置き、その上にサトウキビを十本ぐらい並べ、のんびりと商売しているのが見えた。また田んぼでは水牛が昼寝をしていて、のどかな風景だった。レールはあったが汽車は走ったことがないとのことだから、のどかというよりいまだ未開発地なのだ。日本の台湾に比べてみて開発の遅れていることがよく分かる。

だがここは米国の領土、その米国に忠実な人たち、特に以前米国の軍人だったフィリピン人たちは忠実な米国民で、日本を敵と思っているだろう。その他の一般の人でも十人中七人は米国びいきなのか。用心に越したことはないと緊張しながら走ってもらう。

マニラに着いて、さっそく海軍病院で歯の治療を受ける。

「別に悪い歯ではないが、敵の空襲が激しいので今は抜歯しか出来ません」

と軍医さんにいわれ、抜歯してもらう。抜歯後病室で寝ていると、知的で可愛い顔の二十歳ぐらいの看護婦さんが来て、

「ユー、フライ、フライ」

と私の飛行帽と飛行靴を見て、人懐っこく親しそうに話しかけてきた。それまで私は女性と親しく会話をしたことがなかったので、話してみたかったが、いかにせん、「イエス、アイアム　フライ、フライ、パイロット」くらいしか言葉が出ず、笑顔は三分で終わり、彼女は風のように通り過ぎて行った。残念だったがマニラの思い出となった。

夕方治療を終わり、マニラ湾に面したホテルに泊まる。湾内には数隻の艦艇がいた。最も街に近く、岸に面したところに巡洋艦がいた。同室の人が「木曽（軽巡洋艦）ではないか？」と言っていたが。連日の爆撃でやられたのだろう。艦の半分が水没し、前甲板も後甲板も水浸しで、日本まで曳航することは到底できないような哀れな姿だった。

翌日、マニラはまたもや多数の敵艦上機の空襲を受けたが、ホテルの私の部屋の上にはまだ数階あったので逃げる必要もなく、敵の攻撃を見物した。

湾内に停泊していた日本の艦船が攻撃目標だったようで、急降下爆撃機が突っ込んできて爆弾を落として行くのだが、日本軍は敵機が突っ込んできても反撃せず、爆弾を投下して逃げてゆく時初めて空に向かって撃つのだ。敵機の来襲はレーダーで事前に分かり警戒していたのだろうが、太陽が眩しくて敵機が見えず、敵が太陽から外れた後に、始めて敵機を狙った射撃を開始したようだった。

しかし逃げる敵機は速く、しかも対空砲火も哀れな射撃で、撃墜など毛頭考えられず、見ているわれわれが歯がゆく情けなく、気をもんでいた。しかし、半分沈められた艦の最後の反撃はすさまじく、「城を枕に討ち死にする」という乗組員の心意気が感ぜられ、悲愴なものだった。

この太陽の眩しさについては、十一月一日、私がレイテ湾攻撃を終えて、セブ島近くまで帰って来て敵戦闘機にやられた時も、二番機が撃墜されるまで分からなかった。超低空二十メートルというところを飛んでいながら、しかも三機の偵察員、電信員の計六名で後方を見ていながら、その中の一機が撃墜されるまで分からなかったとはどうしたことか……。敵地でのことだから気の弛みではない。敵機が太陽光の中に入ってしまうと見えないのだ。

またミッドウェイの戦いでも、赤城・加賀等の航空母艦四隻を含む二十一隻もの軍艦の見張員がいながら「アメリカ軍機の大編隊が真上に飛んで来て、そして急降下を始めるまでわからなかった。敵機が太陽を背にして八十度くらいの角度でまっしぐらに突っ込んできたので初めて分かった」と戦記に書かれている。何百人という人が見張りをしていながら、どうしてそれが分からなかったのか。

飛行機隊もそうである。森拾三さんの『奇跡の雷撃隊』に「朝、攻撃隊はミッドウェイに向かって快翔を続ける。零戦隊は増槽タンクを落として、いつでも空中戦ができる態勢に移った。と突然先頭の艦爆一機が火を噴いて墜ちていった。(ちくしょう! グラマンはどこで待っていたのか!)」と東に向かって、即ち太陽に向かって進んでいる時に奇襲されたことを記載している。

また、川崎まなぶ氏著『マリアナ沖海戦』によると、マリアナ沖海戦でも日本の攻撃隊は進撃の途中、グラマン戦闘機の奇襲を受けたとのことである。

戦記を読んで思うことは、敵を探しに行った多くの偵察機が「敵艦発見」の電報を打ちながら、その後何の連絡もなく未帰還となった例があまりにも多い。「敵戦闘機が来る」「敵戦闘機の追従を受く」と、追跡されている旨の電報を打つものである。それがほとんど打電してこないのは、奇襲されたのではないか？　敵は眩しさを利用し、襲いかかってくるため発見が遅れ、追跡されている旨の電報を打つ機会をなくしたのだと思う。

戦で太陽がいかに重要か、軍人は皆知っていたのだ。軍人の最高勲章である金鵄勲章に金鵄の輝きを使ったことでも分かるのだ。この金鵄の由来については確か昔の小学校の歴史教科書に次のような旨の話があったと記憶している。

神武天皇の御東征で、大和地方を西側から攻めた天皇軍は、「戦利あらず」で大きな被害をだしてしまった。そこで潮岬を回り今の三重県側に上陸して戦った。この時、金の鵄が飛んできて天皇の弓の先に泊まったので、敵兵は眩しくて闘うことができず、すぐ降参し大和地方を平定することができた――と。金の鵄とは朝日を意味したものと思われる。

しかし、戦場ではその知識が忘れられていたのか。ミッドウェイ海戦では敵に奇襲され初めて気付いたのである。南方の太陽は殊に眩しい。もしこの戦いが午後か曇りであったならば、その勝敗は違っていたのではなかろうか。マリアナ海戦でも同じようなことが考えられる。

「月には向かって、太陽は背に」は戦術の原則だったが、米軍の方が上手に使っていたのだ。

敵は兵器も天象（天体の現象・空の様子）も憎らしいほど、使い方が上手だった。それに比べ日本軍はどの海戦でも太陽の位置を考えなかった。その結果、太陽に援護をもらえず、哀れな負け方をしてしまったように思う。

また敵はグラマンがまず制空権をとり、日本の戦闘機がいなくなった後ゆっくりと攻撃するので最良の攻撃が出来、また戦果も十分上がったのだ。教科書通りの戦をすることが出来たのだ。ところが日本軍は戦場に達するとすぐ攻撃、攻撃が終わったらすぐ退避だった。まごまごしていたら敵戦闘機の餌食になる恐れがあったので、ゆっくり攻撃方法を考えている暇はなかったのだ。

ダバオから内地へ

歯が治り、さあ戦だと思ったが、私の隊は残存機が私の機、ただ一機で、もう部隊とは言えない状態となっていた。

十一月十五日、二五二飛行隊は解散となり、隊長の長曾我部大尉は攻撃二五六飛行隊長に、私と田邊飛曹長は茨城県の百里原航空隊付きの、即ち内地帰還辞令が来た。

しかし、私は何かの都合で隊長に付いて二五六飛行隊に入り、クラーク基地から戦局が厳しくなっていたダバオ（フィリピン・ミンダナオ島）に赴任した。田邊飛曹長は一人でクラークから内地の百里原航空隊へ帰還していった。

当時フィリピンでの米軍の攻撃は次第に激しさを増し、ダバオは連日B24の爆撃を受けていた。どの飛行場の滑走路も穴だらけで、着陸時には穴におちないよう注意をしなければならなかった。後日聞いた話によると、爆撃の被害を少なくするために、欺瞞飛行場（偽物の飛行場）を作ったのだが、敵はどうして分かったのか欺瞞飛行場には一発の爆弾も落とさず、逆に日本軍の飛行機が二機、間違ってこの欺瞞飛行場に着陸し、大破してしまったとの話だった。

米軍の爆撃機は日中の十二時頃、日課のように十機程度来るのだが、警報が鳴っても眩しく、また高々度のため肉眼ではなかなか見えず、防御砲火は撃っても当らず、脅しにもならなかったようだった。

日本の射撃はどうして当たらないのだろうか。口惜しい思いで眺めていると、「ヒューン」と爆弾の落ちてくる音がする。あっと思って身を伏せると「ヒューン」から「キーン」に音が変わる。この音は一発や二発ではない。大型だ。五百キロ爆弾か？　そして近いと恐怖が走る。「もうダメだ！　神様助かりますように」と祈る。「ドドーン」と地響きがする。助かった。ほっとして顔を挙げ、音の方角を見る。なんだ、百メートルも離れていたのか。

毎日こんな爆撃を受けていたので、度胸はついてきたが、飛行場に置いた飛行機がやられ、飛べる飛行機が日に日に少なくなっていった。そして、もうこの頃になると日本の戦闘機による迎撃戦などは一回も見ることはなかった。

十一月にダバオに赴任したのだが年末にはもう内地に引き上げることとなり、台湾へ転進する。

昭和二十年一月一日、零式輸送機（ダグラスＤＣ３を海軍の仕様に改造し、昭和飛行機で国産化したもの）のお客様となって鹿屋に向かい、中継地の台中基地を飛びたったのだが、離陸後エンジン不調となり畑の中に不時着し、再び台中基地へ戻る。元日から不時着したのだ、今年はなにか事件がなければよいがと思う。

一月三日、内地帰還。香取基地（千葉県）で新しい二五六飛行隊の編制にかかった。ここでは新しい人たちの訓練が主で、古参の私たちは毎日休日のようで、またダバオのような頻繁な空襲もなく、「内地はいいなあ」だった。

第九章　沖縄作戦・特攻・終戦

東京大空襲の夜

比島から帰った私たちは、千葉県の香取基地で新しい攻撃二五六飛行隊の編成に取り掛かった。予科練出の若い人たちや、学徒出陣で急きょ海軍に入隊した予備学生が主力で、この人たちの教育錬成に力を注いだ。

比島に行く前、即ち半年前の千島の生活は北方警備の第一線だったが、それでもまだ勤務には余裕があり、哨戒任務以外の時間は野球に、囲碁・将棋に、談笑にと楽しい日々だった。

しかし、この度の香取の生活は違っていた。比島方面の戦況がおもわしくなく、日本本土も空襲を受けるようになり、日に日にその激しさを増していくようだった。また特攻など悲壮な話が伝わってくるので、部隊の中には悲壮感が漂っていた。明日にでも敵が来れば出撃し、そして戦い、死ぬかもしれない。

目標もなく、先の見えない暗い日々が続いていた。これが憧れて入った海軍なのか。これが希望に燃えてなった海鷲の姿なのか……。そんな思いから夜間訓練や、警戒待機のない時は、よく飲み、よく出かけた。

だが宴会をやっても士気が上がるという明るい雰囲気ではなく、また歌う唄もそれまでよく歌われた「連れて行きゃんせハワイまで」の軍隊小唄や、「花は桜木、人は武士」のズンドコ節のような明るい唄ではなく、時には「海ゆかば」や「同期の桜」といった哀調を帯びた唄が宴会の席なのに歌われ、また平凡な替え歌で晴れない心を紛らわせていた。

昭和二十年三月九日だった。警戒待機もなく、夜間訓練もなかったので、佐々木隆寿飛曹長（乙飛九期）等と一緒に銚子に出かけ酒漬かりの憂さ晴らしをしたのだが、終わった時にはもう汽車もなく、帰れないのでそのまま旅館で寝てしまった。

ところが夜半、「空襲だ。起きて！」の声で起こされた。とっさに飛び起きたが電灯はつかない。雨戸を壊してこじ開けた。すぐ近くが燃えているのか、あたりが赤く熱気が伝わってくるように感じた。

しかしそこは軍人、演習には慣れているので、すぐ服・帽子・靴で表に出る。焼夷弾攻撃だ。焼夷弾は油脂の塊なのでバケツの水で消せるようなものではない。私たちはただ火を払いのけて家屋への類焼を防ぐだけだったが、屋根に登って防火に努め、また地上では燃えている油脂弾を探して、これを分散してもみ消すなどした。皆よく務めた。そのため旅館は無事だった。宿泊客が多く人手が十分だったことが幸いしたのだろう。

空襲も終わり、旅館近辺の消火活動も一段落し、基地へ帰ったのは八時過ぎだった。この空襲で香取基地も焼夷弾攻撃を受けたが、飛行機も建物も無事だった。しかし、住宅の密集していた銚子市街は大きな被害を受けたとのことだった。またこの時、東京の下町では十万人という多くの民間人が空襲で亡くなった。「東京大空襲」であった。

その数日後、私は東京板橋区の叔母の家で父に会った。父が板橋に来ていることは基地へ電話があり、それが言伝され知ったように思う。東京がひどい空襲を受けた直後で電話連絡も困難な時だったが、とにかく父の上京を知り板橋へ行った。

途中、新小岩駅から亀戸駅までは十日の空襲で線路がやられ、電車が走っていなかったので、空襲後の惨状を見ながら歩いて行った。父とは何も話すことはなかったが、ただ顔を見ておきたかった。

父もフィリピンが落ち、東京が焼け野原になる戦況からして我が子の命もあと数ヵ月と思っていたのだろうか、内地に帰ってきた子供の顔を見るために、わざわざ夜行列車を乗り継いで新潟から危険な東京へ出て来たようだった。

昭和二十年三月頃の世情はこのようなものだった。

また、二月十九日から硫黄島の戦いが続いていた。指揮官の栗林忠道中将は「一人十殺」を誓わせ、「最後の一人となってもゲリラとなって闘わん」と毎日斉唱させて士気を鼓舞していたといわれているが、三月十七日には最後の訣別電報を打って玉砕した。

昭和20年3月30日、千葉・香取基地から鹿児島・串良に出発する攻撃二五六飛行隊天山艦攻の列線。一番奥は著者の操縦する長曾我部隊長機。

沖縄戦——喜界ヶ島進出

昭和二十年三月末、沖縄の戦いが始まったので、私たち攻撃二五六飛行隊は千葉県の香取から鹿児島県の串良基地に移った。日本本土が戦場になった。この戦はどうなるのだろう……。

そして四月一日、同四日と二回、私たちのペア、即ち偵察の長曾我部隊長、電信の志智右上飛曹（十五志偵練）と私の三人は、夜間の沖縄近海にいる敵艦攻撃を試みたが、飛んでいるうちに油洩れを起こし、その洩れた油で前方が見えなくなり、二回とも奄美大島付近で引き返しとなってしまった。

このエンジンの油洩れは前面が見えなくなり、敵艦の針路や速力の判定はおろか敵艦の発見も出来ない。そればかりか基地へ帰って来ても、夜の着陸で苦労するのだ。

「今、日本にはケルメットという軸受けに使用する金属が不足していて、これが原因で洩れは致し方がないのだ」との整備員の話だった。夜の海で敵艦を発見するのは二階の窓から地上の蟻を探すようなものなのに、前面が見えない飛行機では話にならない。だが戦争とは、このような不合理なことでもしてみなければならないのだ。

戦が夜のため、この頃私たちは牛一頭分の脳下垂体から一本しか抽出できないという、「暗視ホルモン剤」の注射を受けて出発していたのだったが、油洩れのため引き返しとなり、高価なホルモン剤も無駄になってしまったのだった。もっともこの注射をしたからといって、夜でもよく見えたというほどではなかったのだが……。

四月六日は攻撃法を変え、明るいうちに喜界ヶ島（現・鹿児島県大島郡喜界島）に前進して待機したのだが、その待機中にグラマンの銃撃を受けてエンジンをやられ、またもや飛べなくなってしまった。その結果、修理用の部品が送られて来るまで、私たちのペア、三人は喜界ヶ島で生活することになった。

著者とペアを組んだ電信員・志智右上飛曹。

翌七日の昼頃だった。飛行機が飛べないのでやることがなく、ぼんやり沖を眺めていると、南の空にバッタの大群を思わせるような米軍機の大編隊が現われた。

この数からすると、これはただの爆撃ではなく、この島を一気に占領する気だ。するとあと一日か二日の命かと沈痛な思いで敵機を見守った。だが一発の爆弾も投下することなく、北の空へ飛んでいってしまった。

昭和20年３月30日 香取基地出発時編制

電信	階級	出身	備考
伊藤　定夫	大尉(整備分隊長)		予備機
志智　右	上飛曹	偵練55	
志和　金一郎	二飛曹	甲12	
鈴　次雄	上飛曹	乙16	20.3.31 夜間雷撃出撃、攻撃後に不時着漂流中 米軍に救助され戦後帰還
陰地　達二	二飛曹	乙18	大分基地に不時着、脚折損小破 20.4.23 夜間雷撃出撃、未帰還
山口　武雄	上飛曹	乙13	雷装　豊橋基地経由進出 20.4.6 第一天櫻隊で特攻戦死
平林　猛	二飛曹	乙18	雷装　豊橋基地経由進出 20.5.21 夜間雷撃出撃、未帰還
後藤　純男	二飛曹	乙18	陸軍新田原飛行場に不時着、操、電軽傷 搭乗員4/6串良着
鎌田　哲夫	二飛曹	乙18	
伊藤　幹夫	一飛曹	乙17	20.4.7 夜間雷撃出撃、未帰還
横手　薫	二飛曹	甲12	松山基地不時着、3/31串良基地進出 同日夜間雷撃出撃、未帰還
飛田　與四郎	二飛曹	丙15	20.4.6 第一天櫻隊で特攻戦死
河瀬　厚	二飛曹	乙18	20.4.6 第一天櫻隊で特攻戦死

（作成・加藤浩）

昭和20年４月１日 串良基地出発時編制

電信	階級	出身	備考
志智　右	上飛曹	偵練55	発動機不調、引き返す
吉岡　勝盛	二飛曹	乙17	墜落
笠瀬　賢吾	上飛曹	乙18	敵を見ず
平岡　武夫	二飛曹	乙18	敵を見ず、鹿屋基地に不時着
坂本　達雄	二飛曹	乙17	夜戦の追躡を受け魚雷投下
江川　俊之	二飛曹	甲12	夜戦の追躡を受ける

昭和20年４月６日 串良基地出発時編制

電信	階級	出身	備考
志智　右	上飛曹	偵練55	K256 発進直前敵夜戦により発動機被弾、喜界島に 待機す。4/15（？）機材修理完了し帰投※
伊藤　幹夫	一飛曹	乙17	K256 4/7 0250喜界島発進後連絡なく未帰還
笠瀬　賢吾	上飛曹	乙18	210空　4/7 0230喜界島発進時魚雷自然落下せる為攻撃を断念す
大久保　利雄	二飛曹	乙18	二一〇空　喜界島に向かう途中行方不明となる未帰還
塩田　善夫	一飛曹	乙17	K251 4/7 油漏洩により発進遅れ0300喜界島発進す 以後連絡なく未帰還
加藤　正雄	上飛曹	甲12	K251 4/7 0250喜界島発進後連絡なく未帰還

※編制表記述ではK751天山に便乗とあるが、著者によれば作成者の誤記とのこと　（作成・加藤浩）

攻撃二五六飛行隊編制表

飛行隊長　長曾我部明大尉

小隊		機番号	操縦	階級	出身	偵察	階級	出身
		131-74	山田　政美	上飛曹	甲10	濱田　武夫	大佐	海兵48
第一小隊 長曾我部明 大尉	1	131-73	町谷　昇次	飛曹長	操練43	長曾我部　明	大尉	海兵67
	2	131-51	平野　和夫	一飛曹	丙7？	上河内　孝之	上飛曹	
	3	131-75	坪田　正次	少尉	予学13	諸星　兼次	中尉	予学13
	4	131-66	田上　虎雄	二飛曹	丙14	景田　茂一	二飛曹	丙16
第二小隊 吉岡久雄 中尉	1	131-85	吉岡　久雄	中尉	兵73	武下　明	少尉	予学13
	2	131-64	寶田　千穎	上飛曹	予備練12	門田　信夫	一飛曹	丙10
	3	131-95	越智　宣弘	上飛曹	甲10	西谷　智英	上飛曹	甲10
	4	131-93	原田　寶代	一飛曹	予備練15	早川　滋	上飛曹	乙16
第三小隊 日野俊弘 中尉	1	131-94	岩本　儀一	上飛曹	甲8	日野　俊弘	中尉	予学13
	2	131-56	山田　甲子郎	上飛曹	予備練13	横井　淑郎	一飛曹	甲11
	3	131-54	山村　栄三郎	少尉	予学13	植島　幸次郎	少尉	予学13
	4	131-67	田中　和夫	二飛曹	甲12	大倉　由人	二飛曹	丙12

攻撃二五六飛行隊夜間雷撃隊編制表

天山雷撃隊（第二次攻撃）編制表

小隊		機番号	操縦	階級	出身	偵察	階級	出身
第一小隊 長曾我部明大尉	1	131-64	町谷　昇次	飛曹長	操練43	長曾我部　明	大尉	海兵67
	2	131-09	岡部　泰久	少尉	予学13	大野　隆	二飛曹	乙18
第二小隊 脇延清大尉	1	210-317	脇　延清	大尉	兵70	渡邊　勇三	飛曹長	甲3
	2	210-302	佐藤　一馬	少尉	予学13	松本　真平	中尉	予学13
第三小隊 金川博好飛曹長	1	701-32	長岡　智恵敏	上飛曹	丙2	金川　博好	飛曹長	普電練44
	2	701-76	中居　誠四郎	一飛曹	甲11	日達　一英	二飛曹	甲12

天山雷撃隊（第五次攻撃）編制表

小隊		機番号	操縦	階級	出身	偵察	階級	出身
第一小隊 長曾我部明大尉	1	131-93	町谷　昇次	飛曹長	操練43	長曾我部　明	大尉	海兵67
	2	131-94	岩本　儀一	上飛曹	甲8	日野　俊弘	中尉	予学13
第二小隊 脇延清大尉	1	210-317	脇　延清	大尉	兵70	渡邊　勇三	飛曹長	甲3
	2	210-325	梅田　一雄	上飛曹	乙16	西井　好朗	二飛曹	甲12
第三小隊 大西一男上飛曹	1	701-58	足立　史郎	上飛曹	甲10	大西　一男	上飛曹	乙16
	2	708-85	小林　文男	一飛曹	甲11	野口　泰助	上飛曹	甲10

やれやれ助かった。しかし敵のあの飛行機はどこへ行ったのだろうと思っていた。これは後日分かったのだが、戦艦大和を攻撃するための大編隊だった。彼らはこの方面の制空権を取っていたので、日本軍をばかにして日本の基地の上を平気で飛んで行ったのだった。この日、この米軍の攻撃隊によって戦艦大和は撃沈された。

またこんなこともあった。

敵機の急襲で防空壕に飛び込むと真っ暗な壕の中に、片手にろうそく、片手にパンを持ってパクパク食べている米兵のパイロットがいた。すぐ捕虜と分かったが、警備員が急用でも出来たのか側には日本人が一人もおらず、突然米兵を見て、ほんとうにびっくりした。勇敢に地上を銃撃したのだろう。憎い奴と思い、また一瞬だが可哀想とも思った。

この捕虜は、戦史研究をしておられる長野県の菊池さんからのお手紙によれば、名をトーマス少尉といい、五月下旬、喜界ヶ島で処刑されたとのことだ。片手にローソク、片手にパンで度胸のある男と思ったが、予想した通り、菊池さんの調査したところによると捕虜でありながら食事のカロリーが不足だとか酒を要求するなど、かなり図太い神経を持った男であったようだ。

日本の搭乗員は捕虜となることを恥じ、また恐れ、戦闘に出撃する時は各自が必ずピストルを携行し、不時着した時点で状況によっては自殺するよう教育されていたが、米軍は捕虜を恥と思わず、戦争が終結したら堂々と帰国するものと思っていたのだろう。彼にとっては恥ではないので、堂々と権利を主張したのだろうか。

その捕虜を見た翌日だった。頼まれて、部落の集会所に集まった島の人三、四十人に南方戦線の話をした。島の人たちは愛国心が強く、このため常に軍とよく協力し、常に連絡を取っていたようだった。敵が沖縄本島まで来ており、また連日の敵機の銃撃で切羽詰まった気持になっていたようで、皆熱心に聞いてくれた。しかし島の人たちは方言が強く、少し通じにくいところもあったので、果たしてどれくらい理解してくれたのか疑問に感じたのを覚えている。

昼の間、島の周囲には敵戦闘機が警戒しているので輸送機もなかなか来てくれなかったが、一週間ぐらいしてようよう修理部品を持って来てくれ、四月十五日（と思ったが）、修理が完了したので串良へ帰った。

田邊飛曹長の特攻出撃

沖縄攻撃のため、喜界ヶ島に出発しようとしていた四月六日だったと思う。二年前の十八年七月にトラック島でペアを組んで以来、ブーゲンビルから台湾沖航空戦、フィリピン戦と「死なばともに」と、一緒に戦って来た田邊武雄飛曹長——前年の十一月にフィリピンで私たちと別れ、ただ一人百里原航空隊へ転勤して行ったその田邊飛曹長と、串良基地の隊舎の中でばったり出会った。偶然だった。

しかし再会の喜びもつかの間、その時、彼より、

「俺も特攻だよ」

と。そしてさらに、その数日後に出撃する旨聞かされたのだった。即ち数日後に死ぬことを告げられたのだ。今目の前にいる彼が数日中に死ぬのだ。神・仏となるのだ。私は返す言葉もなく、また手を握ってやることも忘れ、ただただ茫然自失だった。

同年兵であり、わずか四ヵ月前まで一本の煙草も分け合い、それこそ生死をともにしてきたこの私に、このことを聞いてもらいたかったのだろう、知ってもらいたかったのだろう。そして、何か言ってもらいたかったのだろうが……。

もちろん特攻出撃の数が多くなったことは聞いていたが、妻子のいる、しかも超ベテランの彼まで特攻に組み入れられるとは、全く考えられなかったのだ。

彼がフィリピンで私たちと別れ内地へ帰った頃は、比島に比べ内地はまだ別天地であったので、戦場の緊張から解放され、筑波の山々を眺めながら家族と楽しい日々を送っていることと思っていたのだが……。

三月に入り戦局が悪化し、陸海軍とも飛行機乗員の教育をやめ、全軍特攻の方針を打ち出したので、運命が一変したのだ。そのため百里原航空隊着任からわずか四ヵ月で愛する妻子と別れ、一人で死んで行かねばならない運命となってしまったのだ。

私は田邊飛曹長と会った六日に喜界ヶ島へ飛び、そこでエンジンをやられて足止めとなってしまったのだが、エンジンの修理を終わり串良基地へ帰った時には、彼は既に四月十二日に常盤忠華特攻隊隊員として特攻攻撃に行き、靖国の英霊となられた後だった。

無情！　しかし、田邊飛曹長の出撃の日に俺がこの串良にいたらどうしただろう。何が出来たのか。

当然、見送ることなど出来ない。「死なばともに」と語り合っていたペアが死にに行くのだ。胸が張り裂ける思いでベッドに潜り込んで、その無常を嘆くことしかできなかっただろう。一瞬の再会であったが、これで良かったのだ。出撃の日に、俺はここにいないで良かったのだ。

戦後、田邊飛曹長の奥様から送って頂いた彼の遺書（コピー）には、

「武雄死して名を残す。俺は日本男子である。薩摩男子である」と自分に言い聞かせ、そして不孝を詫びた後、

「祖国の為立派に死んで行きます。どうぞお許しください」と結んであった。

彼も軍人ではあるが人間だ。しかも三十二歳。まだ若く血気盛んな青年なのだ。本当に苦しんだことだろう。ことに彼は母一人、子一人で育ち、人一倍親思いで孝行な息子だった。その彼が母上や妻子を残して死ななければならないのだ。

当時は今と異なり、女性はつつましく家を守るのが務めだった。働く女性などはおらず、女性の職業などない時代だった。自分の死。家族のその後。神も仏もないと思ったことだろう。しかしそれを乗り越え「立派に死んで行きます」と覚悟を書くまでにしたものは……。

思えば私と田邊飛曹長は、比島のクラークで同じ転勤命令を受けたのだ。命令に従って内地に帰った田邊飛曹長が死に、その命令に従わず、隊長とともに危険なダバオに行った私が生き残ったのは、運命だったのか……。

戦友たちの特攻

田邊飛曹長と会う数日前に、私が操縦練習生の時の操縦教官だった佐藤清大尉（操練十五期）が第一護皇白鷺隊長として兵庫県の姫路基地からこの串良基地へ飛んで来られ、

「永い間お世話になりました」

と、いつものにこにこ顔で挨拶をされて沖縄に飛んで行かれたが、戦後頂いた資料によれば、佐藤大尉が奥様にあてた最後の手紙には、

「特攻に行く若い神鷲の先頭に立って、敵撃滅の矢面に立ち得た感激を貴女様も感じ取ってください」

と書いておられ、武将をしのばせるような遺書であった。

佐藤大尉も人間だ。奥様や二人のお子様がおられるのに生きたいという人間の本能を殺し、自ら特攻を志願した理由は……。

人の心は単純なものではない。時により環境により千々に変わるものであろう。戦況を思い、国を思い、軍人の本分を考えた時、その時は死を決しても、時が過ぎ一人静かに親子のことを考えた時には、きっと心が乱れたものと思う。苦しかったことだろう。

喜界ヶ島から串良に戻ったある日、飛行場の指揮所で偶然にも小学校で一年下の友だった猿子四三郎君（海兵六十九期）とばったり出会った。十数年ぶりだったが、一目で猿子君と分かった。

懐かしく「お元気ですか」と声をかけあったが、次の瞬間辺りの雰囲気から、特攻ではないのかという疑問が生じ、もし特攻に行くなどと言われたらなんと言ったらよいのか、会話が恐くなり早々に別れて部屋に帰った。

そして十年ぶりで会った幼友達なのに、それも明日特攻で死ぬかもしれない友なのに、何の言葉もかけずに別れてしまったむなしさ、また別れなければならない軍人の無情を感じた。

これでよいのだろうか。特攻でないのかもしれない。いや特攻といわれても……いやいや特攻といわれているのなら、なお一層言葉をかけ、側にいて聞いてあげた方がよかったのかもしれん……いやあれでよいのだ。口やなんかで慰めても慰められるものではないのだ。そっとしてあげる方がよいのだ。お元気でと言って別れたがあれでよかったのだ……。

など、自問自答を繰り返した。

当時、搭乗員の間では「敵艦に三度雷撃した者はいない」と制空権のない日本の雷撃機搭乗員の高い消耗率をあらわした言葉があった。串良基地の空気はその格言を反映したように、重苦しいものだった。

そしてその数日後の五月四日、不吉な予感があたり、猿子君は大分の空で戦死されたとのことだった。

特攻――多くの友が、また先輩が、特攻またはこれに準ずる攻撃に出て行かれた。その特攻の始まりは開戦時のハワイの港に潜入した特殊潜航艇（二人乗り・全長二十四メートル、搭載魚雷二発）と思われる。小学校の同級生だった三扶尚三君が開戦の翌十七年三月二日、同じ特殊潜航艇で訓練中に殉職されたとのことであるが、その時彼は「艇とともに死す。天皇陛下万歳」の遺書を残し、明治の国民に感銘を与えた佐久間艇長の故事を思い出させるような最期だったとのことである。

ちなみに記すと、佐久間艇長は明治四十三年四月十五日、山口県新湊沖で訓練中に沈没した第六潜水艇の艇長で、ガスが充満し死期の迫る中、潜水艇の喪失と部下の死を謝罪し、この事故が潜水艇発展の妨げにならないことを願い、事故原因の分析等を託した三十九ページにおよぶ遺書をしたためた沈勇の艇長で、戦前永く小学校の修身教科書に掲載されていた人である。

次に昭和十七年六月五日のミッドウェイ海戦時の友永丈市大尉のことを記しておきたい。

友永大尉は館山航空隊でも宇佐航空隊でも私たち艦攻隊の分隊長だった。

記録によると友永大尉の飛行機は朝のミッドウェイ島攻撃で左の燃料タンクをやられ、燃料を積めるのは右タンクだけとなっていた。このため出撃しても攻撃を終了した後に、母艦へ帰り着くまでの燃料を積むことが出来なかったのだが、片道の燃料だけで従容として死地に向かって飛んで行かれたとのことである。

その頃はまだ五分五分の戦で負け戦の悲壮感はなく、また特攻という考えも言葉もなかった頃だ。しかし攻撃命令を受けると、勇躍帰れないのを承知で飛んで行かれたのだとのことである。赤城・加賀・蒼龍と主力の三空母がやられるのを見て、敵愾心が湧いたのかもしれない。しかし平素から、「軍人は死をも恐れず戦わねばならない」という訓育を受け、その修練を積んでおられたからこそ、迷わずあの出撃が、あの攻撃が出来たのであろう。

私はそれまで失礼なことに、酒好きな普通の分隊長と思っていたのだが、この話を聞き、われわれとは違い心の出来た本当の軍人であったことを知り、尊敬するとともに艦攻隊の誇りだと思った。友永大尉とペアだった偵察員・電信員のお二人もまた、友永大尉が「片道燃料で行く」といわれた時、どのような思いだったのだろうか。

ブーゲンビル島沖航空戦の時、鈴木善六君が「今日は生きて帰ることはまず不可能だろう」と言って飛行機から不時着時の非常用食料や落下傘を下ろし、出撃して行ったことを前章で書いた。彼はとつとつと物事を話す純真な青年と思っていたが、真の軍人だったのだ。「軍人は闘わねばならない」ということを真に知っていた軍人だったのだ。

特攻への葛藤

今沖縄戦の戦記を読むと、沖縄戦で戦艦大和が沖縄に向けて出撃する時「この出撃は百パーセント成功の望みはなく、十隻の軍艦と一万名の乗組員を犠牲にする、ばかげた作戦である」と考えている伊藤整一第二艦隊司令長官を説得に訪れた連合艦隊の草鹿龍之介参謀長は、出撃命令を伝えた後、「要するに死んでもらいたい。いずれ一億総特攻ということになるであろうから、その模範となるよう立派に死んでもらいたい」と告げ、伊藤長官も死を覚悟し了解したと言われている。「死んでくれ」と言う参謀長も、「よく分かった」という司令長官も武人だったのだ。

沖縄まで攻め込まれ、もう挽回する見込みもなくなったこの頃、軍の上層部の気風は「軍人は闘わねばならない」から「軍人は死ななければならない」に変わっていた。飛行機の時代に飛行機搭乗員の教育も出来ないほど、切羽詰まった状態になっていた。

このため佐藤大尉も田邊飛曹長も妻子ある身、親子の情と軍人の本分に挟まれ苦しんだことであろう。自分が死んで何を得るのだろうか。眠れぬ夜が幾晩も幾晩も続いたことだろう。人間が死を決行する。それ以上の苦しみがあるのだろうか。

しかしながら最後は悟りを得て出て行かれた。愛する人たちへの遺書を残して。

特攻――それは死にに行くことだ。獅子のいる檻に入って行くことだ。特攻の命令を受けた人は五日か一週間でこの世にいられなくなるのだ。

「散れよ 散れよ 桜の花よ 俺が散るのにお前だけ咲くとは どういう訳だ……」これは特攻隊員の言葉だそうだ。特攻を命ぜられた人しか分からない気持だろう。

特攻は私たちがフィリピンで戦っている時に開始された。そして沖縄戦へと続いたのだが、その間私たち二五六飛行隊の搭乗員は、いつ特攻命令がくるのかと気になっていた。長曾我部隊長が特攻に反対だったことは、なんとなく感じ取っていた。しかし二五二飛行隊時代に、台湾沖航空戦で多くの部下が戦死したのだ。隊長はその亡くなった隊員を思い、特攻に志願されるのではないかとも思われた。

また戦況の変化で、われわれの隊に我々の意思に関係なく多くの特攻命令が来ることも考えられた。

特攻——一発の爆弾で戦艦・空母が沈むのならそれも良いだろう。われわれは軍人だ。諦めもつく。しかし、敵艦はグラマン戦闘機による防御網と、またVT信管という防御砲火で身を固めているのだ。幸運に、それも不思議とも言える幸運によってこれらの防御網を切り抜けることが出来たとしても、戦艦や空母（商船を改造した護衛空母は別として）は、一発や二発の爆弾でそうやすやすと沈むものではない。

われわれは大きな戦果をあげることもなく海の藻屑となり、家族のもとに「○○航空戦に出撃し、名誉の戦死をされました」と通知されるだけだろう。犬死にだ。これだけではあの敵艦隊に突っ込むのはあまりにも情けない。われわれにだって意地がある。名誉がある。命を投げ出す特攻に出すなら、せめて十分な援護戦闘機をつけ、十分な戦果の上がるようにしてもらいたい。そしてこのことを必ず報道して、我々の死を意義あるものにしてもらわなければならないと、そんな風に考えていた。

だが私たちは軍人だ。軍命とあればどんな条件でも征かねばならないのだ。軍命は国家の命令だ。犬死にでも致し方ないのだ。軍人とはそういうものなのだ。今全国民がこの国難を心配し、軍人に期待しているのだ。喜んで死んでやろう。国のためだ。日本のためだ。もし死を恐れ不名誉な行動をとれば日本で生きてゆくことは出来ないのだ。親たちも同様に、今の故郷にいることが出来なくなるのだ。心は乱れるが、このことを隊員同士で話し合うことはほとんどなかった。しかし皆同じような気持だったと思う。

私は幸運に恵まれ、特攻命令を受けることもなく、こうして生き残ったが、二五六飛行隊からは、不幸にして九名の方が第三御楯隊員として特攻に行かれた。

昭和十九年十月二十九日の毎日新聞は、神風特別攻撃隊敷島隊の関大尉以下五名の方の戦死について、特攻攻撃のあったことを伝えたあと、「神風とは天意によるものばかりではなかった。われ等はここに人間の魂による神風のあることを知った。これあって皇軍は強く、これあって皇軍の武威は更に輝く。一億国民、ひとしく地に額き、この五柱の神々に限りなき感謝をささげ英霊の永く、皇国を守護し賜らんことを祈らう」と記載しているのである。

特攻隊員の選抜に当たっては、一人息子、既婚者は除かれたと言われているが、教育部隊では全員特攻という方針が打ち出されていたことを思えば、家庭の事情や本人の技量など考えていられなかったのだろう。

第一線部隊では、爆弾で沈まない空母や戦艦・巡洋艦等を沈めるために魚雷攻撃が必要であり、魚雷攻撃の技術を持った実戦経験者は極力残したと言われている。また雷撃機の特攻だが、魚雷は投下されたあと海中を走らないと安全装置が解除されないため、雷撃機がこれを抱いたまま敵艦にぶつかったのでは爆発しない。このため、雷撃機の特攻は出来なかった。

そのお陰で私は生き残ったのか。

燃料片道　涙で積んで
行くは琉球　死出の旅

こんな歌もあった

八丈島通い

四月二十七日、私たちの二五六飛行隊は命を受け、九州から香取基地（千葉県）に帰還した。

上層部は沖縄防衛を諦め、米軍の次の手を本土上陸と考え、その準備のための転進だったようだ。

私は沖縄戦で三回出撃を試みたが、エンジンの不調で一回も敵と遭遇することがなかった。この沖縄作戦で戦死された多くの友に申し訳ないと思いつつ、また反面助かった嬉しさもあり、複雑な気持で香取基地に帰った。

香取基地では若い隊員の訓練が主であり、私たち老人組は手持ち無沙汰な待機の日々が続いた。ただその間、二回八丈島へ燃料を取りに行ったことがある。当時は航空燃料が底を打ち始め、松の木の根元から採った松根油で飛行機を飛ばそうとしていた時である。八丈島に貯蔵しておいた飛行機用燃料を香取基地へ引き取る作業が行なわれたのだ。

それは途中にある伊豆七島の島々を敵艦に見立て、これを電波探信儀で探し出すという訓練を兼ねての作業だった。当時は小笠原諸島の硫黄島が米軍に占領されて基地となり、米軍の戦闘機が硫黄島からよく飛んで来ていたので、それに遭遇しないか心配しながらの作業だった。

八丈島からの燃料逆送——それは本土の燃料の欠乏対策と同時に米軍の八丈島来攻を考えての対策だったのではないだろうか。

われわれ第一線の飛行機が燃料輸送に使われる。また日本の空なのに、伊豆諸島の上空なのに安心して飛んでいられない。情けない日本になってしまった。

私たちはそんなことを考えながら、八丈島通いをしていた。

五月の中頃だったと思う。ある日、館山基地に寄ったのだが、ちょうどその時館山飛行場の中央に米戦闘機が地上の対空砲火により撃墜されたので、その機中にあったチョコレートを食べてみた。我々日本人と米国人とでは嗜好が異なっていたためだろうが、香りが強すぎてまずいチョコレートだった。

昭和二十年五月中頃、友邦ドイツが降伏したことを知った。ドイツの苦戦。我々は藁にもすがる思いでヨーロッパでの奇跡を願っていた。が、その奇跡は寂しく消え去った。

戦勢は思わしくなく、私たち搭乗員はただただ時の流れに身を任せるより他はなかった。饒舌もなくなり暗い日が続いていた。そして戦友の死。もう俺も次の戦いで間違いなく死ぬだろう。

六月初めだったと思うがある休日、死と常に接しておられるお寺の和尚さんなら何か死を達観出来るような話を聞かせてくれるのではないだろうかと、基地の近くにある旭町のお寺に遊びに行ってみた。

和尚さんはおられ、色々戦局や世間話は出たが、死についての話を引き出すことは出来ず、三十分程で引き上げてしまった。やはりこの問題は話しにくく、またわずかな時間の会話では無理なのであろう。もっともっと死に接近し、座禅を組んで自分で苦しまなければならないもののように感じた。

戦争最後の日々

七月十四日、岩手県の釜石が米艦隊の艦砲射撃を受ける。翌日北海道の室蘭が同じように砲撃を受ける。日本の沿岸に米艦隊が来ているのだ。うようよしているのではないだろうか。やがて九十九里浜に上陸してくるのだろう。上陸されたら日本はおしまいだ。

八月六日広島に、八月九日長崎に、それぞれ新型爆弾（原子爆弾）が投下された。まだまだ何かが起こりそうで、重い空気の日々が続いていた。

八月九日、「ソ連が日ソ中立条約を一方的に破棄。満州・樺太に侵入し、日本は新たな戦争段階に入った」ことを新聞が報じた。

しかし、飛行隊の訓練計画は既に決まっており、これを早めるものでも、また遅らせるものでもなかった。私たちは敵の内地侵攻にそなえるだけであり、毎日の訓練に変化はなかった。

敵が九十九里浜か南九州に侵攻してきた場合、軍は水際作戦を行なうようだが空軍力はないので負けるだろう。そしてその時は山中にこもって徹底抗戦するという作戦が考えられているようだが、軍隊が山にこもっても兵器の製造購入が出来るわけがなく、そんなことをしても無意味だろう。

無惨な状態になるのだろうが、かといって日本には昔から降参という概念がないので、軍人は玉砕より外に道はないのかもしれない。だが、それはその時考えればよいのだ、と思いながらの日々だった。

昭和二十年八月十四日、よく一緒に飲み、また銚子の旅館で一緒に消火活動をした佐々木隆寿飛曹長が千葉県飯岡沖の攻撃で戦死された。

その翌十五日に終戦となった。わずか一日の違いだった。

その終戦の八月十五日、多くの日本人が陛下の終戦放送を聞いて泣いた。

全国民が力を合わせて戦ったのだが負けたのだ。全国民が、一億の国民が口惜しくて泣いたのだ。全国民が茫然自失したのである。どうしようもない苛立たしさ、何かにぶつけたい気持、皆がそんな気持になったのだ。

終戦を知った数時間後、攻撃一〇三飛行隊、一〇五飛行隊の十一機が爆弾を持って沖縄へ飛んでいった。そして最後の特攻となって、身も心も果たしたのだ。終戦を知って飛んでいったのだ。他にも「力の限り最後まで戦う」といった部隊もあったが、軍命令で止めたようだった。

また終戦の八月十五日から、その後の数日中に阿南惟幾《あなみこれちか》陸相、特攻を企画した大西瀧治郎中将をはじめ多くの軍人が自決された。

終戦――最後の飛行

私たちの部隊は八月十五日、敵艦載機の攻撃を避けるため避難していた八日市場（現在の匝瑳《そうさ》市）の林の中で陛下の終戦放送を聞いた。雑音がひどくてよく分からなかったが、夕刻になって戦争に負けたことを知らされた。

日本が負けたのだ、降伏したのだと分かったときは、それは驚いた。しかし「来るものが来たか」という思いもあった。悔しいという感情と、「もう日本はどうにもならないのだ。兵器も兵力も全然ないのだから、負けるよりほか道はないのだ」という現実論が相半ばしていたように思う。隊内でも案外冷静に受け止められ、隊員同士が激論したということはなかった。「いつかは来るだろう敗戦」が心の底にあったのだと思われる。

ただ、これからどうなるのかということに大きな不安を持った。それまでは国家という大きな組織に身を任せていた私たちが組織を失い、明日から「米軍はどのように出てくるのか」という降りかかる難題に対し、一人で判断し対処していかねばならなくなったからだ。軍が解散し頼る組織がなくなり、情報が新聞だけになるということははっきりしていた。

これから日本はどうなるのだろう。日清・日露の戦の時のように千島や琉球・台湾を米英に割譲すればよいというものではなさそうだ。「米軍が来て日本を占領し、パイロットは呼び出され裁判にかけられる」という話も流れてきた。日本爆撃に来て被弾し、捕虜となった米軍パイロットを日本側が処刑したことに対する報復にとか……どこまで行くのか、どうなるのかは誰も想像できない。誰に聞くことも出来ない。俺はどうなるのだろう。

しかしこのような不安と同時にまた、「戦争は終わった。生きられる。もうあの弾幕を冒して猛進することも、死を決意することもなくなったのではないか」という、明るいというほどではないが、何となく心の底にあった恐怖心が緩んでゆくのを感じていた。

これは私だけでなく多くの戦友が抱いた感じだと思う。戦友たちの会話が敗戦の悔しさや友の死を悼む暗い話ばかりではなく、今後米軍はどのように出てくるかなどの話の方が多く、それらが明るく話し合われていたことからも感じられた。

その明るさは「もう死を覚悟する必要はなくなった」のと、「負けたけれど、われわれは命を懸けよく戦ったのだ。最善を尽くしたのだ」という自負心があったからではないかとも思われた。しかし、静かに考えれば自分一人が生き残る……、それは戦死された友に申し訳ない。一生懸命戦った銃後の人たちにも申し訳ないことなのだ。どう考えたらよいのか明確な答えの出ないまま日は過ぎて行った。

それから一、二日過ぎた確か十七日だったと思うが、戦闘機が一機二機と飛来し、中から背広姿のパイロットが下りてきた。そして「南九州の部隊は解散した。ひとまず実家で成り行きを見るのだ」と言って、背広のパイロットたちは隊門から出て行った。

また厚木基地の「月光」（二人乗りの夜間戦闘機）が飛来し、ビラを撒いていった。要旨は「降伏反対・徹底抗戦をしよう」と呼びかけたものだったとのことであった。

多くの軍人はまだ徹底抗戦の闘志を持っていたので、これに同調する部隊、あるいは軍人が出るのではないかと思われたが、しかし同調し決起した部隊や軍人はいなかったようだ。

八月十八日、日本の艦上攻撃機は三重県の鈴鹿基地に集めプロペラを外して米軍に引き渡すことになり、われわれは鈴鹿基地へ向け飛び立った。香取の空は雲一つなく、いつもの通りだったが、もうこの香取基地に着陸することがないことを思うと涙が出そうだった。そして基地に最後の別れのバンクをした。住み慣れた香取基地。我々が生死の問題で苦しんだ心を優しく包んでくれた香取基地。思い出の基地さようなら。

昼近く、われわれは鈴鹿基地に着陸し、部隊は解散となった。

飛行機を敵に引き渡す——このことは武士が刀を敵に引き渡すようなもので泣きたいようだった。どう考えてよいか解らなかった。

私は復員手続き時、帰省列車の乗車券が取れなかったので、隊長の許可を得て、自分たちの乗機で鈴鹿から香取基地を経由して新潟飛行場へ飛び、そこで復員した。

あとがきにかえて

私の戦時中の思い出の記を終えるにあたって、当時の軍人がどのような心で戦っていたのかを知ってもらうために、私が知りえたエピソードを紹介したい。

平成十九年八月十五日の産経新聞に、都留文科大学教授・新保祐司先生が次のように寄稿しておられた。

平成十七年六月、天皇陛下がサイパン島を訪れ、現地の敬老センターを訪問された時、予定には無かったのに島民の心に自ずと湧き出る物があり、入所者が「海行かば」を歌ったとのことである。「『海行かば』とはそういう音楽である」と、新保教授は書いておられる。

さらに空母翔鶴戦闘機隊の小平好直元少尉が書かれた手記（『艦隊航空隊Ⅱ・激闘編』〈今日の話題社、昭和六十二年〉収載）には、戦友の菊池哲夫兵曹から聞いた次のような話があった。

ミッドウェー海戦時、飛龍戦闘機隊搭乗員だった菊池兵曹が、沈みゆく母艦から脱出し、重油の海からボートに救出された時のことだ。

「ふと気づくと、どこからか幽かに歌声が流れていた。

海行かば水漬く屍

山行かば草むす屍

歌声は幽かであるが、一人や二人の声ではない。かなりの人数の整然たる合唱だった。どのあたりかと耳を澄ますと、歌声は煙突からであった。そうと知って、一同、ハッとなった。機関科員たちが、死を前にしての斉唱なのだ。搭乗員室からでさえ、通路は遮断されていた。まして、底深い機関室から脱出できるはずはない。

誰も彼もが、黒く汚れた目頭を拭って、嗚咽するだけであった」

死を前にして「海行かば」の斉唱。その機関員たちは死を悟り、恨みもなく、従容として歌い続けたのだろう。あと数分、いや数秒後には水が来て死ぬのだ。その時に心を乱すことなく静かに歌い続けるとは。なんと表現したら良いのか、私にはわからない……。

東京海軍通信隊の蟹ヶ谷分遣隊に勤務しておられた私の先輩、関根時蔵氏が大戦末期のドイツ軍人について書かれた文章（戦争体験記集別巻『戦火の陰に』航空自衛隊第三補給処刊、昭和四十三年十一月）もご紹介したい。

「昭和二十年五月七日の日曜日、当直将校として勤務していた時のことである。

午後二時頃『今、ドイツ軍からこんな電報が入りました』といって一通の電報が届けられた。通常は暗号電報なのだが、このときの電報は英語の平文であった。

『敵兵が通信隊の構内に攻め込んできて二、三分以内には占領されるだろう。貴国の永久の友情に感謝し、将来の幸福と繁栄を祈る』と訳された。

私はすぐさま、海軍省内にある東京通信隊本隊の当直将校にこの旨を電話し、『返電すべきと思いますが、一分以内に返事を下さい』とまくしたてた。

それから一分を少し回った時、本隊より

『海軍省も担当者不在なので指示が出来ない。そちらで起案して返電を打ってくれ』

と電話があったので、私は、

『永年の貴国の友情に感謝し、貴国の将来の発展と幸福を祈る』

と、英文で書きなぐり送信した。

ドイツ側からは即刻、了解符の、

〈R〉

があり、続いておたがいに交信終了符、

〈・・・─・─〉

を二回、ゆっくりと、しかも長く交換して交信を完了した。

そして日本とドイツ、日本海軍とドイツ海軍との最後の友情を守る事が出来たと思った時、一時的に緊張が弛み、じっと座ったまま動けなかった。

約五分の後、念のためドイツ通信隊を呼び出してみたが、二度と応答はなかった。

敵兵が通信隊の構内に続々と侵入し、銃火を交えている中、生死の境にあったのに、ドイツ語ではすぐ解せまいと考えて、英文に直して送ってくれた、その親切心と、軍人としての勇気、そして心の余裕が感じられ、私は彼らに尊敬の念を禁じ得なかった」

このエピソードからは、死しても降伏はしないという士魂が西洋にもあったことを教えられた。

平成十五年三月、阿蘇を旅行し、娘夫婦に促されるまま南九州まで足を伸ばすことになった。戦争が終わった後のいろいろな思いがからみ合い、訪れるのをためらっていた鹿児島は早くも桜が咲き始め、真っ青な空と海が眩しかった。

知覧町にある特攻平和祈念館は連休だったこともあり、多くの方が訪れ、混みあっていた。この記念館は特攻に行かれた陸軍の方々の功績に感謝して建立したもので、陸軍機とともに多くの青年たちの遺影と遺品が展示してあった。

この方々が全員、特攻に行ったのだ。皆、私と同じ時代に生き、大切な命をささげたのだ。この日本を守るために散って逝った若い命なのだ。お一人お一人の遺影や遺書などすべてに胸が詰まる思いだった。ご冥福を祈りながら館内を回り終え、出口近くの最後の一区画にふと目をやると、飛行服姿の写真に混じって海軍士官の方の写真があった。不審に思って近づくと田邊武雄飛曹長——ブーゲンビル島沖航空戦からフィリピン戦までペアを組み生死をともにした——の写真だった。

この最後の区画は、陸軍に限らず知覧町と近くの町から特攻に行かれた方々の写真を特別に飾ったとのことだった。彼の故郷は知覧町に近い川辺町だった。この旅で彼に出会えるとは思ってもいないことだった。この陸軍の千余名ものたくさんの人たちの中で、ばったり彼に出会えたのだ。最後に串良基地で出会った時のように。

再会した彼とブーゲンビル、千島、台湾、比島と、初陣からともに戦ってきた頃の思い出をしばし語りあい、別れをしてきた。

私はこの自分史を書き終え、尊敬できる教官や直属の上司に恵まれ、そして情厚く敬愛する戦友たちと時を過ごすことができたのを改めてありがたく思う。また北方の千島でも南方の島々でも、たくさんの人々に助けていただいた。心から敬服し、御礼を申し上げたい。

皆聡明で己を律する優れた方々であった。戦争を美化しようというのではない。あの時代を真剣に考え、日本の国と国民を守る使命を担い、死んでいった方々のとられた行動を正しく語り継いでいって欲しいのだ。亡き友の思いをいつまでもいつまでも、伝えてほしいのだ。

この戦いで亡くなられた方々のご冥福をお祈りして、この自分史を終える。

本書をまとめるにあたっては、戦史研究家の加藤浩氏、神野正美氏、川崎まなぶ氏他多くの方々から資料のご提供などお力添えをいただきました。心より御礼申し上げます。

平成二十四年七月

大澤昇次

【著者軍歴】

大正

9年5月1日　新発田町（現・新潟県新発田市）で町谷家の次男として生まれる。

昭和

10年6月1日　横須賀海兵団を経て海軍通信学校四十二期生となる。（15歳）

13年2月下旬　四十三期操縦練習生として霞ヶ浦海軍航空隊に入隊。（17歳）

11月中旬　艦攻操縦員として館山海軍航空隊に入隊。

以後、鈴鹿空、宇佐空、筑波空、鹿島空勤務。

18年5月　航空母艦翔鶴に乗組。（23歳）

7月14日　トラック島に進出。

11月3日　キャビインに進出。

11月5日　第一次ブーゲンビル島沖航空戦に参加。

11月10日　タロキナ攻撃に出陣。魚雷発射後被弾、不時着。ペアと共に一昼夜漂流しブーゲンビル島に漂着。

12月25日　ラバウルに帰投し、12月末にトラック島に帰る。

19年2月20日　内地帰還。築城空附となる。

3月13日　五五三空北千島派遣隊員となり、幌莚島武蔵基地に進出。アッツ方面の哨戒、船団護衛にあたる。

10月14日　捷号作戦発動で沖縄に移動。（24歳）

10月14日　台湾沖航空戦に参加。被弾12ヵ所。

10月22日　比島クラーク基地に移動。比島方面の作戦に参加。

11月1日　昼夜二回レイテ湾内の敵艦攻撃に向かう。

11月15日　ダバオの攻撃二五六飛行隊に勤務。

南方海域の哨戒にあたる。

20年1月5日　内地帰還。香取基地で部隊練成にあたる。

3月30日　沖縄作戦発令で串良基地に移動。作戦参加。

4月27日　作戦変更で香取基地に移動。以後、部隊の再編にあたる。

5月1日　任海軍少尉。（25歳）

8月15日　終戦により復員。

攻撃第二五二飛行隊搭乗員名簿

昭和19年５月15日現在

	氏名	階級	出身	専修
隊長	長曾我部　明	大尉	海兵67	偵察
分隊長	知識　蒸治	大尉	海兵68	操縦
	山本　茂	大尉	海兵68	偵察
隊　附	久留米　篤次	中尉	乙２	操縦
	山田　蒼和	中尉	海兵71	偵察
	多田　芳太	中尉	海兵71	偵察
	櫻林　洋司	少尉	予学12	操縦
	喜多　和平	少尉	予学12	操縦
	糸川　保男	少尉	偵練29	電信
	北村　新一	少尉	予学13	操縦
	矢野　章	少尉	予学13	操縦
	別府　正芳	少尉	予学13	偵察
	川崎　和彦	少尉	予学13	偵察
	筧　助夫	少尉	予学13	偵察
	郡山　秀文	少尉	予学13	偵察
	栗林　有司	少尉	予学13	偵察
	藤本　諭	少尉	操練29？	操縦
	橋本　禎司	飛曹長	乙７	操縦
	植村　信雄	飛曹長	甲２	操縦
	町谷　昇次	飛曹長	操練43	操縦
	原　直一	飛曹長	偵練44	偵察
	山野　一郎	飛曹長	乙６	偵察
	大迫　留彦	飛曹長	乙７	操縦
	鈴木　誠	飛曹長	甲４	偵察
	高橋　喜一郎	飛曹長	偵練43？	偵察
	田邊　武雄	飛曹長	偵練40	電信
	平山　清志	飛曹長	偵練30	電信
	田添　茂次郎	飛曹長	偵練27	偵察

准士官以上　29名

隊　附	松村　徳治	上飛曹	偵練34	偵察
	沖田　清三	上飛曹	偵練43	偵察
	永野　甫	上飛曹	乙12	電信
	藤江　順平	上飛曹	乙12	電信
	小澤　義雄	上飛曹	乙12	電信
	井上　文吉	上飛曹	乙12	電信
	渡邊　弘	上飛曹	乙12	偵察
	深川　憲霊	上飛曹	甲５	操縦

	氏名	階級	出身	専修
	斎木　一信	上飛曹	乙13	電信
	富田　勉	上飛曹	乙13	電信
	田村　輝雄	上飛曹	甲 6	操縦
	五月女　忠夫	上飛曹	偵練52	偵察
	原　九州男	上飛曹	丙16	偵察
	桐山　元宏	上飛曹	丙 9	偵察
	吉浦　義雄	上飛曹	偵練55	偵察
	田尾　良夫	上飛曹	丙15	電信
	濱田　禮一	上飛曹	甲 7	電信
	末次　一好	上飛曹	乙15	電信
	西川　定一	上飛曹	乙15	操縦
	土橋　貞一郎	上飛曹	甲 9	偵察
	萩谷　幾久男	上飛曹	乙 9	偵察
	松浦　吾郎	上飛曹	偵54	電信
	土岐　収	一飛曹	予備練13	操縦
	岸本　盛雄	一飛曹	予備練13	操縦
	大村　新作	一飛曹	乙16	電信
	上野　久政	一飛曹	乙16	操縦
	世古　孜	一飛曹	乙16	電信
	唐澤　金人	一飛曹	乙16	電信
	渡邊　正保	一飛曹	乙16	電信

	氏名	階級	出身	専修
	坂田　市太郎	一飛曹	乙16	偵察
	大野　整	一飛曹	乙16	電信
	野口　行孝	一飛曹	乙16	操縦
	水田　喜人	一飛曹	乙16	電信
	安本　藤次郎	一飛曹	乙16	電信
	久保田　博夫	一飛曹	乙16	電信
	横山　延	一飛曹	乙16	偵察
	山口　貞男	一飛曹	乙16	偵察
	山中　悦猷	一飛曹	乙16	偵察
	三浦　文夫	一飛曹	乙16	電信
	樋口　榮助	一飛曹	乙16	電信
	田上　甲子生	一飛曹	乙16	偵察
	二戸　忠二	一飛曹	乙16	電信
	山口　歳朗	一飛曹	乙16	電信
	湯田　義盛	一飛曹	丙11特or12	操縦
	中野　榮吉	一飛曹	甲10	偵察
	蜂須賀　幸雄	一飛曹	乙16	電信
	原田　宗善	一飛曹	乙13	電信
	村田　義一	一飛曹	乙16	電信
	秋本　四郎	一飛曹	甲10	偵察
	星野　馨	一飛曹	甲10	操縦

氏名	階級	出身	専修
高橋　源太郎	一飛曹	甲10	電信
鈴木　茂雄	一飛曹	甲10	操縦
大橋　健二	一飛曹	甲10	操縦
荒谷　富夫	一飛曹	甲10	操縦
増渕　久司	一飛曹	甲10	偵察
坂上　實	一飛曹	甲10	操縦
渡辺　良三	一飛曹	甲10	電信
私市　哲啓	一飛曹	甲10	操縦
中村　榮	一飛曹	甲10	電信
足立　央郎	一飛曹	甲10	操縦
横井　徳一	一飛曹	乙11	操縦
重永　清勝	一飛曹	乙12	操縦
諸江　正久	一飛曹	丙７	偵察
浅沼　孝瑛	一飛曹	普電練52	電信
田中　敏雄	一飛曹	乙16	電信
平山　増夫	一飛曹		電信
平瀬　貞重	一飛曹	甲10	電信
佐々木　實則	一飛曹	丙14特or15	操縦
大西　一夫	一飛曹	乙16	偵察
寺田　匡文	一飛曹	予備練13	操縦
鶴田　忠正	二飛曹		偵察

氏名	階級	出身	専修
原田　清八	二飛曹	丙９	偵察
渡邊　源	二飛曹	甲11	操縦
大澤　成雄	二飛曹	甲11	電信
鼓　隆	二飛曹	乙15	電信
武井　惣太郎	二飛曹	乙17	偵察
平井　美水	二飛曹	丙10	操縦
奥村　武治	二飛曹	丙９？	偵察
山田　勉	二飛曹	甲10	操縦
篠原　文四郎	二飛曹	丙９	偵察
蘆田　専造	二飛曹	丙13	操縦
武田　匡	二飛曹	甲10	操縦
松尾　健一	飛兵長	丙11特	操縦
明間　専七	飛兵長	丙15	操縦
桑名　安昌	飛兵長	丙８or10	操縦
横塚　泰男	飛兵長	丙16	偵察
樋口　勲	飛兵長	丙16	電信
山崎　孝信	飛兵長	丙16	偵察
栗原　光義	飛兵長	丙12	偵察

下士官兵　91名

搭乗員総数　120名

（作成・加藤浩）

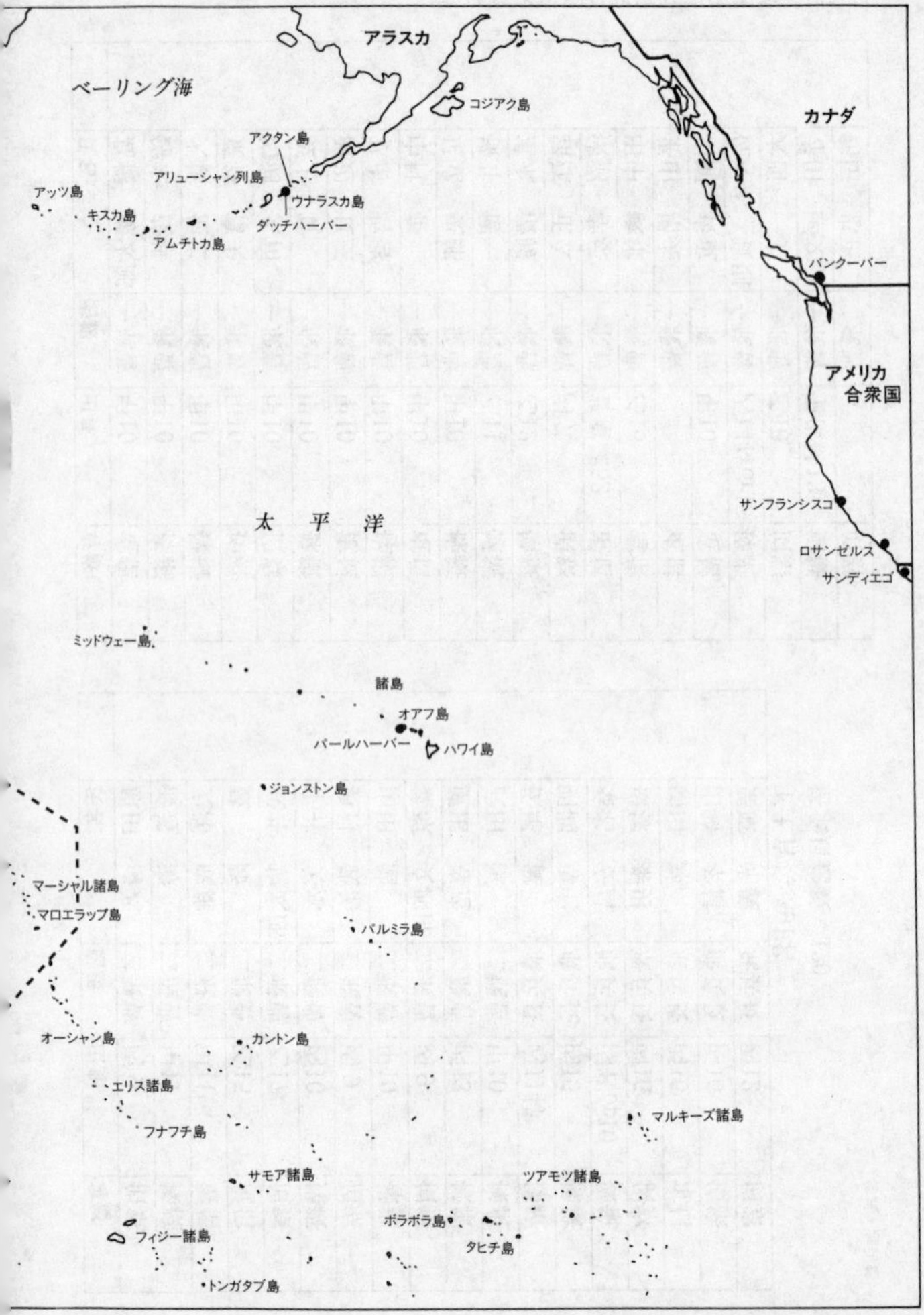
アラスカ
ベーリング海
コジアク島
カナダ
アクタン島
アリューシャン列島
アッツ島
ウナラスカ島
キスカ島
ダッチハーバー
アムチトカ島
バンクーバー
アメリカ合衆国
サンフランシスコ
太平洋
ロサンゼルス
サンディエゴ
ミッドウェー島
諸島
オアフ島
パールハーバー
ハワイ島
ジョンストン島
マーシャル諸島
マロエラップ島
パルミラ島
オーシャン島
カントン島
エリス諸島
フナフチ島
マルキーズ諸島
サモア諸島
ツアモツ諸島
ボラボラ島
フィジー諸島
タヒチ島
トンガタブ島

太平洋戦域要図

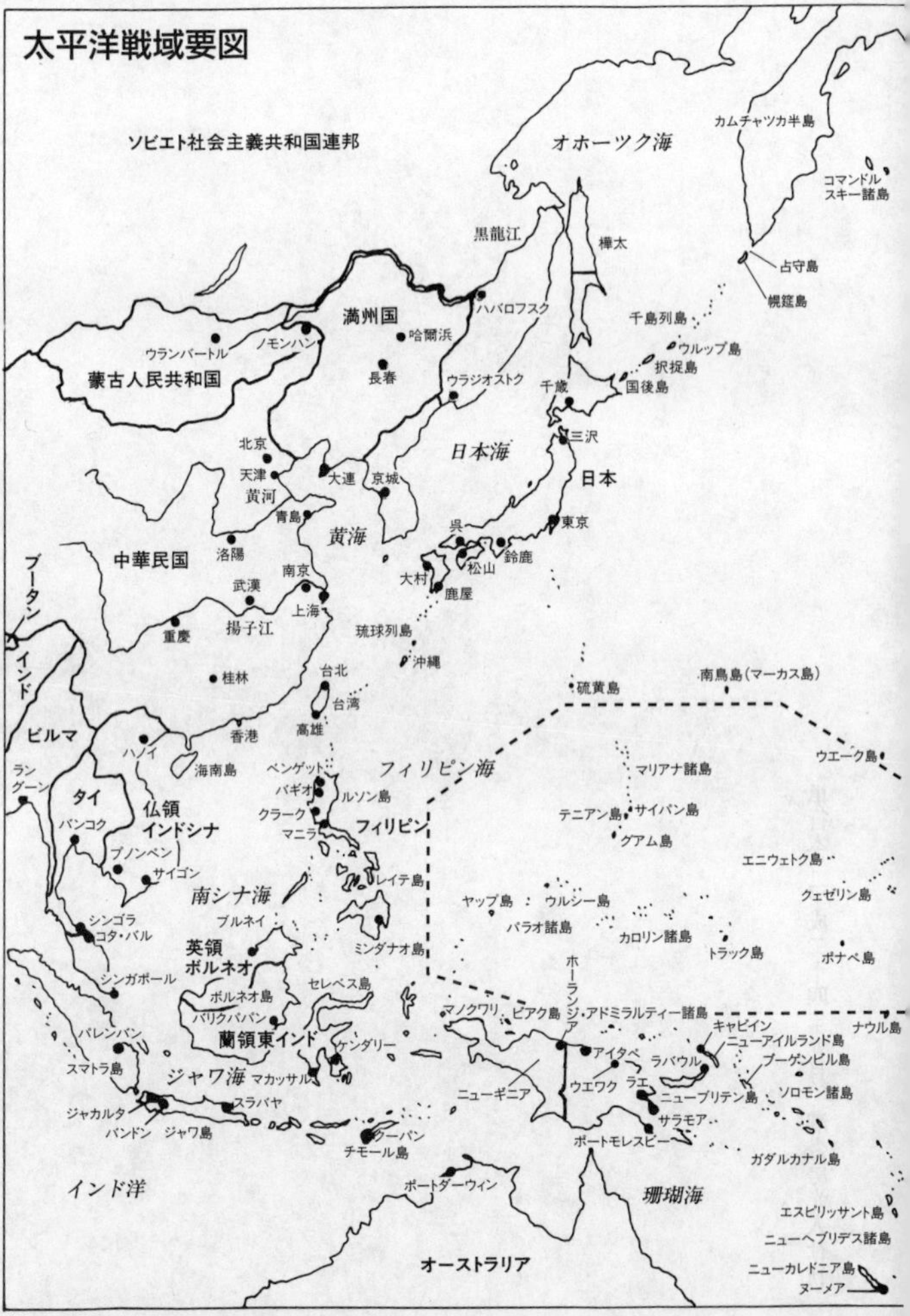
ソビエト社会主義共和国連邦
オホーツク海
カムチャツカ半島
コマンドルスキー諸島
黒龍江
樺太
占守島
幌筵島
千島列島
ウルップ島
択捉島
国後島
満州国
ハバロフスク
哈爾浜
長春
ウラジオストク
ウランバートル
ノモンハン
蒙古人民共和国
千歳
三沢
日本海
日本
北京
天津
黄河
大連
京城
青島
黄海
呉
東京
松山
鈴鹿
大村
鹿屋
洛陽
中華民国
南京
武漢
上海
重慶
揚子江
琉球列島
沖縄
ブータン
インド
桂林
台北
台湾
高雄
香港
硫黄島
南鳥島（マーカス島）
ビルマ
ハノイ
海南島
ベンゲット
バギオ
ルソン島
クラーク
マニラ
フィリピン
フィリピン海
マリアナ諸島
ウエーク島
ラングーン
タイ
仏領インドシナ
バンコク
プノンペン
サイゴン
テニアン島
サイパン島
グアム島
エニウェトク島
レイテ島
南シナ海
ヤップ島
ウルシー島
クェゼリン島
パラオ諸島
カロリン諸島
トラック島
ポナペ島
シンゴラ
コタ・バル
ブルネイ
英領ボルネオ
ミンダナオ島
シンガポール
セレベス島
ホーランジア
ボルネオ島
マノクワリ
ビアク島
アドミラルティー諸島
ナウル島
バリクパパン
キャビイン
ニューアイルランド島
パレンバン
蘭領東インド
ケンダリー
アイタペ
ラバウル
ブーゲンビル島
スマトラ島
ジャワ海
マカッサル
ニューギニア
ウエワク
ラエ
ニューブリテン島
ソロモン諸島
スラバヤ
ジャカルタ
サラモア
バンドン
ジャワ島
クーパン
ポートモレスビー
チモール島
ガダルカナル島
ポートダーウィン
インド洋
珊瑚海
エスピリッサント島
ニューヘブリデス諸島
オーストラリア
ニューカレドニア島
ヌーメア

単行本　平成二十四年九月　潮書房光人社刊

ＮＦ文庫

最後の雷撃機

二〇一六年十二月 十七 日 印刷
二〇一六年十二月二十三日 発行

著 者 大澤昇次
発行者 高城直一

発行所 株式会社潮書房光人社
〒102-0073 東京都千代田区九段北一-九-十一
振替／〇〇一七〇-六-五四六九三
電話／〇三-三二六五-一八六四㈹
印刷所 慶昌堂印刷株式会社
製本所 東 京 美 術 紙 工

定価はカバーに表示してあります
乱丁・落丁のものはお取りかえ
致します。本文は中性紙を使用

ISBN978-4-7698-2982-9 C0195
http://www.kojinsha.co.jp

ＮＦ文庫

刊行のことば

第二次世界大戦の戦火が熄《や》んで五〇年——その間、小社は夥しい数の戦争の記録を渉猟し、発掘し、常に公正なる立場を貫いて書誌とし、大方の絶讃を博して今日に及ぶが、その源は、散華された世代への熱き思い入れであり、同時に、その記録を誌して平和の礎とし、後世に伝えんとするにある。

小社の出版物は、戦記、伝記、文学、エッセイ、写真集、その他、すでに一、〇〇〇点を越え、加えて戦後五〇年になんなんとするを契機として、「光人社ＮＦ（ノンフィクション）文庫」を創刊して、読者諸賢の熱烈要望におこたえする次第である。人生のバイブルとして、心弱きときの活性の糧《かて》として、散華の世代からの感動の肉声に、あなたもぜひ、耳を傾けて下さい。